체인지

체인지
BODY SWAP
VivaVivo 48

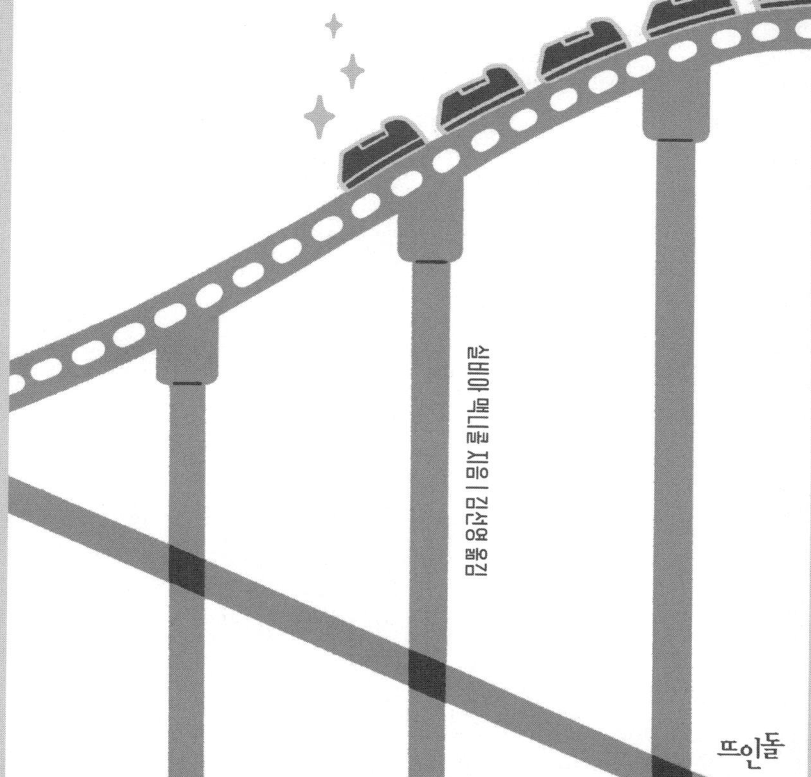
실비아 맥니콜 지음 | 김선영 옮김
뜨인돌

1 사고

"그놈의 스마트폰, 결국엔 사람을 잡고 말지!"

버스 안, 거슬리는 목소리가 내게 경고를 날렸다. 내 앞에 선 할아버지가 목소리의 주인공이다. 할아버지에게선 양말 고린내와 상한 커피 냄새가 진동을 한다. 내 스마트폰의 운명을 어떻게 저렇게 확신하신대.

그러든 말든 상관없다. 내 손 안의 작은 화면에서 벌어지는 일이 훨씬 중요하니까.

지금 메건이 케일 카루소에 관해 문자를 보내오고 있다. 케일 카루소. 현재 내 일기장 속지에 한껏 멋낸 글씨체로 쓰여 있는 이름. 물론 그 옆엔 내 이름이 있다.

케일은 할리를 사랑한다. 케일 프린스-카루소 부인, 할리와 케일, 영원히

마지막 말은 화살이 관통하는 하트 안에 썼다.

그리고 오늘, 드디어 우리의 영원한 사랑이 시작될 참이었다.

그때, 할아버지의 지팡이가 내 무릎을 세게 때렸다.

“아야!”

지금 날 때려죽일 셈인가?

할아버지는 연신 헛기침을 했다.

지금 가는 쇼핑몰에서 노인의 날 행사가 있다. 쇼핑몰은 그런 행사를 왜 하필 크리스마스 시즌에 하는 걸까? 버스 히터에 승객들의 체취가 달궈지면서, 버스 안은 삶은 브로콜리 냄새에 비 맞은 개 냄새를 합친 것 같은 냄새가 진동했다. 답답하고 짜증이 났다. 나는 할아버지의 헛기침은 무시하고 나의 절친, 애비 쪽으로 몸을 기울였다. 애비는 버스 앞쪽을 정면으로 바라보는 좌석의 창가에 앉고, 나는 바로 그 앞에 벤치처럼 길게 놓인 좌석에 앉아 있던 참이다.

애비의 머리 스타일은 오른쪽을 가리키는 파란 화살표 모양이다. 왼쪽은 짧게 깎았기 때문에, 전체적으로 테크노 천사처럼 보인다. 애비는 이 순간 내 스마트폰 화면의 중요성을 이해하는 유일한 사람으로, 나를 보더니 무슨 일이냐는 듯 금빛 눈썹을 한쪽만 추켜올렸다.

나는 문자를 이어 나갔다.

‘케일한테 나 좋아하냐고 물어봤어?’

이제 돌아오는 답변에 따라 나는 다시 용기를 얻을 수도 있다. 케일은 (녹색 채소 케일과는 어떤 연관도 없다) 눈동자는 커피색, 피부는 매끈하고 건강해 보이는 갈색이다. 활짝 웃는 미소가 축구장만큼 시원하다. 축구부의 센터 포워드로, 나도 여자 축구부에서 같은 포지션이다. 우리가 아이를 낳으면 축구 스타가 될지도 모른다. 나는 심호흡을 했다.

한참 만에 고개를 들자, 눈앞에 푸른 혈관이 울퉁불퉁하게 튀어나온 손등이 보였다. 아까 나를 때린 지팡이를 꽉 쥐고 있다. 손가락 관절 위로 파란색 필기체의 '카르페 디엠'이라는 문신이 있다. 고개를 더 들어 얼굴을 보았다. 눈자위가 축축한 회색 눈이 나를 내려다보고 있었다. 뭔가를 기대하는 눈빛이다. 그렇지만 뭘? 창문으로 쏟아지는 햇살에 할아버지의 은빛 머리카락이 반짝였다.

그러고 보니 애비도 나를 빤히 쳐다보고 있었다. 애비가 내 어깨를 퍽 쳤다.

"할리!"

"왜?"

"자리 양보해 드려야지!"

이해가 안 간다. 버스에는 자리가 서른 군데도 넘게 비었다. 굳이 왜 통로를 바라보는 이 자리를 탐내는지 알 수가 없다. 여길 양보하면 나도 애비하고 얘기하기가 힘들다. 애비 옆자리는 보행 보조기를 가지고 탄 할머니가 차지하고 있기 때문이다. 할머니한테서는 은방울꽃 향이 난다. 그 달짝지근한 향이 내 목을 조이고 있었다. 웩! 양말 고린내와 은방울꽃, 어마어마한 조합이다.

나는 구시렁거리며 일어나 앞을 막아선 할아버지 곁에 우물쭈물 섰다.

"아, 나도 차만 있었으면."

애비가 교정기를 드러내며 씩 웃었다.

"운전은 할 줄 알고?"

"나 삼촌네 농장에 가면 맨날 트럭 운전하거든?"

"운전면허도 없잖아."

"내 생일이 4월이잖아. 기다려 봐. 운전면허만 따면 버스랑은 이별이야."

내 스마트폰이 꾸륵 울렸다. 메건의 문자다! 나는 서둘러 내용을 확인했다. 이건 내 아이들의 아버지가 누구냐를 결정지을 중요한 문자다. 〈사운드 오브 뮤직〉에 나오는 본 트랩 남매들처럼 일곱 명을 낳고 싶다.

이건 생애 최고의 크리스마스 선물이 될 수도 있다. 멋진 남자친구라니. 우리는 손을 잡고, 사물함 앞에서 키스할 것이다. 미소를 짓고, 행복해할 것이다. 서로가 학창 시절의 첫사랑이었다고, 훗날 우리의 일곱 아이에게 이야기할 것이다.

다시 숨을 깊게 들이마셨다. 그때 버스가 덜컥 서면서 나는 아까 그 할아버지 앞으로 넘어졌다. 지팡이가 이번에는 발등을 찍었다.

"아야!"

나는 소리를 지르고 할아버지를 노려보았다.

"그러게 내 뭐랬냐, 그 스마트폰이 사람 잡을 거라고 했지?"

"할아버지 지팡이가 더 위협적이거든요!"

나는 구시렁거리며 화면을 확인하고 애비 뒷자리로 가 외쳤다.

"예스! 예스! 예스! 케일이 날 좋아한대!"

"그럴 줄 알았다니까!"

나는 문자 메시지를 보며 고개를 저었다.

"그렇지만 나한테 천둥의 허벅지라고 한 적도 있단 말이야."

"넌 골을 잘 넣잖아. 다리 근육이 엄청나다는 뜻으로 한 말일 거야."

"아냐. 뚱뚱하다고 놀리는 거야."

"넌 통통할지는 몰라도 뚱뚱하지는 않아. 딱 보기 좋게 둥근 느낌이야."

나는 한 손으로 얼굴을 쥐어 보았다. 축구공 같은 동그란 얼굴. 광대뼈 같은 건 느껴지지도 않는다. 구불구불하게 컬을 만 머리 스타일 때문에 턱선이 흐릿해져서 더 통통해 보인다. 더구나 나는 키가 작다. 다리가 길면 가늘어 보일 텐데, 애비의 다리처럼. 나는 스키니 바지를 입은 애비의 다리를 슬쩍 훔쳐보았다. 천둥으로 불릴 일은 절대로 없다. 애비는 턱선도 날렵하고 광대뼈도 예쁘다. 나는 이마를 짚었다.

"헉, 안 돼!"

"왜 그래?"

눈썹 바로 위에서 딱딱한 것이 만져졌다. 눌러 보니 아팠다.

"나 여드름 났어!"

"신경 쓰지 마. 다음에 우리 내려야 해."

버스가 오른쪽 차선으로 들어섰다.

갑자기 버스 기사가 경적을 울리며 브레이크를 밟았다.

신형 허리케인 SUV 차량이 뒤에서 나타나 질주하고 있었다. 차는 광택을 낸 사과처럼 새빨갛게 반짝거렸다. 나는 차를 보며 미소를 지었다. 멋지다!

"애비, 난 나중에 꼭 저 차를 탈 거야."

"나도. 우리 경주하자."

나는 빙그레 웃으며 어깨를 으쓱했다.

"숨만 쉬면서 백 살 때까지 돈을 모아야겠지만."

정류장에 가까이 다가가면서 버스는 속도를 차차 줄였다. 나는 은방울꽃 할머니보다는 앞자리에 섰지만, 지팡이 짚은 할아버지를 앞서지는 못했다. 할아버지는 내 앞을 막고 천천히 발걸음을 옮겼다.

내 스마트폰이 또 꾸르륵 울렸다. 나는 화면을 내려다보았다.

'케일하고 하디프 지금 식당가에 있음.'

"아, 어떡하지? 케일도 지금 여기에 있어!"

나는 이마에 난 여드름을 만졌다. 그사이 두 배는 커진 것 같았다.

"만지지 마! 그러면 더 커진단 말이야."

애비는 내 손을 치우기라도 할 기세였지만, 우리 사이는 여전히 보행기 할머니에 가로막혀 있었다.

버스 문 앞에서 나는 여전히 느릿느릿 내리고 있는 백발의 할아버지 뒤를 따라가며 문자를 썼다.

'케일이 나에 대해 정확히 뭐라고 그랬는데?'

그러다가 할아버지가 모자를 쓰느라 서는 것을 미처 보지 못하고 그대로 부딪쳤다.

할아버지가 돌아서며 나를 향해 얼굴을 찌푸렸다.

"그 물건을 내려놓지 않으면 인생에서 많은 걸 놓칠 거다."

"죄송합니다—아."

그러니까 제발 빨리 좀 움직이시라고요, 제발! 옆으로 밀치고 싶은 충동이 일었다. 나는 지금 인생에서 많은 걸 놓치고 있다. 이 할아버지 때문에! 이 시간이면 『해리포터』 한 권을 문자로 보냈겠다.

드디어 보내기 버튼을 눌렀다. 케일을 따라잡아야 했다.

아니, 과연 따라잡아야 할까? 이런 꼴로 케일 앞에 나타나도 될까? 이마에 이만한 여드름이 났는데? 스마트폰이 또 한 번 꾸르륵 울리는 소리에 할아버지가 나를 돌아보았다.

"제가 트림한 거 아니에요. 스마트폰 소리예요."

나는 문자를 확인했다.

'네가 재미있다고 했어.'

드디어 버스에서 탈출이다. 나는 앞으로 걸으면서 계속 스마트폰 자판을 눌렀다.

'진짜로 재미있다는 거야, 아님 이상해서 재미있다는 거야?'

바짝 따라오던 애비가 내 등에 부딪혔다.

"할리, 서둘러. 케일이 가 버리기 전에 도착해야 하잖아."

어쩌면 나는 도착하고 싶지 않은 건지도 몰랐다. 케일에게 나는 재미있는 아이다. 케일은 그냥 나를 놀리는 걸까? 평소 나를 보는 눈에 언제나 웃음기가 섞여 있기는 했다.

주차장 가장자리의 눈 더미로 발을 디디자 운동화가 깊이 파묻혔다. 올해는 오랜만에 크리스마스 시즌에 눈이 오고 있었는데, 날씨가 아직 많이 춥지 않은 데다 방한 부츠라면 질색이었던 것이 문제였다. 나는 축축한 눈 더미에서 발을 빼내며 계속 쇼핑몰 쪽으로 걸었다.

"우리 편의점에 잠깐 들를래? 나 이거 가릴 컨실러 사고 싶어."

나는 이마를 가리켰다.

애비가 눈동자를 굴렸다.

"그러다가 케일하고 하디프 놓칠 거 같은데."

트림 소리가 또 울렸다.

"문자는 나중에 확인해."

애비는 계속 걸었다.

그렇지만 나는 손가락이 근질거렸다. 메건이 뭐라고 했는지 봐야 한다. 나는 스마트폰을 확인하느라 뒤로 처졌다.

"할리!"

애비가 재촉했다.

나는 뛰어가면서 문자를 읽었다.

'케일이 도넛 매장에서 나가고 있어. 대체 지금 어디야?'

"할리! 할리!"

애비가 나를 불렀다.

나는 고개도 들지 않고 뛰었다. 아직 안 늦었다. 편의점에만 안 들르면 된다.

그런데 애비의 목소리가 이상하게 높았다.

"조심해!"

쾅!

내 안에서 어떤 강한 힘이 폭발했다.

시간이 점차 느려지면서 나는 공중으로 떠올랐다. 들고 있던 스마트폰이 날아가, 내 앞에서 허공을 가르며 곡선을 그리다가 얼음이 언 바닥에 부딪혀 깨졌다. 그 앞으로 방금 나를 친 빨간색 SUV가 보였다.

나는 얼어 있는 보도 위로 머리부터 떨어졌다. 머리가 뜨겁다. 너무 뜨겁다. 창백한 아픔 속에서 불에 타는 느낌이다. 이내 차가워진다. 너무 차가워진다. 몸이 떨리면서… 춥다. 보도 위에 고요히 누워 있는 사이 내 영혼이 내 몸에서 차츰 분리되어 나갔다.

애비가 흐느끼는 소리가 들렸다. 처음에는 크게 들렸다.

"할리! 안 돼! 할리! 할리! 누가 구급차 좀 불러 주세요!"

그렇지만 곧 희미해졌다.

내 숨소리가 들렸다. 내쉬고… 마시고… 내쉰다…. 뭔가 따뜻한 것이 이마에서 흘러내렸다. 밑바닥에 남은 마지막 한 방울까지 흘러내린 느낌이었다.

내 얼굴 옆으로 애비의 신발이 보였다. 까만색과 노란색이다. 애비의 다리 뒤로 보이는 것은 움푹 들어간 빨간색 범퍼다.

나는 호흡이 점점 느려졌다. 그리고 마지막 한 모금을 들이쉬었다. 이제 숨 같은 건 더는 필요 없나 보다. 그 대신에 몸이 떠올랐다. 두둥실 떠오르더니, 바람에 나부끼는 풍선처럼 느닷없이 자유롭게 춤을 추었다. 눈밭에 널브러져 있는 내 몸이 보였다. 하얀색 구급차와, 들것에 실리는 여성도 보인다. 옅은 금발에, 푸른빛이 돌 만큼 창백하고 새하얀, 주름진 얼굴이다.

'저 할머니가 운전한 거야?'

억울한 생각이 뜨겁게 치솟았다.

운전할 나이는 지났잖아.

그리고 눈앞이 까만 액체로 덮였다.

2 체인지

눈을 떠 보니 밝고 경쾌한 음악 소리가 울려 퍼지고 있었다. 포근하게 볼에 닿는 바람에서 겨울의 찬 기운은 느껴지지 않았다. 나는 운동화가 아니라 플립플롭을 신고 있다. 청바지가 아니라 반바지, 좋아하는 노란색 스마일 티셔츠 차림이다. 외투는 간데없다. 뭐야, 나 지금 크리스마스를 놓친 거야?

비명이 허공을 갈랐다. 그런데 에너지가 넘치는 신나는 비명이다. 놀라거나 공포에 질린 비명, 그러니까 주차장에서 교통사고를 당할 때 나오는 비명이 아니다. 어쩌면 모든 것이 꿈이었을지 모르겠다.

어디에선가 핫도그와 팝콘 냄새가 풍긴다. 달콤한 냄새도 섞여 있다. 솜사탕도 있는 건가? 그래, 그거다. 놀이공원 특유의 냄새! 틀림없다. 미소가 지어졌다. 나는 놀이공원을 아주 좋아한다. 색색의 조명, 행복한 아이들, 손을 잡고 걷는 연인들, 좌판의 다양한 간식들, 음악과 비명, 정신을 빼놓는 놀이기구들, 그중에서도 특히 롤러코스터. 롤러코스터도 있나 둘러보는데 앞에 회전목마가 보였다. 새하얀 유니콘의 행렬이 파란 꽃들로 장식한 고삐를 달고 올라갔다 내려왔다 빙빙 돌고 있었다. 눈을 깜박이자 유니콘에 올라탄 각양각색의 사람들이 보였다. 비대해 보이는 정장 차림 남자, 젓가락처럼 마른 할머니, 십 대 여자아이. 뒤에 오는 마차에는 아기를 안은 엄마와 서로에게 기대어 앉은 연인이 타고 있다. 아이들은 생각보다 많지 않다. 그런데 이상하다. 모두 미소를 짓고 있는데도 왠지 모를 거리감이 느껴졌다. 그리고 빙빙 돌아가는 그들을, 맹세하는데 햇살이 그냥 통과하고 있다. 회전목마 가운데 있는 거울에는 아무도 비치지 않는다.

꿈인 건가.

'롤러코스터는 어디 있는 거지?'

돌아보며 걷는데 옆에 티컵 라이드가 보였다. 사람도 없고 마침 멈춰서 있다. 롤러코스터 대신에 이걸 타야겠다.

어디선가 진행 요원이 불쑥 나타나 씩 웃었다. 그리고 손을 내밀었다.

"올라오세요!"

나는 진행 요원의 눈동자를 보며 물었다.

"표는 어디서 사나요?"

"벌써 사셨어요."

진행 요원은 눈을 덮고 있던 갈색의 긴 앞머리를 뒤로 넘겼다. 시냇물처럼 푸르게 반짝이는 젊은 눈동자가 연신 즐거워하고 있다. 누굴 닮았는데? 진행 요원은 살짝 윙크하더니 내 손을 이끌어 커다란 노란색 컵으로 데려갔다. 다른 컵에는 아직 아무도 타지 않았다. 나는 탈 사람을 더 기다릴 줄 알았다.

그런데 아니었다. 컵들이 덜컥 흔들리더니 서로의 주위를 빙글빙글 돌기 시작했다.

속도가 붙으면서 다른 컵들에도 사람들이 나타나기 시작했다. 레오 삼촌, 전임 시장님, 그리고 어, 저 사람은 고드 다우니(작고한 캐나다의 인기 가수)잖아? 왜 다 여기 있는 거지? 햇살은 이들도 그냥 통과하고 있었다.

퍼뜩 떠오르는 것이 있었다. 이들은 모두 죽은 사람들이다. 속이 메스꺼웠다. 내 팔을 내려다보았다. 이상하리만치 투명해 보였다.

돌아가던 컵들이 갑자기 멈춰 섰다.

"제가 센스가 없었죠? 이런 컵들보다는 아드레날린이 펑펑 쏟아지는 쪽을 좋아하는데."

그걸 어떻게 아는 거지? 그런데 이 직원에게는 친숙한 구석이 있다. 왜지? 생각이 날 듯 말 듯 하다. 외모가 아니라 눈동자에서 반짝이는 뭔가가, 저 행동들이 친숙하다. 나를 향해 내민 손에 번득 눈에 띄는 것이 있었다. 문신이다.

카르페 디엠!

"버스! 맞죠, 그 할아버지? 어떻게 이럴 수가! 지금은 너무 젊은데?"

"들켰군요, 하하. 이름은 엘리라고 하죠."

"하느님, 맙소사! 변신술사였어."

"처음이 맞아요."

"무슨 뜻이에요?"

"방금 한 말 중에."

엘리는 잠시 기다렸다.

아! '하느님, 맙소사'가 맞다는 뜻이다. 나는 얼굴이 달아올랐다. 지금 자신이 '신'이라는 것이다!

내 생각을 읽은 듯 엘리는 나를 향해 고개를 끄덕이며 미소 지었다. 그리고 내 손을 끌어당겼다.

“따라오세요.”

나는 발에 힘을 주고 끌려가기를 거부했다. 빨리 이 꿈에서 깨야 한다.

“어서요, 여행을 계속하고 싶잖아요?”

엘리는 더 강하게 당겼다.

나는 발을 끌며 버텼다.

“잠깐만요, 애비는 어디 있어요? 그때 옆에 있던 제 친한 친구요.”

“애비는 차 뒤로 걸어가지 않았죠.”

몸이 계속 끌려간다. 토하고 싶다.

“난 그 작은 화면만 보고 있지 말라고 분명히 경고했어요. 인생을 놓칠 거라고.”

우리는 초대형 목재 롤러코스터에 가까워지고 있었다. 나무 롤러코스터는 처음 봤다. 저게 과연 안전할까?

눈으로 롤러코스터의 레일을 따라가 보았다. 오르막과 내리막으로 이어지다가, 결국에는 구름을 뚫고 사라지고 있었다.

“이건 분명히 나쁜 꿈일 거야.”

“좋은 꿈에 가깝죠. 아주 길고 긴 꿈. 롤러코스터 좋아하잖아요. 올라와요.”

엘리가 출입구의 나무문을 밀어 열었다.

“별로… 별로 타고 싶지 않아요. 혼자서는 못 타요.”

나는 도와줄 사람이 없나 주위를 둘러보았다.

“잠시 기다리면 같이 탈 사람이 나타날 거예요.”

엘리가 기대하는 눈빛으로 내 옆을 보았다.

뭔가가 공기 중에 반짝거리고, 나는 홀린 듯이 그 반짝임을 지켜보았다. 내 스마트폰이 공중에서 회전하던 때처럼 시간이 느려지고 있었다. 기다란 실루엣이 형체를 이루어 가더니 내 옆에 나이 많은 여성이 나타났다. 여성은 옅은 금발 머리를 부산스레 흔들어 털고는 롤러코스터를 보고 감탄했다.

"어머나, 세상에. 이런 롤러코스터는 정말 너무 오랜만이네. 아직도 이렇게 만드는 줄 몰랐어."

"요즘 다시 인기죠."

얼굴이나 머리 스타일이 낯익다. 헐. 들것에 실려 있던 그 할머니다.

"자동차로 날 친 사람이잖아."

엘리가 나섰다.

"예의 좀 지키시죠. 같이 탈 사람이 필요하잖아요."

"저 할머니랑은 못 타요!"

"왜 못 타죠? 이분도 롤러코스터 좋아해요. 두 사람은 공통점이 많죠."

할머니가 부드러운 목소리로 말했다.

"괜찮아요. 내 아들 론도 롤러코스터를 참 무서워했죠."

"난 롤러코스터가 무서운 게 아니에요. 이걸 탔다간 절대로 다시 못 돌아간다고요!"

"이런, 돌아간다는 걸 너무 좋게만 보는구나. 나는 시큰거리는 관절과 떨리는 손가락이 기다리는 삶으로 굳이 돌아가고 싶지 않은걸?"

할머니는 난데없이 두 팔을 가슴 앞으로 활짝 벌렸다.

"인생은 고속도로, 밤을 새워 달리고 싶네!(90년대 인기 팝송 'Llife is a highway'의 가사)"

이 할머니는 너무 기분이 좋아 보였고, 나는 그게 너무 거슬렸다.

"그만하세요! 할머니는 가족도 없어요?"

"있고말고. 나를 짐으로 생각하는 아들 녀석이 있고, 딸도 하나, 손녀하고 손자도 있지. 서부에 살아서 이젠 내가 누군지도 모를 녀석들."

"참 좋으시겠네요. 전 아직 키스도 못 해 봤는데."

나는 불끈 주먹을 쥐고 말을 이었다.

"그리고 이젠 영영 못 하겠죠. 다 할머니 때문이에요."

할머니는 차분하게 대답했다.

"난 후진 중이었다. 네가 차 뒤로 뛰어든 거야."

나는 고함을 질렀다.

"브레이크를 밟으셨어야죠!"

"밟았다. 그런데 액셀 페달에 문제가 있었어. 페달이 걸렸던 거야."

"페달을 헷갈린 거겠죠. 할머니 나이에는 운전하면 안 돼요!"

"앞을 좀 보고 다니지 그랬니? 젊은 사람들은 늘 급하지!"

"우리 학교 만찢남을 만나려고 뛰어가던 길이었어요. 걔가 절 좋아하거든요. 요만큼만 더 갔으면 남자친구가 생기는 거였다고요."

나는 엄지와 검지를 들어 가까이 대어 보였다.

"스마트폰하고 얼굴 사이 거리가 그만큼이었겠지."

엘리가 두 손을 엇갈려 엑스 자 모양으로 만들며 외쳤다.

"자, 여러분, 여러분! 다 지난 일이에요. 그냥 이곳을 즐기시죠?"

"이 아이가 하는 말이 사실이 아니라서 그래요. 알잖아요. 이제 다들 이 녀석처럼 말하겠죠. 내 아들도 그럴 거고요. 액셀 페달이 이상해서 정비를 맡겼어요. 그런데 그 맹한 정비사가 문제는 발판 매트하고 내 부츠

라더군요. 난 심지어 운동화를 신고 있었는데!"

엘리가 고개를 설레설레 저었다.

"요즘 같은 세상에 장인정신을 기대하시는 거예요?"

할머니의 얼굴이 붉어지더니 엘리를 보는 눈이 이글거렸다.

나도 이 할머니만큼이나 엘리한테 한 방 날리고 싶다.

"난 다 모르겠고요. 그냥 죽기 전에 남자하고 키스나 해 보고 싶어요. 그게 그렇게 큰 욕심이에요?"

"나한테는 중요한 문제야! 평생을 잘 살아왔는데 이렇게 오점을 남기기는 싫으니까."

"오점이라고요?"

"모두가 내가 널 죽였다고 말하는 거 말이다."

그러니까, 나는 지금 죽은 것이다. 물론 그런 것 같다고 생각하고는 있었다.

엘리의 시선이 나한테 왔다가 할머니한테 갔다가 다시 나한테 돌아왔다. 아까의 의기양양함은 사그라든 것 같아서 나는 압박에 들어갔다.

"이 놀이공원의 주인이시죠? 그러니까 뭐든 마음대로 바꿀 수 있잖아요. 우리 교통사고도요. 우리 둘 다한테 기회를 주세요."

끝에 가서는 너무 부탁하는 느낌이었다. 나는 전략을 바꾸고 목소리 톤도 바꾸었다.

"어떻게 하실래요? 다시 살아난다면 전 이 할머니하고 사이좋게 지내면서 교통사고 문제도 입증할 수 있어요."

"이 할머니 이름은 수전 맥밀런이다. 네 이름은 뭐니?"

"할리 프린스요. 안녕하세요."

“이런 상황에서 너나 나나 무슨 수로 안녕하겠니. 엘리, 안 그래요?”

수전 할머니가 엘리를 보며 말했다.

“허리케인은 위험한 차예요. 사지 모터스가 결함을 인정하고 고치지 않으면 더 많은 사람이 죽고 다쳐요. 할리가 도와주면 내 말을 믿어 줄 사람을 찾을 수 있을 거예요.”

엘리는 신중한 표정으로 고개를 끄덕였다. 그리고 갑자기 너무 활짝 웃었다. 저 웃음을 믿어도 될지 모르겠다.

“여러분의 의견을 수용하겠습니다. 내키지 않으면 롤러코스터는 안 타도 돼요. 두 사람 다 다른 결말을 맞게 될 거예요. 상상을 뛰어넘는 결말을요.”

3

할리

나는 파르르 눈꺼풀을 떨며 눈을 떴다. 눈앞에 자동차 대시보드가 보였다. 이마가 핸들 윗부분을 누르고 있었다. 뭐지? 나는 운전면허가 없는데. "아, 아, 아야!" 가슴 아래의 와이어가 조여들고 있었다.

그때 누군가가 운전석 창문을 두드렸다.

"핸드백에서 니트로글리세린을 꺼내요."

"뭘 꺼내라고요?"

나는 핸드백 같은 건 가지고 다니지 않는다. 그나저나 나는 누구 차에 있는 걸까? 우리 엄마 차는 미니밴이다. 고개를 돌려 보니 아까 버스에서 마주쳤던 할아버지가 서 있었다. 놀이공원 진행 요원의 모습이 아니다.

"혹시 엘리예요?"

지팡이가 차창을 두드렸다.

"문 열어 봐요. 내가 도와줄 테니."

나는 얼굴을 들고 창문 버튼을 겨우 찾아서 눌렀다. 나머지는 엘리가 알아서 했다. 엘리는 차 문을 열고, 내 앞으로 몸을 숙인 다음, 파란색 가죽 핸드백에서 약병을 찾아 뚜껑을 열고 동그란 흰색 알약을 꺼냈다.

"혀 밑에 넣어요."

엘리가 내 입에 손가락을 집어넣는 바람에 선택의 여지가 없었다.

웩. 할아버지 손가락을 먹다니.

"삼키지 말아요. 그럼 효과가 없으니까."

알약에서 쓴맛이 나면서 톡 쏘는 듯 뜨거운 감각이 퍼져 나갔다.

"심호흡해요."

엘리가 이르는 대로 숨을 깊이 들이마시자 와이어가 느슨해지기 시작했다. 정신이 돌아오며 얼굴이 따뜻해졌다.

"이제 괜찮아요?"

나는 고개를 끄덕였다.

"그럼 가서 할리하고 얘기해요. 어떤지도 보고 사과도 하고."

"무슨 말씀이세요? 제가 할린데."

"반은 맞고 반은 틀린 말이죠. 영혼은 할리니까 그렇게 따지면 맞아요. 그런데 몸은 완전히 수전이죠. 그렇게 따지면 틀렸어요. 그런데 알죠? 사람들은 겉을 보고 판단한다는 걸."

"지금 무슨 소릴 하시는 거예요!"

거울을 보려고 선바이저를 내리는데, 손이 창백하다. 갈색 반점과 튀어나온 푸르스름한 혈관이 도드라져 있다. 나는 크게 숨을 들이마셨다.

"진정해요. 지금 막 심장마비 예방 약을 먹었는데. 여기서 더 충격을 받으면 안 돼요."

이미 늦었다. 얇아진 입술, 파란색 눈동자에 축축한 눈가, 그 아래로 짙게 드리워진 다크서클. 그리고 눈가에서 입가로 지도처럼 이어진 주름.

백인, 게다가 노인이 되었다!

"안 돼!"

나는 비명을 질렀다. 이마에는 구불구불한 보라색 자국이 나 있었다. 핸들에 눌린 부분에 멍이 생기는 중이었다.

"좋게 생각해요. 얼마나 살을 빼고 싶어 했어요?"

내 두 손이 깡마르고 긴 허벅지로 툭 떨어졌다. 무릎이 뻑뻑하고 시린 듯 쑤시다. 숨이 차다.

나는 두 눈을 감았다. 한참이 지나서야 다시 뜰 수 있었다.

"이게 되게 재미있는 장난 같은 건가 봐요? 하하, 저도 재미있네요. 자알 배웠습니다, 늙는 건 별로라는 거요. 그러니 이제 돌려놔 주세요."

엘리가 굽은 손가락을 내 앞에서 흔들었다.

"수전이 결백하다는 건 아직 증명 못 했죠."

"수전 할머니는 결백하지 않잖아요! 이러지 마세요. 조금만 더 살게 해 달라고 부탁한 사람은 저잖아요. 전 그 할머니를 처음부터 믿지도 않았어요."

"알았으니까 할리한테 가 봐요. 가서 일으켜 줘요."

"지금 제 몸에 수전 할머니가 있어요?"

"그래요."

엘리가 목소리를 낮췄다.

"기억해라. 넌 지금 수전이야. 다른 사람인 걸 들키면 안 돼."

나는 엘리의 얼굴을 빤히 쳐다봤다. 웃음기는 전혀 찾을 수 없었다.

"만약 들키면요? 그럼 더 나쁜 일이 일어나나요?"

엘리가 어깨를 으쓱했다.

"사람들이 치매라고 생각하고 요양원에 보낼걸요."

엘리는 내 손 위에 자기 손을 포개어 꽉 쥐었다.

"기회는 단 한 번이에요."

"제가 늙을 수 있는 단 한 번의 기회요?"

엘리는 고개를 내 쪽으로 숙이며 턱을 들었다. 그리고 흰 구름 같은 눈썹을 추켜올렸다.

"나이가 든다는 건 특권이에요. 당신이 얻지 못할 수도 있는 특권."

나는 한숨을 푹 쉬고 다리를 들어, 차 밖으로 내렸다. 한쪽 무릎이 무너져 내릴 것 같았다. 엘리가 옆에서 부축하며 파란색 핸드백을 건네주었다. 엘리와 함께 지팡이에 의지해, 눈 위를 지나 내 과거의 몸으로 걸음을 옮겼다. 이제 그 몸은 수전 할머니 것이다.

애비가 그 곁에 쪼그리고 앉아서 내 이름을 부르며 울고 있었다.

나는 난처한 척 두 손을 맞잡아 비비며 말했다.

"이 일을 어쩌나. 미안해 죽겠네."

'죽겠네'는 할머니들이 보통 쓰는 말이다. 그렇겠지?

"미처 못 봤어요. 친구는 괜찮아요?"

애비는 고개를 저으며 흐느꼈다.

"모르겠어요. 불러도 대답을 안 해요."

4 수진

등이… 아, 너무 차갑네… 빙판… 주차장… 내가 지금 왜 땅바닥에 누워 있지? 일어나야지. 이러다가 제 명에 못 살라. 그렇지만 천천히 해야지. 신경통이 도지면 안 되니까.

"할리! 할리!"

누군가 내 어깨를 흔들었다.

'그만 좀 흔들어라!'

머리가 지끈거렸다. 머릿속이 뜨거운 증기로 가득 찬 느낌이다. 치매가 온 건가? 드디어 시작인가?

'침착하자.'

나는 마음을 다잡았다. 치매는 죄가 아니다. 팔십이 넘으면 다섯 명 중 한 명이 알츠하이머에 패배한다는데, 내 여든 번째 생일은 벌써 2년 전이다. 힘겹게 눈꺼풀을 들어 올렸다.

위로 얼굴 하나가 떠 있었다. 형체가 흐릿하다. 파란색 머리 모양이 특이하다. 나는 눈을 깜박여 다시 보았다. 희한한 모양의 천사다.

희한한 천사가 나에게 말했다.

"괜찮니, 할리?"

기억이 났다. 할리는 아까 놀이공원에서 만난 아이이다. 내가 후진할 때 차 뒤로 뛰어든 아이. 그렇다면 지금 내 위에 떠 있는 이 얼굴은 할리 친구인 건가? 누가 저 머리를 좀 다시 만져 줬으면. 유감스럽지만 한쪽이 너무 짧다. 아니, 내 눈이 고장 난 건가?

"할리! 제발 뭐라고 말 좀 해 봐!"

어이쿠, 계속 이렇게 칭얼대려는 걸까? 이래서야 원, 생각을 할 수가 있나. 나는 몸을 일으키려 손으로 바닥을 짚었다. 손목은 또 얼마나 욱신거릴까. 그런데 전혀 아프지 않다. 손가락도, 손바닥도. 손을 내려다보는데 눈에 띄는 것이 있었다. 이제야 무슨 상황인지 알 것 같다. 심장이 쿵쿵 뛰었다. 내 피부가 까맣다!

'침착하자.'

나는 두 번째로 마음을 다잡았다. 내 피부는 지금 윤기가 흐르는 부드러운 청춘의 피부다. 색소가 많아졌다는 건 피부가 더 튼튼하고 자극에도 강해졌다는 뜻이다. 새로운 내가 마음에 들 수밖에 없다.

나는 평생을 창백한 흰색 피부로 살았다. 어머니는 내 몸에 베이비오일을 듬뿍 칠한 다음 햇빛 아래로 가서 앉아 있으라고 말하곤 했다. 그러면 피부에 색이 생긴다는 거였다. 안타깝게도 그럴 때마다 내 피부는 붉게 달아올랐고 얼마 지나지 않아 건조해지면서 하얗게 갈라졌다. 어머니는 오래전에 돌아가셨고, 나는 이제 1년에 한 번 피부과에 가서 나중에 암으로 변할지도 모를 세포들을 태우고 있다.

어쨌거나 시간을 너무 끌었다. 이제 일어나야 한다. 먼저 발가락을 꼼

지락거리고 다음으로 다리를 스트레칭하듯 뻗었다. 관절을 부드럽게 하고 피를 잘 돌게 하려면 그 수밖에 없다. 안 그러면 절대 되고 싶지 않았던 꼬부랑 할머니처럼 뒤뚱거려야 할 것이다. 대체 언제 이렇게 늙은 건지.

그런데 이게 웬일일까. 앉아 보니 무릎도 발목도 전혀 아프지 않다. 아킬레스건도 말짱하다.

“할리! 할리!”

나는 숨을 들이마셨다. 내 이름은 수전이다. 그것만은 확실하다. 나는 할리가 아니다. 그리고 한 번만 더 내 어깨를 잡고 흔들면 한 대 때려 줄 테다. 아니, 그래선 안 된다. 잔소리도 해선 안 된다. 장단을 맞춰야 한다. 그렇잖아도 내가 여든 살을 넘긴 뒤로 사람들은 나를 지적할 궁리만 하고 있다.

눈앞의 뿌연 장막이 걷히자 나는 내 두 다리를 내려다보았다. 다리가 너무 달라졌다. 짧아졌고, 곡선이 생겼으며, 청바지를 입고 있다. 이런 건 일할 때 입는 바지이지, 쇼핑하러 올 때 입는 옷이 아니다. 일어서는데 다리 근육에 힘이 느껴진다. 내 것일 수 없는 힘이다. 펄쩍펄쩍 뛰며 그 힘을 만끽하고 싶은데, 파란 머리 아이 옆에 서 있는 늙은 내가 보인다.

“자동차로 사람을 치다니, 정말 미안해 죽겠구나. 아프지 않니?”

내 몸에서 나오는 내 목소리다.

지금의 나는 입술을 전혀 움직이지 않고 있다. 입술을 만져 보았다. 느낌도 다르다. 훨씬 더 부드럽고 도톰하다.

“안 아파요. 최근 들어 가장 건강한 느낌인데요.”

목소리마저 부드럽고 활기가 넘친다. 나는 미소를 지었다.

점잖은 신사가 과거의 내 몸 곁에 서 있었다. 동네 식료품점에서 몇 번 본 적이 있는 얼굴이다. 노인들한테는 잘 보이지 않는 힘과 자신감이 있어 늘 뭔가 특이하다고 생각했었다.

과거의 나를 부축하고 있는 신사의 손 위로 문신이 보였다.

'카르페 디엠.'

내 라틴어 실력이 녹슬지 않았다면 저건 "이 순간에 충실하라"라는 뜻이다. 놀이공원의 진행 요원이던 엘리와 같은 문신이다. 머리가 야구 방망이로 맞은 것처럼 띵했다.

엘리(Eli)는 히브리어로 '신'이라는 뜻이다. 이게 가능한 일일까?

"안 아프다니! 할리! 저 차가 널 날려 버렸단 말이야!"

이 희한한 천사는 아까부터 나를 저 이름으로 부르고 있었다. 내 눈에 비친 내 몸을 보면 알 수 있다. 나는 지금 할리로 보인다.

엘리는 우리에게 상상을 뛰어넘는 결말을 맞을 거라고 예고했었다.

파란 머리 천사가 말을 이어 나갔다.

"그리고 넌 지금 머리를 쥐고 있고."

나는 곧바로 손을 내렸다. 내가 지금 할리의 몸에 있다는 것은 내 몸에는 할리가 있다는 거겠지? 엘리의 그 말은 우리 두 사람의 몸을 바꾸겠다는 뜻이었을까?

파란 머리 천사가 말했다.

"너 뇌진탕일 수도 있어. 병원에 가자."

'병원'이라는 단어에 몸이 반응했다. 절로 몸서리가 쳐졌다.

"아니, 아니야!"

친구인 마르그레테의 남편이 가벼운 폐렴으로 병원에 입원했다가 관에

담겨 나왔다.

“병원엔 절대 안 가. 거기 있다가 클로스트리디움 디파실 균에 감염되어서 죽게 돼.”

“무슨 소릴 하는 거야? 너 입원 안 해 봤잖아. 태어난 곳도 병원이 아니라며.”

엘리가 콧등을 툭툭 치며 눈썹을 치키고 있는 모습이 뒤늦게 보였다. 나한테 신호를 보내고 있었다.

‘아차.’

십 대 청소년이라면 병원에 대한 지나친 경계심은 아직 이르다.

엘리가 말했다.

“어린 학생이 혼란스러운가 본데 우리가 좀 기다려 줍시다.”

내 모습을 하고 있는 사람이 거들었다.

“학교 숙제를 하다가 인터넷에서 병원과 세균에 관한 글들을 읽은 모양이다.”

지금 날 도와주려고 하고 있다. 뭔가를 아는 것이 분명하다. 할리일 수밖에 없었다.

할리에게는 이 무슨 악몽일까. 팔십이 넘은 몸에 갇히다니.

“아, 네, 네. 크 클로스트리디움 디파실이라고 수업 시간에 배웠어요.”

내가 말을 더듬으며 대답하자 파란 머리가 말했다.

“나는 왜 배운 기억이 전혀 없지?”

“딴짓하고 있었겠지.”

‘어휴, 가만히 좀 있어라, 이 할머니야!’

그사이 나의 예전 몸은 허리를 구부려 빙판 위에 떨어진 스마트폰을 집었다. 죽음을 겪고 노인의 몸으로 환생한 뒤에도 저 스마트폰이 가장 중요한가 보다. 너무 급하게 허리를 펴는가 싶었는데 역시나 얼굴에 통증의 파문이 퍼져 나가는 것이 보인다. 저게 어떤 느낌인지 나는 잘 안다.

할리는 등을 짚으며 얼굴을 찡그렸다.

"넌 괜찮을 거야. 그렇지만 네 스마트폰이 엉망이구나. 이 할머니가 바꿔 주고 싶은데."

할리의 눈빛이 활활 불타오르고 있었다. 입가에 영악한 웃음이 피어올랐다.

'아직도 날 원망하고 있나 본데.'

저 눈빛이면 내 지병인 백내장까지도 다 태우겠다.

"널 차로 친 마당인데 그 정도는 해야지."

목소리에 뾰족한 데가 있었다. 복수할 심산인 게다.

그런데 이 게임을 하는 사람은 저 혼자만이 아니다. 나는 마저 일어서며 부드럽고 젊은 입술로 말했다.

"괜찮아요. 주차장을 지날 때는 스마트폰을 보면 안 된다는 교훈을 얻었거든요. 다시는 스마트폰 안 쓸 거예요."

"저런, 그렇지만 꼭 사 주고 싶구나. 마침 나도 최신 El-Q를 하나 마련하려던 참이었거든. 두 개를 사면 좀 깎아 줄 거야."

나는 할리를 쳐다보며 손쉽게 허리를 굽혀 할리의 책가방을 주웠다.

"정말 받을 수가 없어요. 최신 기종은 너무 비싸요."

쪼그려 앉아 있던 파란 머리 천사가 일어났다.

"왜 안 받아. 이 할머닌 너한테 빚을 지셨다고!"

요즘 젊은것들이란! 온 세상이 다 자기들한테 빚진 게 있는 줄 안다.

"메모리카드를 빼면 이 스마트폰에 저장된 연락처는 다 가져올 수 있겠지. 애비?"

파란 머리 천사는 자신에게 질문을 던진 눈앞의 할머니를 미심쩍은 눈초리로 바라보며 얼굴을 찌푸렸다.

"제 이름을 어떻게 아세요?"

이 파란 머리는 꽤 예리하다. 이 천사의 눈을 속이기는 쉽지 않겠다.

할리의 주름진 얼굴이 붉어졌다.

"네가 얘기해 줬잖니?"

"제가요? 말씀 안 드렸는데. 여튼 저흰 이제 가 봐야겠어요."

파란 머리의 애비가 자리를 뜨려고 했다. 생전 처음 보는 노인네와 시간을 더 보내는 게 마뜩잖은 것이다. 애비가 할리를, 그리고 나를 눈으로 빠르게 훑고는 말했다.

"두 사람 다 좀 쉬는 게 좋겠어요."

나는 조용히 이 상황에 대해 생각해 보고 싶었다.

그런데 내 집이 어딜까? 목소리와 몸이 다른 사람이 되었을 때는 어디로 가야 하는 걸까?

할리가 나를 향해 고개를 끄덕이며 눈짓했다.

"너는 El-Q가 꼭 필요해. 그래야 우리가 서로 연락을 하지. 그러니까 내 말은, 나중에 몸 어디가 아플 수도 있다는 거야."

우리가 서로 연락을 해야 한다는 건 일리가 있었다. 아주 일리가 있었다. 서로 소통이 안 되면 이 연극을 끌고 갈 수가 없다.

"알겠어요. 그럼 쇼핑몰로 다시 갈까요?"

그때 애비가 끼어들었다.

"엄마한테 문자가 왔어. 늦지 말라고. 바로 가야겠는데."

할리가 물었다.

"잠깐만! 집까지 안 데려다 줘도 되겠니?"

지금 할리는 노인의 몸에 들어갔으니 당연히 운전도 할 수 있다고 생각하고 있었다. 그건 두고 봐야 알 일이다. 나는 할리와 눈을 마주쳤다. 내 자신의 눈과 눈을 마주치는 것은 당연하게도 당혹스러웠다. 내가 말했다.

"할머니랑 저는 El-Q부터 사러 가는 게 좋을 것 같아요. 사고에 관해 합의도 해야 하고요."

"전 버스 타고 가면 돼요." 애비가 말했다.

할리는 재차 물었다.

"그럼 점심은 어떠니? 할머니가 다 살게. '퍼스펙티브스'로 가자."

내가 말을 끊었다.

"아니, 아니요. 쇼핑몰 푸드코트면 충분해요."

퍼스펙티브스는 벌링턴 시내를 통틀어 가장 비싼 레스토랑일 것이다. 앞으로 얼마를 쓰게 될까? 이 아이는 돈에 대해 전혀 알지 못한다. 더는 수입이 없으므로 벌어 놓은 것으로 끝날 때까지 버텨야 한다는 개념을 모른다.

"아니, 꼭 가자꾸나. 제대로 된 점심 한 끼는 사야지. 내가 너한테 얼마나 큰 고통을 줬니."

애비가 대답했다.

"그럼 할리만 데려가세요. 저기 버스 온다. 할리, 안녕!"

다행이다. 할리의 친구 앞에서라면 제대로 알아낼 수 없을 테니까. 할리는 자신의 모든 것을 내게 알려 주어야 한다.

"그래, 잘 가, 애비."

나는 손을 흔들었다. 이름을 기억했다는 것이 행복하다. 요새 들어서 이름을 외우는 것 같은 일이 잘 안 되고 있다. 그런데 지금 내가 활용하고 있는 이 사고회로는 압핀처럼 날카롭다. 이렇게 똑똑할 수가! 몸이 바뀐 이 상황을 만끽해야겠다. 할리보다는 내게 훨씬 유리한 계약일 것이다.

5 할리

"어디 간 거야?"

나는 엘리를 찾아 두리번거려 보았지만, 엘리는 사라지고 없었다.

"대체 얼마나 갇혀 있어야 하는 거지."

나는 두 손으로 늙은 몸을 가리켰다.

"이 몸에."

수전 할머니가 내 입술을 오므렸다. 나라면 하지 않을 동작이다.

"아쉬운 대로 지금 이 상태에서 최선을 다해 봐야 할 것 같구나."

물론 할머니로선 이 상황이 나쁘지 않을 것이다.

"할머니 차를 저렇게 도로 한가운데 내버려 두면 안 되겠죠. 주차해야겠어요."

"지금은… 못 하겠다. 나 자신을 못 믿겠어. 아니… 저 차를 못 믿겠다. 몸이 좀 떨리는 것 같아."

수전 할머니는 손으로 입을 가렸다. 그것도 나라면 안 할 일이다.

"아, 제발요!"

"어차피 네 몸에서는 운전 못 한다. 나이가 안 되잖니."

"알겠어요. 제가 하죠."

나는 할머니 가방에서 자동차 열쇠를 찾았다.

"운전은 할 줄 알고?"

"당연하죠. 삼촌 트럭 맨날 몰아요. 주차 실력은 장담 못 하지만. 시골 농장에는 주차할 곳이 널렸거든요."

나는 운전석 쪽으로 가서 앉았다.

수전 할머니가 내 옆에 들어와 앉으며 말했다.

"허리케인은 쉬울 거다. 알아서 주차하는 기능이 있는 차야."

"차가 너무 커요. 주차 자리는 좁은데."

"차가 알아서 주차한다니까 그런다. 주차 보조 기능이 있어. 카메라하고 센서로."

아까 놀이공원에서 수전 할머니는 발판 매트가 어떻다고 했다. 혹시 몰라서 나는 허리를 굽혀 매트가 액셀 페달에 걸리지 않는지 확인했다. 그리고 시동을 걸었다. 계기판에 투명한 파란색 불들이 들어왔다. 수전 할머니가 주차 기능을 켜 주었다. 전면 화면에 허리케인의 차체가 세 각도에서 떴다.

"와우, 신기술을 좋아하시는 줄은 몰랐는데."

"안 좋아한다. 아들 녀석이 하도 뭐라 그래서 단 거지. 론 녀석은 변호사야. 능력이 있어. 그 녀석 아내는 셰릴인데, 셰릴이 내가 심장마비로 쓰러지고 나니까 운전면허를 반납해야 한다고 나선 거야. 론은 그러지 말고 안전장치가 있는 신형 차를 사라고 한 거고."

"전 이제 뭐 하면 돼요?"

"그냥 시동 걸고 있어라. 다른 차에 너무 붙으면 경고음이 울릴 테니까."
"젠장, 저 스마트카가 지금 우리 자리에 들어갔어요."
"크리스마스잖니. 주차 자리 찾아서 몇 시간씩 뱅뱅 도는 시즌이야."
수전 할머니는 고개를 창문 밖으로 쭉 내밀었다.
"저기 눈 쌓인 쪽에 차들이 한 줄로 늘어선 거 보이지? 아, 지금 한 자리 났다."
"평행 주차를 하라고요?"
"30초면 할 거다. 얼른 가. 다른 차가 차지하기 전에."
수전 할머니 말이 맞다. 우리는 서둘러야 했다. 나는 핸들을 돌리고 기어를 드라이브에 넣은 다음 조심스럽게 액셀 페달을 밟았다. 물론 아무 문제도 없었다. 나는 내가 아는 어떤 어르신하고는 다르게 액셀과 브레이크를 구분한다. 그래도 혹시나 해서 확인을 하고, 잠시 섰다가, 다시 액셀을 밟았다. 주차할 자리 앞에 차를 세웠다.
"이제 기어를 후진에 넣고, 핸들 돌리고, 액셀 밟아라."
"이렇게 주차가 된다고요?"
"좋은 기술이야. 액셀만 살짝 밟고 있어."
내가 발에 살짝 힘을 주자 마법처럼 차가 움직였다.
"신기하네."
마치 초자연적인 힘이 차를 움직이는 것 같다.
삑, 삑!
"들어갔다는 신호다. 이제 브레이크 밟아라. 그래, 됐다."
"액셀은 문제없는데요."
"이번에는 그런 거지. 계속 말썽이 났다면 수리를 했을 거야."

"그건 그러네요."

나는 시동을 끄고 차에서 내렸다. 내가 수전 할머니보다 훨씬 느리다.

할머니는 눈 더미 사이로 난 길을 성큼성큼 걸어 쇼핑몰로 향했다.

나는 따라가느라 죽을 지경이었다.

"좀 천천히 가시죠? 전 무릎이 아프다고요."

말을 꺼내기가 무섭게 움푹 파인 구멍에 오른발을 헛디뎌 그대로 고꾸라졌다.

"뭐야? 내가 이렇게 둔하다고?"

수전 할머니가 토끼처럼 날쌔게 되돌아와 나를 부축했다.

"미안하구나. 그 무릎이 늘 균형을 못 잡고 말썽이지. 내가 천천히 걸으마. 자, 잡아라."

수전 할머니는 내게 팔을 내주었다.

"이러면 편하겠다. 빙판에 넘어질 일도 없고."

나는 어색한 걸 무릅쓰고 할머니한테 매달렸다. 어차피 누가 날 알아보지도 않을 거였다.

우리가 쇼핑몰 입구로 다가가자, 한 남자가 휠체어 버튼을 눌러 주었다. 문이 자동으로 열렸다. 우리도 문 정도는 알아서 열 수 있거든요.

"고마워요."

수전 할머니가 인사했다. 할머니의 열린 입술 사이로 가지런한 치아가 보였다. 원래는 내 것이던 치아다. 내 미소가 저렇게 아름다웠다니! 전에는 정말 몰랐다. 내 입술은 분홍색 실크 리본처럼 도톰하고 매끈했다. 나는 늙은 입술을 꼼지락거려 보았다. 바짝 마른 입술이 찢어졌다.

쇼핑몰 안으로 들어서자 수전 할머니가 물었다.

"스마트폰 가게는 어디니?"

"냄새는 맡을 수 있는지 확인 좀 할게요."

나는 깊이 숨을 들이마시며 최신 전자기기가 풍기는 냄새를 맡았다. 너무 좋다.

"이쪽이니?"

수전 할머니는 왼쪽을 가리키고 있었다.

"옙."

IQ 매장의 조명은 다른 그 어느 매장보다 환했다. 대형 평면 유리와 내부 흑백 벽의 조합 덕분에 실내는 실제보다도 넓어 보였다.

매장은 붐볐다. 사람들이 곳곳에 놓인 키 큰 테이블에서 다양한 종류와 크기의 기기를 보고 있었다. 까만 바지와 하얀 가운을 입고 매장을 도는 직원들은 하나같이 El-Q를 들고 있었다. 까만색 벽의 스크린에 El-Q 광고 메시지가 반짝였다.

'어떻게 하면 우리가 당신의 구매를 좀 더 즐거운 경험으로 만들 수 있을까요?'

'의심이 든다면 리부트하세요.'

그 아래에는 출시 예정인 신형 El-Q 이미지가 나타났다.

스크린 앞에 놓인 긴 흰색 테이블에는 사람들이 등 없는 의자에 참을성 있게 앉아서 연구실 가운을 입은 직원들이 자신들의 문제에 관심을 가져 주길 기다리고 있었다.

가운 차림의 귀엽게 생긴 직원이 우리에게 다가왔다. 뭔가를 발라 바짝 올린 머리가 단정했다. 눈꼬리가 살짝 처지는 미소, 갈색의 강아지 같은 눈동자가 인상적인 직원은 오직 젊은 모습을 한 수전 할머니에게만 눈길을 주었다. 내가 온 힘을 다해서 미소를 짓고 있는데도.

지금 이 몸의 치아가 누리끼리하던가? 나는 혀로 치아를 훑어보았다. 잠깐, 이가 다 있기는 한 거야? 나는 가만히 입을 다물었다.

"전 벤이라고 합니다. 도와드릴까요?"

나는 최대한 어른스러운 말투로 대답했다.

"이번에 나온 El-Q를 보러 왔어요."

"이쪽으로 오세요."

벤은 우리를 왼쪽 벽 앞의 테이블로 안내했다.

"지금 매장에 있는 모델들입니다."

수전 할머니가 대충 둘러보고 물었다.

"얼만가요?"

벤이 수전 할머니를 향해 눈을 가늘게 떴다. 얼마인 걸 알면? 청소년이 그걸 왜?

"모델에 따라 다르죠. 원하는 기능이나 메모리 용량에 따라서도 다르고요. 가령 이런 모델은…."

벤이 제일 가까이에 있는 기기를 가리켰다.

"600달러 선입니다."

"뭐요! 스마트폰 한 대에?"

수전 할머니가 목소리를 높였다. 이건 너무 어르신 느낌이다.

벤이 눈썹을 추켜올리며 고개를 갸우뚱했다.

"이건 그냥 스마트폰이 아니에요. 미래죠. OLED 스크린이 이렇게 얇고 가벼워요. 페이스 ID 인식 기능이 있고, 무선 충전이 가능해요. 배터리 수명도 굉장히 길고요. 카메라에는 영상 흔들림 방지 기능이 내장되어 있습니다. 파노라마 사진을 찍을 수 있고 또 셀피를 찍을 때도…."

"전화 되는 거 맞지요?"

수전 할머니의 질문이었다. 정말 같이 다니기 창피하다.

벤이 빙그레 웃었다.

"당연하죠."

"문자밖에 안 보내긴 하는데."

나는 벤의 주의를 끌어 보려고 헛기침을 했지만 벤의 눈길은 수전 할머니에게서 떠나지 않았다. 눈앞의 청소년을 귀엽다고 생각하는 것이 다 보였다. 그런데 내 몸을 한 수전 할머니는 정말로 귀엽다! 귀여움에는 관심을 끄는 힘이 있다. 그런 힘이 나한테 있었다. 정말 몰랐다. 그리고 수전 할머니의 몸을 한 나는 투명인간이나 마찬가지였다.

"두 대 주세요."

할머니들 특유의 갈라지는 목소리로 말하고 말았다. 나는 목을 잡으며 목청을 가다듬었다. 그렇지만 내 목소리에 놀란 건 물론, 나뿐이었다.

벤이 들고 있던 기기에 뭔가를 입력했다.

"잘 알겠습니다. 마침 창고에 재고가 두 개 있다고 뜨는군요. 가서 확인하고 올게요."

벤은 부리나케 사라졌다.

벤이 자리를 뜨자 수전 할머니가 씩씩거렸다.

"나한테 복수한다는 핑계로 내 돈을 다 쓰면 어쩌니. 이 일은 내 잘못이 아니야."

나는 할머니의 파란 핸드백을 열고 안을 뒤적였다.

"할머니가 제 전화기 부쉈잖아요! 그리고 할머니한테는 스마트폰이 아예 없고요."

수전 할머니는 탁자에서 El-Q를 들어 보지만, 선이 짧아서 귀에 대 보기에는 턱도 없다.

"그래 좋다. 그런데 왜 꼭 이거여야 하니?"

나는 수전 할머니가 들고 있던 스마트폰을 받아 앱들을 보여 주었다.

"이게 훨씬 사용자 친화적이에요. 화면 큰 거 보이시죠? 아이콘들도요. 다 기본으로 깔려 있는 거예요."

"나한테 아이콘은 앨리스 먼로야."

"그 사람이 무슨 노래 불렀었죠? 원하시면 재생할 수 있을 거예요."

"앨리스 먼로는 노벨 문학상을 수상한 작가다."

"아, 그래요? 이걸로 책도 읽을 수 있어요."

나는 작은 책 모양의 아이콘을 클릭했다.

"샘플로 찰스 디킨스가 있네요."

중앙 버튼을 누르자 화면 가운데에 선이 한 줄 나타나면서 '무엇을 도와드릴까요?'라는 문구가 떴다.

내가 말을 시작하자 선이 우글거렸다.

"『두 도시 이야기』 찾아 줘."

여자 목소리가 '알겠습니다'라고 대답했고, 잠시 뒤 『두 도시 이야기』의 책장이 펼쳐졌다.

수전 할머니가 말했다.

"꼭 램프의 요정 지니가 들어 있는 것 같구나."

"맞아요! 이 여자 이름이 지니예요. 멋지죠?"

소설 도입부를 읽어 보려는데 글자가 너무 작고 흐릿하다. 나는 눈을 깜박거렸다.

“뭐야, 왜 이렇게 안 보여?”

“글자를 읽을 땐 안경이 있어야 하지. 안경은 핸드백에 있다.”

“그냥 글씨 크기를 키울래요.”

나는 + 표시를 몇 번 눌렀다.

“그거 대단하구나. 돋보기 같은 건 필요 없겠어.”

나는 속으로 소설의 첫 문장을 읽어 보았다.

‘최고의 시간이었고, 최악의 시간이었으며, 지혜의 시대이자, 어리석음의 시대였다.’

“그런 문제도 있네요. 할머니하고 저는 서로를 전혀 몰라요. 이렇게 영혼이 바뀌었다는 비밀을 유지하려면 계속 연락이 되어야 해요. 서로의 정보를 교환해야 하니까요.”

“네 말이 맞다. 나도 어린 소녀로 살아 봤다만 지금은 너무 많은 게 달라졌어. 학교도 분명 그럴 거고.”

“아, 맞다. 2주 뒤에 개학인데. 그전에는 각자의 몸으로 돌아가겠죠?”

“글쎄다. 그런데 엘리가 한 말이 무슨 뜻이었을까? 다른 결말을 맞을 거라던….”

“왜 이러세요. 엘리가 우리 골치 아프라고 한 말 가지고.”

적어도 나는 그렇게 믿고 싶었다. 그렇지만 수전 할머니의 바람은 다를 수도 있다는 건 알고도 남겠다.

“크리스마스가 5일밖에 안 남았어요. 그걸 놓칠 순 없어요.”

나는 갑자기 우울해져서 고개를 세차게 젓고, 벤을 찾아 매장을 둘러보았다. 어디서 늑장을 부리는 것 같았다.

"전 밖에 있는 키오스크에 가서 요금제 좀 알아보고 올게요. 제가 올 때까지 여기서 이것 좀 가지고 놀고 계세요."

수전 할머니가 고개를 끄덕이자 나는 El-Q를 넘겼다.

내 무릎이 얼마나 엉망인지 잊고 있었다. 뛰어가려 했지만 다리가 말을 듣지 않았다. 최대한 빨리 절뚝절뚝 걸었다.

"산타 할아버지가 오시네, 산타 할아버지가 오시네."

나는 쇼핑몰에서 흐르는 노래를 따라 흥얼거렸다. 좋아하는 브랜드 '패치스'의 청바지 세일 문구를 보고 잠깐 발걸음을 늦췄지만, 그냥 지나쳤다. 어차피 이 몸으로는 입어 볼 수도 없었다.

그때 앞에서 케일과 하디프가 걸어오는 것이 보였다. 숨이 얼어붙고 심장이 멎는 것 같았다. 인사하려고 손을 들었다가 내 손등의 검버섯을 보고 재빨리 다시 내렸다. 두 사람은 한번 쳐다보는 일도 없이 나를 지나쳐 출구로 나갔다.

드디어 통신사 '텔코'의 키오스크에 도착했다. 카운터 뒤의 직원들은 (키가 큰 금발의 여자와 엄청나게 섹시하게 생긴 남자다) 이야기 중이었다.

"저기요, 저기요!"

드디어 두 사람의 눈길이 서로를 떠나 나에게 향했다. 그런데 눈길은 분명 나를 향해 있으나 마치 나를 통과하는 것 같았다. 엘리의 놀이공원이 생각났다. 나는 몸서리를 쳤다.

한두 번 괜히 헛기침을 한 다음, El-Q 기종의 요금제를 물었다.

키가 큰 금발 여자가 요금제의 세부항목들을 설명했다. 나는 눈을 게슴츠레 뜬 채 상상의 나래를 펼쳤다. 서류를 보고 있는 섹시남은 내가 원래의 나였다면 관심을 보였을까? 곧 공상을 지우고 설명을 들었다. El-Q 사용자끼리 쓸 수 있는 30일 요금제가 매월 60달러라고 했다. 무료 영상통화에 통화와 문자가 무제한이다. 그거면 딱 맞을 것 같았다.

“El-Q를 사면 오늘부터 바로 그 요금제로 쓸 수 있나요?”

“그럼요. 그리고 30일을 사용하시면 그다음부터는 두 대 중 한 대에 할인도 적용되고요. 저희가 IQ하고 같이 진행하는 요금제예요.”

곧 다시 오겠다고 말하려는데 경보음이 울렸다. 귀가 찢어질 것처럼 요란했다. 나는 귀를 감싸고 돌아서며 물었다.

“무슨 소리죠?”

“IQ 매장에서 누가 뭘 훔치다가 걸린 것 같은데요.”

“네?”

어쩐지 당장 돌아가는 게 좋을 것 같았다.

6

나는 다만 이 전화기를 애초에 알렉산더 그레이엄 벨이 발명한 의도로 사용하고 싶었을 뿐이다. 아들에게 전화를 걸어서 오늘 저녁 약속을 잊지 않았다고 말하고 싶었다. 그런데 이 고약한 기계에서는 숫자판조차 찾을 수 없었다. 나는 판매 사원을 부르려고 했다.

"이보세요!"

손을 흔드는 나를 보고도 그 사원은 상자를 나르는 다른 직원을 도우러 가 버렸다.

"실례합니다!"

나는 사각턱의 젊은 사원을 향해 외쳤다. 그렇지만 맨디는 (이름표에 그렇게 쓰여 있었다) 자기 전화기에 뭔가를 입력하느라 바빴다.

전화기 속 지니까지 소환해 보았다. 중앙 버튼을 누르자 즉시 마법의 단어가 나타나서 뭔가 잘된 줄 알았다.

'무엇을 도와드릴까요?'

나는 지니한테 잘 들리도록 목소리를 높였다.

"론 맥밀런에게 전화해 주세요!"

'죄송하지만, 연락처가 없어요.'

다정한 목소리가 미안하다는 듯 말했다.

"당신이 찾아보면 안 되나요?"

대답이 없었다. 지니는 나를 무시했다. 가운을 입은 직원한테 직접 물어보는 수밖에. 나는 전화기 코드를 뽑았다. 그 즉시 색소폰 연주가 시작되었다. 크게, 더 크게.

나는 귀를 막고 출구 쪽으로 달려갔다. 귀청을 찢는 것 같은 소음에서 멀어지고 싶었다. 할리는 어디에 있을까? 할리는 이 기계 사용법을 알고 있을 터였다. 문밖으로 한 걸음 나가 고개를 빼 들고 할리를 찾았다.

그리고 곧 흰 가운들에게 포위되었다. 내가 매장 내 미친 과학자들의 관심을 끈 것 같았다. 드디어 도움을 받을 수 있게 되었군!

"움직이지 마!"

조금 전에 내 외침을 무시한 그 젊은 사원이었다. 이름표대로라면 매트인 그 사원은 내 도주로를 차단하기라도 하는 듯 앞을 막았다.

"오해가 있네요. 벤이 우리한테 전화기를 가져다주기로 했는데 안 나타났어요."

"벤은 방금 해고됐어."

이 사람의 눈은 보기가 힘들다. 두꺼운 안경알 뒤에서 뱅뱅 돌아간다.

"고객 응대 중인 직원을 내보냈다고요? 매트, 매트 맞죠? 그렇다면 벤이 왜 그렇게 오래 걸렸는지 알겠군요."

"보안 직원 불러."

매트가 맨디에게 말했다. 맨디가 드디어 열중하던 기계에서 벗어났다.

“그래야죠.”

맨디한테 저런 에너지와 적극성이 있을 줄이야. 강인한 사각턱 덕에 자신만만해 보인다.

경보음은 여전히 요란하게 울리고 있었다. 모두가 내 쪽을 보고 있었다. 평생에 이런 일은 처음이다. 구경하는 쪽이었더라면 좋았을 텐데.

맨디는 강인한 턱을 내 쪽으로 내밀고 인상을 찌푸리고 있었다. 맨디는 자기 기계에 뭔가를 두드리고는 이렇게 말했다.

“금방 도착할 거예요.”

“보안 직원은 올 필요 없어요. 난 El-Q를 사려는 거예요. 두 대요.”

“물론 그러시겠지. 꼬맹아, 그럼 현금 좀 보여 줄래?”

“나한테 없어요. 할리한테, 그러니까—”

우리 사이를 뭐라고 말해야 제일 그럴듯할까 재빨리 궁리했다. 있는 그대로의 진실은 너무 허황된 이야기로 들릴 것이었다.

“그러니까, 우리 할머니한테 있어요. 잠깐 어디 가셨어요. 제가 할머니를 찾으려고 하는데 이렇게 막으시는 거예요.”

“계산 안 한 제품을 매장 밖으로 가지고 나갈 순 없어.”

“알고 있어요. 밖으로 나가려던 게 아니에요. 선 밖으로 한 발 나선 것뿐이고 그게 다예요. 이렇게 기다리는 시간에, 이 기계로 전화를 어떻게 거는지나 가르쳐 주면 좋겠네요.”

나를 둘러싼 젊은이들은 아무도 대답하지 않았고, 정신 병원의 직원들처럼 나를 둥그렇게 좁혀 왔다.

그러는 사이에 검은 제복을 입은 남성 둘이 나타났다. 제복은 온갖 군데에 주머니가 달렸다. 허벅지 쪽에도 주머니다. 저 주머니를 다 어디다

쓸까? 이 안에서 총이나 탄약을 들고 다니진 못할 것이다. 궁금했지만 두 사람의 표정이 너무 딱딱하고 심각해 보여서, 묻지는 않았다.

"이쪽으로 잠깐 와요."

"여길 떠날 순 없어요. 우리 할머니가 절 찾으실 거라고요."

두 번째라 거짓말이 술술 나왔다. 나는 점점 이 설정에 익숙해지고 있었다. 심지어 재미있기까지 했다. 할머니인 것보다 할머니를 둔 것이 훨씬 재미났다.

하지만 두 남자가 내 겨드랑이에 각각 팔을 넣어 걸자, 버틸 수가 없었다. 발끝이 바닥에 닿지 않았다. 납치당하는 것 같은 기분이었다. 마침 키가 크고 마른, 과거의 나인 금발 노인이 매장으로 돌아오는 것이 눈에 들어왔다. 나는 고함을 질렀다.

"할머니! 도와줘요!"

할리가 보안 직원들을 향해 호통쳤다.

"내려놔요! 당장!"

보안 직원들이 할리를 봤다가 다시 나를 봤다. 못 미더운 기색이 역력했다. 보안 직원 두 사람의 얼굴에서 한 쌍의 눈썹이 치켜 올라가고, 그에 대한 대답으로 다른 한 쌍의 눈썹이 미간을 좁혔다. 이 사람들이 왜 이러는 걸까? 물론 할리와 나는 피부색이 정확히 일치하지는 않는다. 그렇지만 지금은 21세기인걸.

"할머니, 론 삼촌한테 전화하세요! 이 사람들은 제가 El-Q를 훔치려고 했다고 생각해요!"

나는 주머니 제복의 남자들을 돌아보았다.

"우리 삼촌은 변호사예요."

"할머님, 할머님의—"

맨디는 손가락으로 따옴표 기호를 흉내 내며 말을 이었다.

"'손녀분'이 El-Q의 연결선을 끊고 출구 쪽으로 갔어요. 전화 거는 법을 알고 싶었다고 하네요. 손녀분이 우릴 뭐라고 생각하는 걸까요?"

할리는 눈동자를 굴렸다. 팔십 대 여성에게서 보기 드문 동작이다.

"미안해요. 내 손녀딸은 아미시파(현대 문명을 거부하고 소박한 농경 생활을 추구하는 교파) 가정에서 성장했거든요."

흰 가운들이 눈을 가늘게 떴다. 그 말을 받아들이려고는 하지만 납득한 표정은 아니었다. 요즘 젊은 사람들은 'ㅋㅋㅋ' 같은 표시가 없으면 웃자고 한 이야기인 줄 모르는 건가?

"아까 우리하고 얘기하던 판매 직원은 어디 있죠?"

할리가 물었다.

"벤은 잘렸대요."

내가 할리에게 설명했다. '잘렸다'는 아마 청소년들 말투일 것이다.

매트가 덧붙였다.

"고객한테 제품 금액을 속였거든요."

"이보세요, 우린 지금 El-Q를 사서 빨리 개통해야 할 사정이 있어요. 그래서 내가 통신사 키오스크에 요금제를 알아보러 간 거고…."

"그리고 보시다시피 이렇게 돌아오셨네요!"

나는 할리를 가리켰다.

보안 직원 중의 한 사람이 다른 보안 직원을 향해 고개를 저었다. 그리고 말했다.

"그럼 우린 이만 철수하겠습니다."

이렇듯 상황에 책임을 지고 올바른 결정을 내리는 사람은 감탄의 대상이 되어야 마땅하다.

"필요하면 다시 부르세요."

자신들을 필요로 할 사람으로 흰 가운의 직원을 생각한 것인지 아니면 할리를 생각한 것인지는 명확하지 않았다.

나는 갑자기 이 하얀 옷의 바보들이 진절머리가 났다.

"빨리 스마트폰 두 대 가져오시고 등록도 해 주세요. 당장 삼촌하고 통화해야 해요."

매트가 할리를 쳐다봤다. 할리는 힘차게 고개를 끄덕였다.

"손녀가 말한 대로예요."

매트는 강한 턱의 맨디와 또 한 번 눈길을 주고받았다. 매트가 손짓하자 맨디가 매장 뒤편으로 사라졌다.

매트가 우리한테 말했다.

"제품은 바로 계산대로 가져올 겁니다."

"우리가 기다리는 동안 누가 맨디를 자르지 않는다면요."

나는 내심 저 터프한 여자가 해고되면 좋겠다고 생각했다.

"저기요, 할머님. 벤 일을 발각한 뒤라 저희가 조금 성급했습니다. 벤이 어떻게 재고를 빼돌렸는지 모르거든요. 두 분이 공모했을 수도 있고요."

"매트, 이젠 우리가 잠재 고객인 걸 알게 됐을 텐데요. 그럼 어떻게 하면 당신이 우리의 구매를 더욱 즐거운 경험으로 만들 수 있을까요?"

할리는 얇은 입술로 미소를 지으며 무의미한 광고 메시지를 흉내 냈다. 그 메시지는 이 순간에도 뒷벽에서 깜빡거리고 있었다. 나는 할리의 빈정대는 재능을 즐겁게 구경했다.

"오늘 보증 기간 연장 서비스도 구매하시기로 하셨나요?"

내가 대신 나섰다.

"보증 기간은 당연히 그냥 포함해 주셔야죠."

누군가 돈을 길게 내는 상품을 팔려 들면 나는 의심이 든다.

"손녀가 똑똑하네요. IQ의 보증 기간을 1년으로 해 드리겠습니다."

"당연히 그러셔야죠."

할리는 대답하는 나를 빤히 보았지만, 아무 말도 하지 않았다.

사각턱의 사원이 상자 두 개를 가지고 돌아왔다.

"맨디, El-Q의 보증 연장 서비스 등록해 줘. 추가 비용 없이."

맨디가 미심쩍다는 듯 매트에게 눈을 가늘게 떴다.

"그래도 돼요?"

"내가 사인할 거야."

나는 두 사람을 향해 빙그레 웃으며 말했다.

"고마워요."

"천만에요."

매트도 미소 지었다. 하지만 눈은 웃고 있지 않았다. 과격하게 뭔가를 입력 중인 맨디를 보고 있었다.

맨디가 매트에게 자신의 단말기를 건네자 매트가 두 번째 손가락으로 화면에 이니셜을 갈겨 썼다.

"결제는 어떻게 하시겠어요?"

"비자 카드로요."

내 대답에 흰 가운의 두 사람이 나를 향해 무슨 소리냐는 표정을 지었다. 나는 재빨리 덧붙였다.

"그렇죠, 할머니?"

"그럼, 당연히 그렇지."

할리가 내 핸드백에서 지갑을 꺼내어 열자, 나는 신용카드를 낚아챘다.

"제가 해 봐도 되죠? 비밀번호 알아요."

나는 빙그레 웃고 할리에게 나직이 속삭였다.

"잘 보고 배우렴!"

이거라면 그간 내가 갈고닦아 정복한 신기술이다.

결제 승인이 완료되자 우리는 El-Q가 담긴 황금색 종이가방을 들고 매장을 나섰다. 종이가방 속 네모반듯한 상자 안에는 골드바 모양의 형체가 들어 있다. 텔코의 커플은 낄낄대다가, 할리와 내가 카운터에 황금을 내려놓자 곧 중단했다.

"문자 무제한, 통화 무제한, 인터넷 무제한 30일 요금제로 할게요."

할리가 말했다. 나는 그저 미소를 지으며 고개를 끄덕였다. 우리에게는 장기 요금제가 필요 없다.

El-Q를 개통하는 데는 천년만년이 걸렸다. 어딘가에 전화하고, 각종 기능을 설명하고, 계약서에 서명하고 또 한 번 신용카드를 읽혔다. 할리는 울퉁불퉁한 할머니 손가락으로도 비밀번호를 잘 눌렀다. 할리도 나처럼 쇼핑에는 도가 튼 것 같다. 마침내 할리는 점심을 먹자며 퍼스펙티브스로 향했다.

"배고파 죽겠어요. 배 안 고프세요? 그리고 저 이제 먹고 싶은 거 다 먹어도 돼요. 이 마른 몸 좀 보세요."

젊은 신체와 영민한 두뇌를 새로 얻은 나도 피로가 느껴졌다.

"먹는 건 모르겠다만 커피는 한잔 마셔야겠다."

7

할리

절뚝거리며 걷는 내내 무릎이 화끈거렸지만, 그래도 새 El-Q가 생겨서 너무 행복했고 또 카운터에서 직접 주문하지 않아도 되는 레스토랑에 간다는 것에 신이 났다. 이렇게 노인의 신체에 갇힌 것에 좋은 점이 하나 있다면, 그건 신용카드의 위력이 따라온다는 것이다. 레스토랑은 여기서 멀지 않다. 코너를 돌자 따뜻하고 강렬한 음식 냄새가 풍겨 왔다. 냄새를 맡자 배에서 난리가 났다.

조명이 유독 환한 기기 매장에서 온 길이어서 그런지, 퍼스펙티브스는 차분하고 마음이 안정되는 느낌이었다. 입구의 크리스마스트리에 파란색 꼬마전구가 반짝이는 걸 빼면 실내는 매우 어두웠다. 하품이 나왔다. 낮잠을 좀 잤으면 좋겠다.

머리를 허리까지 늘어뜨린 동양계 여성이 우리를 매장 안쪽 자리로 안내했다. 그리고 우리에게 각각 다른 메뉴판을 건넸다. 입에 침이 고였다. 배가 너무 고팠다. 이젠 날씬하니까, 먹고 싶은 거 다 시켜야지! 떨리는 손가락으로 넘겨 보니 메뉴판은 고작 한 장이었다. 열한 살 이하만 시킬 수 있는 주니어 메뉴판하고 비슷하다. 그러고 보니 내 키가 작다며 우리 엄마 아빠는 작년까지도 나한테 어린이 행세를 시키기도 했다.

이건 시니어 메뉴판이다.

나는 눈을 몇 번 깜빡거린 다음 눈살을 찌푸렸다. 메뉴도 몇 개밖에 없는데 —이 중에서만 고르란 말이야?— 그나마 잘 보이지도 않았다. 글자가 너무 작았다.

수전 할머니가 성경책만큼 두꺼운 갈색 메뉴판을 들고 메뉴를 앞뒤로 넘기며 말했다.

"핸드백에 독서용 돋보기가 있으니까 쓰렴. 어머나, 어머나. 크리스마스 특선, 프라임 립로스트 비프라. 6년 전에 치아 신경치료를 한 뒤로 못 먹었는데."

수전 할머니가 나의 가지런한 치열을 보이며 웃자 멋진 보조개가 양 볼에 파였다. 맑은 눈동자 위로는 짙은 속눈썹이 길었다. 한때는 다 내 것이었다. 우리 엄마한테 물려받은 것이다. 뭔가 울컥하며 목 끝까지 올라왔지만 다시 집어 삼켰다.

'아야.'

아프다. 나는 반드시 내 몸으로 돌아가야만 한다. 가방에서 가죽 안경집을 찾아 뿔테 안경을 꺼냈다. 안경을 껴도 새 스마트폰에 달린 플래시 앱으로 메뉴를 비추어야 했다.

수전 할머니가 고개를 저었다.

"믿기지 않는구나. 날 체포하려던 가게의 물건을 사 주다니. 그냥 나왔어야 하는 건데."

나는 수전 할머니의 메뉴판에도 플래시를 비춰 주었다.

“벌써 이렇게 유용하게 써먹는데도요? 원래 판매하는 사람들은 애들이 뭘 슬쩍할까 봐 눈에 불을 켜고 봐요. 그냥 잊어버리세요. 익숙하지 않으셔서 그래요. 그리고 참고로 말하자면 제 눈은.”

나는 할머니의 눈을 가리켰다.

“시력이 장난 아니에요.”

나는 뿔테 안경 너머로 고를 수 있는 메뉴들을 훑어보았다. 칠면조 정식, 햄 정식, 연어 정식. 모두 수프와 샐러드, 디저트 포함이다.

수전 할머니는 메뉴판을 다시 뒤적였다.

“소비자의 힘을 보여 줘야지! 물건은 자길 제대로 대접해 주는 가게에서 사는 거야. 그나저나, 네 치아는 비프스테이크 씹는 데 문제없니?”

“네. 지난번 치과 검진했을 때 충치 하나 없다고 했어요.”

그러고 보니 나도 궁금한 점이 있었다. 지금 내 입안의 치아는 어디까지 먹을 수 있는 걸까? 내 메뉴판의 부드러운 단백질들은 약하고 노쇠한 치아를 위해 특별히 고안된 것들일지 모른다. 나는 손에 쥔 El-Q로 디저트 메뉴를 비춰 보았다.

“이번 El-Q 끝내주는데요. 근데 사실 시간만 넉넉했어도 저도 그냥 나왔을 거예요.”

젤리, 라이스 푸딩, 아니면 아이스크림. 다 그냥 그렇다.

“이 ‘죽음의 초콜릿’이 맛있겠다. 넌 이런 것도 소화하니? 이렇게 배가 고플 수가 있나. 분명 십 대의 신체 때문이겠지.”

“우린 각자 몸무게에 신경 써야 해요. 제 몸으로 사시는 동안 5킬로그램 이상 찌거나 그러시면 절대 안 돼요.”

“이 몸은 완벽해. 왜 몸무게에 신경을 쓰니?”

"남자친구를 사귀고 싶으니까요. 제 친구 애비는 벌써 세 명이나 사귀었는데, 걔는 이쑤시개처럼 말랐어요. 저도 살을 빼면 키가 더 커 보일 거예요. 착시 현상 아시죠? 그럼 남자애들도 제 존재를 인식할 거라고요."

나는 쪼글쪼글한 입술을 오므리며 수전 할머니의 행동을 연습했다. 사람들에게 내가 할머니라는 걸 믿게 하려면 완벽하게 해야 할 것이다. 할머니 뺨의 저 건강한 곡선을 보라지. 저게 내 것이었을 때는 왜 감사하지 못했을까?

"저는 케일이라는 아이를 좋아해요. 그런데 걔가 저보고 천둥의 허벅지래요. 장난인 건지 저한테 관심이 있는 건지 모르겠어요. 근데, 새 스마트폰에 메모 좀 하세요."

"내 핸드백 안에 있는 수첩에다 하마."

"그러시든지요. 그런데 제 친구들이 이상하게 생각할 거예요."

수전 할머니는 한숨을 쉬고 El-Q를 꺼냈다.

"가르쳐 다오."

나는 새 스마트폰에 예전 스마트폰의 메모리카드를 넣었다.

"이제 저한테 저장되어 있던 번호는 다 들어간 거예요. 왜 우리 머리는 이렇게 못 하는지 몰라."

나는 수전 할머니에게 주소록을 연 스마트폰을 돌려주고, 내 스마트폰 벨소리를 내가 제일 좋아하는 소리인 트림 소리로 저장했다.

"네가 좋아한다는 남자아이는 어디 있니? 그 채소하고 이름이 비슷한 녀석."

수전 할머니는 주소록의 이름들을 훑어보고 있었다.

"사실 철자는 그 케일하고 달라요. C-h-a-e-l이에요."

“철자는 마음에 드는구나.”

수전 할머니는 빙그레 웃었다.

“멋있죠?”

나는 할머니 전화의 메모창을 연 다음 식탁에 가상 자판을 띄웠다.

“자, 제일 친한 친구 이름이 애비인 건 아시고, 그리고 메건도 있어요. 케일에 관해서 문자를 많이 보내 주는 애가 걔고…. 저 여동생 있어요. 아리아예요. 우리 아빠는 빨간 머리고요. 전 엄말 더 많이 닮았죠. 제 성은 프린스고… 적고 계세요?”

“그 정보를 여기 이 식탁에 비친 자판으로 치면 된다는 말이지?”

수전 할머니는 자판을 치기 시작하더니 목소리를 높였다.

“이 많은 걸 한 번에 다 외우라고?”

나는 어깨를 으쓱했다.

“El-Q에 행아웃 앱을 받으시죠. 그것도 도움이 될 거예요.”

나는 스마트폰을 넘겨받아 앱을 다운로드했다. 길쭉한 막대기가 채워지면서 다운로드 상황을 보여 주는 동안 나는 머리에 떠오르는 대로 중얼거렸다.

“우리는 최대한 붙어 있어야 해요. 그래야 서로를 도와줄 수 있으니까요. 그렇지만 주위에서 다 이상하게 생각할 테니까… 그럴 때면….”

“그럴 때면?”

“아까 IQ 매장에서 한 것처럼, 절 양할머니라고 하세요. 학교에서 공감능력 기르기라나 뭐라나 그런 프로그램을 하거든요. 보통은 엄마하고 자녀가 하지만, 할머니들이랑 해서 안 될 건 없을 것 같아요. 졸업 전에 사회봉사 시간을 40시간 채워야 하는데, 전 할머니를 도와드리는 거로 할게요. 주제를 최신 전자기기 사용법으로 하면 되니까, 이건 아주 적절한 소비였어요."

"다만 나는 지금 네 십 대의 몸을 하고 있고, El-Q 같은 건 아무것도 모르지."

"그게 살짝 문제긴 해요. 그렇지만 우린 할 수 있을 거예요. 할 수 있어야 하고요."

다운로드 상태 바가 꽉 찼다. 나는 앱을 열어 계정을 만들었다.

"여기요."

"아까 네 성이 뭐랬지?"

"프린스요."

할머니의 손가락이 식탁보 위의 가상 자판에서 현란하게 움직였다.

"타자 되게 빠르시네요."

"법원 속기사였거든. 그나저나 손자손녀라면 벌써 있는데… 하나를 더 두게 생겼구나."

"손자하고 손녀가 많이 도와주나요?"

수전은 고개를 절레절레 저었다.

"도와주기는. 너무 멀리 살아서 있는 줄도 모르겠다. 자, 동생은 아리아라고 했고."

수전 할머니는 식탁 자판을 치면서 확인했다.

"네 인생의 사랑은 케일이고. 친구는 애비, 그리고 메건. 이제 됐다. 이걸로 책은 어떻게 읽는다고?"

나는 인터넷 라이브러리에 어떻게 접속하는지 보여 주고, 내 아이디로 들어가서 앨리스 먼로의 단편선을 받았다. 수전 할머니는 엄청난 선물을 받은 것처럼 환하게 웃었다. 그런 다음, 우리는 수전 맥밀런 이름으로 페이스북 계정을 만들었다.

"할머니 가족하고 친구가 되어야겠어요. 그래야 가족들에 대해 알 수 있으니까."

"친구가 되겠다고? 널 엄마고 할머니로 알 텐데?"

"말이 친구라는 거예요. 페이스북에서는 친형제나 친자매도 다 친구가 된다고 말해요."

수전 할머니가 일일이 다 감탄을 금치 못한 덕에 주문은 아예 잊고 있었다. 둘 다 웨이트리스가 옆에 와 있는지도 몰랐는데, 웨이트리스가 헛기침을 했다. 그리고 짜증이 조금 섞인 목소리로 물었다.

"주문은 더 있다가 하시겠어요?"

"아니요, 아니요! 나는 수프, 칠면조, 그리고 디저트는 아이스크림요."

"생강 호박 수프하고 렌틸콩 카레 수프 중 어느 것으로 하시겠어요, 할머님?"

"호박 수프로 드세요. 렌틸콩은 못 드시잖아요."

수전 할머니가 끼어들었다.

웩!

"생각이 바뀌었어요. 수프 말고 샐러드로. 랜치 드레싱으로 줘요."

웨이트리스는 고개를 끄덕이며 주문을 받아 적었다. 그리고 수전 할머니를 바라보았다.

"저는 크리스마스 특선이요. 요크셔푸딩, 구운 감자, 그리고 이거 다 주세요. 사워크림, 버터, 베이컨. 그리고 시저 샐러드도 베이컨 추가해서요. 제 메뉴는 디저트가 포함 안 되죠?"

“네.”

“좋아요. 어차피 이 죽음의 초콜릿으로 할 거예요.”

“네, 스테이크는 어떻게 익힐까요?”

“레어로요. 완전히 레어로.”

“알겠습니다. 샐러드는 바로 가져올게요.”

웨이트리스가 우리 메뉴판을 들고 멀어졌다.

나는 수전 할머니에게 아들의 페이스북 계정을 보여 주었다.

“우리 론 주니어가 축구 하는 것 좀 봐! 요즘은 그럴 시간도 거의 없다지. 일이 바빠서.”

“주니어라고요? 40도 넘어 보이는데요.”

마흔이 넘은 사람이 축구를 할 줄이야.

“걔 아빠가, 그러니까 내 전 남편이지, 론 시니어거든.”

수전 할머니는 잠시 진저리를 쳤다.

“내 딸 것도 볼 수 있니? 걔는 브리티시컬럼비아 쪽에 사는데.”

“어디 사는지는 상관없어요. 페이스북에 계정이 있으면 무조건 볼 수 있죠. 딸 이름이 뭐예요?”

“에밀리 맥밀런. 맥밀런은 내 성이야. 결혼하고도 남편 성으로 바꾸지 않았어. 참 신식이지.”

내가 에밀리를 찾아내자, 수전 할머니는 한결 더 즐거워했다. 할머니는 사진 속의 꼬마를 가리키며 말했다.

“우리 손녀, 레아! 내가 생일 선물로 보낸 티셔츠를 입고 있네. 좋아하는지 몰랐어. 감사 카드 한번 보내는 법이 없으니, 원!!”

나는 어깨를 으쓱했다.

“스마트폰 번호 알려 주면 문자로 보낼걸요. 지금 페이스북 메시지를 보내 보세요.”

수전 할머니가 장문의 메시지를 완성할 때쯤 주문한 샐러드가 나왔다. 웨이트리스가 샐러드 접시를 가상 자판 위에 놓았다. 글자들이 시저 샐러드 위에서 깜박거렸다.

“저 웨이트리스 왜 저러죠?”

나는 샐러드를 우적우적 씹으며 투덜댔다. 수전 할머니는 메시지를 보내는 데만 관심이 있었다.

“이러면 어떻게 타자를 치지?”

“샐러드 그릇을 옆으로 미세요. 그리고 보통 페이스북 메시지는 한두 줄이에요.”

“그래?”

“그럼요! 그만하시고 좀 드세요.”

나는 수전 할머니가 스마트폰 말고 딴 걸 보도록 큰 소리로 말했다.

“아, 그래. 그래야지! 근데 이 편지는 어떻게 보내니?”

“엔터키 치면 돼요.”

수전 할머니는 화면을 보고 빙그레 웃고는 드디어 스마트폰을 치우며 양손을 비볐다.

“맛있겠다!”

할머니는 로메인 상추를 크게 한 입 베어 물었다. 메인 요리도 나오자마자 맹렬히 썰기 시작했다.

“너무 맛있겠어. 네 음식은 어떠니?”

“망했어요.”

내 칠면조는 너무 흐물흐물했다. 삼킬 때 목에 걸릴까 봐 이렇게 조리한 것 같다. 감자튀김은 지금 내 피부만큼이나 허옜다.

웨이트리스가 다가와 요리가 괜찮은지 물었다. 그때 보였다, 손목의 문신이.

'카르페 디엠.'

"엘리예요? 이번엔 여자예요?"

"쉬이이잇!"

웨이트리스는 손가락을 입에 갖다 대며 혹시 누가 들었을까 주위를 둘러보았다.

"어느 한 성별로 정의되고 싶지 않아요."

"여기서 뭐하는 거예요?"

수전 할머니가 목소리를 낮춰 물었다.

"널리 퍼진 믿음과 다르게, 난 어디에나 있죠. 두 사람이 어떻게 하고 있는지 보러 왔어요."

"우린 아주 잘하고 있어요." "엉망진창이에요."

할머니와 내가 동시에 대답했다.

어색한 침묵 속에 엘리와 수전 할머니는 서로를 마주 보았다가 나를 보았다가 다시 서로를 보았다.

"우리 사이가 나쁘다는 뜻은 아니었어요. 그런 얘기가 전혀 아니고요. 이 쭈글쭈글한 피부 말이에요."

나는 넌더리를 치며 목덜미를 가리켰다. 더욱 어색한 침묵이 흘렀다.

"아, 진짜, 엘리! 저 이 몸에 얼마나 갇혀 있어야 하는 거예요?"

8

나는 긴 머리 웨이트리스 버전의 엘리를 빤히 쳐다보며 할리와 거의 같은 질문을 속으로 던지고 있었다.

'내가 얼마나 더 이 몸에 있어야 하는 건가요?'

나는 같은 질문을 매일 아침 눈을 뜨면 한다. 그것보다 먼저 하는 질문도 있다.

'내가 아직도 살아 있는 건가요?'

그런데 지금은 불평이 아니다. 나는 이 부드럽고 매끈하고 젊은 몸 덕분에 행복하다. 오늘, 나는 삶이 영원히 계속되기를 바란다. 아무 데도 아프지 않고, 온몸이 건강하다. 눈, 귀, 치아, 목소리까지. 가엾은 할리는 젊은 자신으로 돌아가고 싶어 미칠 지경인 것 같지만, 그런 할리를 탓할 수는 없다. 각질이 비늘처럼 일어난 내 늙은 피부가 내가 그랬던 만큼 끔찍할 테니까.

엘리가 미소 지으며 대답했다.

"원한다면 지금도 놀이공원으로 돌아갈 수 있어요. 크리스마스는 그곳에서 맞죠. 둘 다 롤러코스터를 타면서요."

엘리는 정말 그럴듯한 여성의 모습이었다. 갈색 눈동자에 황금빛 같은 것이 반짝인다. 등까지 늘어뜨린 길고 까만 머리칼은 건강하고 윤기가 자르르 흐른다.

그나저나 저 어린아이를 이렇게 놀려야만 할까?

"저 정말로 제 진짜 인생으로 돌아가고 싶어요."

할리는 투덜거리며 금발을(나는 머리카락을 회색으로 두는 것이 싫다. 백 살이 넘는다고 해도 그럴 것 같다) 손가락으로 빗어 넘겼다. 손가락이 중간에서 걸렸다. 이 아이는 짧은 머리가 익숙한 것이다. 머리가 짧으면 손가락만으로 빗어도 충분하다. 그렇지만 지금의 가늘고 긴 저 머리는 다르다.

"사람들은 모두 저마다의 이유와 목적을 위해 살아가요. 남자아이와 키스하는 것이 인생의 목표일 순 없어요."

엘리는 여전히 미소 짓고 있었지만, 갈색 눈동자에는 잘 벼린 칼에서 나는 것 같은 빛이 번득였다.

"그렇지만 나중에 뭐가 되고 싶은지는 아직 모르겠어요. 아침에 입을 옷 하나 정하는 것도 얼마나 힘들다고요."

할리는 얼굴을 찡그렸다.

"자기 위주로만 생각하니까 그렇죠! 자신을 벗어나 주위를 둘러보고 세상이 자신에게 뭘 원하는지는 생각해 보지 않았잖아요. 이렇게 입장이 바뀐 것이 도움이 될 거예요."

"알았다고요. 그러니까 대체 언제까지냐고요!"

엘리가 눈살을 찌푸리며 고개를 치켜들었다. 할리는 자신이 엘리의 신경을 긁는 줄 모르는 걸까? 아마도 모를 것이다. 그걸 뭐라고 하더라? 청년에게 노인의 지혜를 기대하지 말라고 하던가. 이 체인지는 최악의 부작용을 일으키고 있었다. 몸은 쇠약하고 정신은 미숙하다.

"크리스마스가 5일밖에 안 남았어요. 그때까지는 원래대로 돌아갈 수 있는 거죠?"

"타아임!"

엘리는 종업원 상황극을 잠시 중단한다는 듯, 길쭉하고 가녀린 손으로 손사래를 쳤다.

"모든 걸 다 당장에 가지려고 하지! 문자도 이렇게 빨리 오진 않겠다."

"역시 그거죠? 이게 다 새로운 기술을 싫어해서 그러는 거잖아요."

"아뇨. 할리가 거기에 들이는 시간이 싫은 거죠. 지금 보니 수전도 물들었네요."

엘리는 내가 자꾸만 스마트폰 화면을 힐끗거리는 걸 —지금 무슨 소리가 들렸기 때문이다. 벨소리일까?— 눈치채고 있었다. 이런 것들이 이렇게 재미있는 줄 예전에 알았더라면 얼마나 좋았을까. 론이 그렇게 컴퓨터를 사라고 했는데 나는 컴퓨터가 집에 자리만 차지한다고 생각했다. 게다가 나한테는 집전화가 있다. 왜 의사소통을 굳이 자판과 화면을 써서 해야 한단 말인가? 타자라면 가족을 먹여 살리느라 법원에서 칠 만큼 쳤다. 개인 시간에까지 타자를 치고 싶지는 않았다. 그런데 이 기계는 문고판 사이즈로 크기마저 완벽하다.

El-Q에서 아까 그 음악 소리가 나고, 나는 엘리를 쳐다보았다.

"봐도 될까요? 내 딸 에밀리 연락일 수도 있는데."

엘리는 재차 손을 내둘렀다.

"맘대로 하세요. 두 사람은 차량 결함을 어떻게 고칠지 같은 건 생각도 안 했군요. 제발 에너지를 그쪽으로 쓰세요."

"그게 내 목적이에요? 여든둘에도 운전할 수 있다는 걸 증명하는 거요?"

할리가 씩씩거렸다.

"그건 자유 의지죠! 참 쉽지 않은 일이긴 하죠? 삶의 방향은 자신이 정하는 거예요. 아니면 죽음의 방향을 정하든지요. 그렇지만 그 기한만큼은 내가 정해 줄게요. 왜냐하면 본인이 너무 초조해하니까. 기한은 크리스마스이브까지예요. 그때가 지나면 내가 알아서 해요. 자, 이제 식사 마저 하세요. 디저트 가져올 테니까."

엘리는 돌아서서 주방으로 사라졌다.

할리는 눈살을 찌푸리며 눈을 가늘게 떴다. 푸르스름한 얇은 입술을 오므리고 있다. 이젠 제법 능숙하게 따라 하고 있었다.

나는 El-Q를 집어 들었다.

"애비가 문자를 보냈구나."

화면의 문자를 할리에게 읽어 주었다.

'너 괜찮아? 아직도 그 할망구하고 같이 있어?'

나는 눈썹을 추켜올리며 미소를 지었다. 내가 그 할망구다.

'응. 맞아. 할머니가 굉장히 좋은 분이셔. 나한테 진짜 비싼 스마트폰도 사 주시고 근사한 점심도 사 주셨어.'

나는 답문을 쓰면서 할리에게 읽어 주었다.

"보내지 마세요. 저 평소에 그렇게 말 안 해요. 이리 주세요."

할리는 El-Q를 낚아채더니 문자를 입력했다.

'괜찮아. El-Q 샀음 :-) 점심 먹는 중. 내일 봐.'

할리는 나한테 보여 주고 문자를 보냈다.

"아, 어떻게 해야 우리가 안 걸릴지 모르겠네."

할리는 얼굴을 찌푸렸다.

"나도 짧게 쓸 수 있다. 예전에는 편지봉투하고 우표를 사야 했으니까 허투루 쓸 수 없었지."

할리는 El-Q를 빤히 내려다보았다.

"제가 애비하고 직접 얘기할 수 있었으면 좋겠어요."

"며칠이면 끝날 거야. 아까 엘리가 그랬잖니."

나는 미소를 보내며 '할망구'의 울퉁불퉁하고 주름진 손을 나의 매끈하고 보드라운 손으로 다독였다. 할리의 눈에 눈물이 핑 돌았다.

"내가 미안하다."

할리가 손을 빼냈다.

"네, 뭐, 그러셔야죠. 이건 다 할머니 잘못이에요."

나는 한숨을 쉬었다. 엘리가 왜 짜증을 냈는지 알겠다.

"넌 다 안다고 생각하지."

나는 고개를 저으며 이어 말했다.

"네 나이 때부터 해 온 운전이야."

"이제는 반사 신경이 꽝이고요. 브레이크만 제때 밟았어도 우리가 여기까지 오는 일은 없었어요."

나는 양손으로 식탁을 내려쳤다.

"제때 밟았다니까! 액셀 페달이 걸렸던 거야."

"제 눈으로 직접 보기 전까지는 아무것도 안 믿어도 이해해 주세요."

여기서 할리한테 화를 내 봐야 무의미하다. 나는 깊이 숨을 들이마시고 다시 목소리를 낮췄다.

“그래, 알았다. 아까 엘리 이야기 들었겠지. 넌 너만의 목적을 찾아야 해. 그건 그렇고 조언 한마디 하자면, 그 창백하고 건조한 피부를 달고 사는 동안에는 립스틱을 바르는 게 좋을 거다. 안 그러면 입술이 없는 사람처럼 보일 거야.”

그때, 엘리가 나타나서 내 앞에 커다란 접시를 내려놓았다. 휘핑크림이 하얀 구름같이 올라간 말랑한 초콜릿 덩어리다.

“어머나, 예뻐라. 고마워요!”

할리 앞에는 분홍색 아이스크림이 든 작은 파르페 컵이 놓였다. 할리가 끄응 소리를 냈다.

엘리가 빙그레 웃으며 두 손을 허리에 얹었다.

“더 필요한 거 있으세요?”

“계산서 가져다주세요.”

할리는 딸기 아이스크림을 숟가락으로 푹푹 찔렀다.

나는 초콜릿을 한입 가득 먹었다. 따뜻하고 달콤하고, 어찌나 부드러운지 입에서 살살 녹아내린다. 이름에는 죽음이 들어가면서 질감이나 맛은 천국 같다.

할리도 아이스크림을 떠서 입으로 가져갔다.

“그런데 꼭 시니어 메뉴를 주문할 필요는 없었다. 엘리가 그냥 널 놀린 거야.”

“그걸 왜 지금 말씀하시는 거예요?!”

“그 편이 싸게 먹히잖니. 네가 내 노후자금을 다 까먹게 하긴 싫구나.”

할리는 아이스크림을 계속 쿡쿡 찔러 녹이더니 한 숟가락 먹었다. 그러더니 갑자기 턱을 감싸 쥐며 비명을 질렀다.

"아오, 아오, 아오! 이가 이런데 아이스크림을 어떻게 먹어요!"

"먹을 수야 있지. 단, 천천히 먹어야 해. 차가운 아이스크림을 어금니로 보내면 절대 안 돼. 혓바닥 위에만 있게 하고 거기서 녹여 먹는 거야."

엘리가 다시 나타났다. 이번에는 계산서를 들고 밝은 표정으로 물었다.

"식사는 만족스러우신가요?"

"완벽하게 맛있네요."

내 대답에 할리가 나를 쏘아보았다. 여든둘의 얼굴에 뚱한 십 대의 표정이 이렇게 겹칠 수 있다니 놀랍기만 하다. 어떻게 할리의 기분을 풀어 준담? 내 어린 시절은 너무 오래전 일이라, 기억이 잘 나지 않는다. 그때는 자유와 독립을 무척 갈망했었다. 특히 운전면허를 따고 싶었다. 지금의 내가 포기하기 이토록 망설이는 그것. 나는 다시 할리의 손을 다독였다.

"계산하렴."

할리는 포커 게임에서 결정적 카드를 내 듯 내 비자카드를 척 내놓았다. 그렇지만 신용카드를 이렇게 거리낌 없이 쓰는 버릇이 들면 인생이라는 게임에서 지고 말 것이다.

"나는 혼자 아이들을 키웠어. 평생을 아끼고 저축했지. 내 아이들은 제일 좋은 것을 누리게 하고 싶어서."

나는 할리가 앞으로 돈을 쓸 때 조금이라도 신중하길 바라는 마음에서 말했다. 할리는 엘리가 신용카드를 가지고 돌아오는 것에 맞춰 대답했다.

"걱정 마세요. 웨이트리스한테 팁 안 줄 거니까요."

엘리가 영수증을 내밀었다.

"즐거운 하루 보내세요!"

할리가 대꾸했다.

"그쪽도요!"

우리는 함께 자리에서 일어나 화장실로 갔다. 나는 할리가 내 립스틱 중에서 가장 밝은색을 골라 입술에 바르는 것을 지켜보았다.

"어디 보자."

나는 내 핸드백에서 작은 빗을 꺼내 할리의 밝은 금발을 풍성해 보이도록 빗질해 주었다. 그러자 할리도 자기 손가락으로 내 머리를 쓱쓱 빗어 컬을 살렸다.

나는 내 빨간 립스틱을 꺼냈다.

"해 봐도 될까? 이런 몸에는 섹시한 입술이 어울리지."

"흠. 잘 어울리네요."

"좋구나. 나한테도 가르쳐 줄 게 있으니."

나는 돌아서서 할리의 어깨를 쓰다듬었다.

"크리스마스이브까지는 단 나흘이야. 넌 분명히 네 몸으로 돌아갈 거다. 그건 그렇고, 네가 운전하렴. 이제 집으로 가자."

9

할리

허리케인은 덜덜 쿵쿵 요란한 빌 삼촌의 트럭과는 전혀 다르다. 건초와 퇴비 냄새가 아니라 비닐과 본드 냄새가 섞인 새 차 특유의 냄새가 난다. 나는 시동을 걸고, 기어를 드라이브에 넣고, 출발했다. 애비가 이 모습을 봐야 하는데. 그러다가 핸들을 쥔 내 손가락의 울퉁불퉁한 마디에 눈이 갔다. 손등에는 푸르스름한 혈관이 튀어나왔고, 군데군데 검버섯이 있었다. 지금 한 말 취소, 애비는 안 보는 것이 낫겠다.

그렇지만 나는 베스트 드라이버고, 엔진은 돌아가는 줄 모를 정도로 부드럽게 돌아간다. 바이올린 선율의 '선한 왕 바츨라프' 클래식 버전이 흘렀다. 긴장을 풀어 주는, 내 운전의 훌륭한 사운드트랙이다. 액셀 페달은 발을 떼는 즉시 허리케인의 속도를 늦춘다. 수전 할머니의 궁색한 변명은 이제 끝이다.

우리는 쇼핑몰 주차장 출구의 교차로 방향에서 멈췄다. 눈은 여전히 도로를 따라 쌓여 있지만 오후의 햇살을 받아 점차 녹고 있었다.

"어, 저기 보세요! 저쪽에서 걸어오는 게 케일하고 하디프예요. 웃으세요. 할머니하고 아는 애들이에요. 손 흔들어 주시고요!"

"어느 쪽이 누구라고?"

"지금 웃는 애가 케일이에요. 제가 좋아하는 애요. 유니언잭 모자를 쓴 키 작은 애가 하디프고요."

"이런, 근데 하디프란 애는 눈이 특별해 보이는구나. 두 사람하고 헤어져서 가는 저 여학생은?"

수전 할머니가 가리키는 건 켄드라다. 다리는 길고 짙은 갈색 머리에선 반짝반짝 윤이 난다.

"그냥 우리하고 같은 학교에 다니는 곰팡이 같은 애예요. 켄드라는 케일한테 완전히 빠져 있어요."

"케일도 좋아하는 것 같은데."

뒤에 있던 차가 경적을 울렸다. 나는 눈을 굴렸다.

"우리 어느 쪽으로 가요?"

"좌회전해라. 겔프 도로를 타자."

녹아내리는 눈 더미 위로 햇살이 반짝거리고 있어서 주위를 살펴보려면 눈을 찌푸려야 했다. 고개를 돌리는데 목에 찌르르 경련이 일었다. 반대편으로 돌리자 또 경련이 왔다.

나는 깜빡이를 켰다.

오케이, 좌회전.

뒤에서 사납게 경적이 울렸다.

"이런, 정지!"

수전 할머니의 외침과 함께 우리는 아슬아슬하게 겔프 도로로 들어섰다. 신호등이 빨간불로 바뀌었다.

내가 물었다.

"우리 어디로 가는 거예요?"

"사지 모터스 대리점에 다시 들렀다 가자. 액셀 페달을 확인해 달라고 해야지."

나는 한숨을 쉬었다.

"그러셔야죠. 여기서 가까워요?"

"고속도로 타고 10분."

"네? 전 농장 흙길 운전만 해 봤어요. 고속도로는 안 타 봤다고요."

"복잡하고 신호등 많은 시내 도로보다는 나을 거다. 농장 시골길을 트럭으로 다니는 것보다 분명 쉬울 거고. 잘할 거야."

"정비사한테는 뭐라고 말해요? 제가 할머니한테 후진했다고 해요?"

"고장 난 데가 수리가 안 됐다고 해. 그리고 다른 얘긴데, 넌 오늘 내 아들 론네 가서 저녁을 먹을 예정이야. 론하고 셰릴이 '서니사이드 테라스'에 관해 얘기하고 싶어 해."

수전 할머니가 나를 보며 빙그레 웃었다.

"아무튼 믿어 보렴. 고속도로를 달리는 일이나 정비소를 방문하는 일은 생각보다 훨씬 재미있을 테니까."

"서니사이드는 뭐예요? 집 이름이에요?"

"상주 간호사가 있는 은퇴자 거주 단지야. 론하고 셰릴은 이젠 나한테 그런 데가 필요하다고 생각해."

"그럼 할머니도 같이 가 줘야죠!"

"내가 없어야 더 잘할 거야. 걔들이 하는 말에 맞장구만 치다 와."

"좋아요, 제가 거기 등록해 버릴 거예요."

"너는 서니사이드에서 끝장날 사람이 나라고 생각하는 거 같구나. 그러다가 엘리가 너라고 마음먹으면 어쩌려고?"

나는 몸서리를 쳤다.

"그럴 일은 없지 않을까요? 정말로 엘리가 저한테 그렇게 할까요?"

수전 할머니는 눈썹을 추켜올렸다.

"그야 모르지. 엘리는 크리스마스이브에 어떤 일이 생길 거라고만 했으니까. 무슨 일인지는 말 안 했잖니."

할머니는 교차로를 턱으로 가리키며 말했다.

"파란불이다."

나는 천천히 허리케인을 움직였다. 수전 할머니가 입구를 가리켰다.

"저기로."

"좋아, 고속도로야, 내가 간다."

핸들을 얼마나 꽉 쥐었는지 손가락의 울퉁불퉁한 마디가 더 도드라져 보였다.

"마음에 들 거다. 출발! 도로에서 서면 안 돼. 뒤에 차들이 있으니까."

나는 액셀 페달을 부드럽게 누르며 핸들을 꺾어 입구로 진입한 다음 천천히 커브를 틀어 고속도로로 들어섰다.

"속도 내야지. 이러다 사고 내겠다. 다들 제한 속도가 최저 속도인 것처럼 달리니까."

나는 페달을 밟은 발에 힘을 더 주었다. 도로변의 표지판을 보니 제한 속도는 시속 100킬로미터다. 도로 상태는 물기도 없고 좋아 보이지만, 이렇게 빨리 달리는 건 처음이다. 속도 계기판의 바늘이 70을 가리켰다. 우와아! 엄청나게 빠르다. 미소가 절로 나왔다.

"운전하는 거 좋지?"

"안 좋을 이유가 있어요? 지금 새 차를 마음대로 조종하고 있다고요."

나는 사이드미러를 힐끗 봤다. 조수석에 커다란 개를 태운 미니밴이 곁에서 지나갔다. 다음은 아이들을 잔뜩 태운 통학버스였다. 그리고 난데없이 경적이 시끄럽고 길게 울렸다. 18륜 트럭이 무서운 기세로 곁을 지나자 허리케인이 출렁했다.

"할리, 속도를 좀 내야겠다."

내가 페달에 힘을 주자 허리케인이 앞으로 발진했다. 계기판 바늘이 100이라는 숫자를 향해 다가가고 있었다. 수전 할머니 말대로 비포장 흙길을 트럭으로 달리는 것보다 훨씬 쉽다. 바늘이 110을 향해 가는 것을 보니 흥분으로 몸이 떨렸다.

"경찰이 저 고가 너머에 있을 때가 많아. 잠시만 속도를 줄이자."

내가 액셀 페달에서 발을 뗐지만 속도는 별로 달라지지 않았다. 허리케인은 그저 앞으로 돌진할 뿐이었다.

수전 할머니가 내 팔을 잡았다.

"속도를 줄여야 한다니까!"

발을 브레이크 페달로 옮겨 꽉 밟았다. 아무것도 달라지지 않는다. 속이 울렁거렸다. 내 마음대로 조종하기는커녕, 계기판 바늘이 120을 지나 130으로 향하고 있었다. 나는 브레이크를 쾅쾅 밟았다.

"차가 안 서요!"

바늘은 140을 가리켰다. 나는 맹렬히 달려 18륜 트럭을 지나 가운데 차선의 미니밴 앞으로 끼어들었다. 이어서 추월차선으로 진입했다. 이런. 앞에서 통학버스가 느긋하게 가고 있었다.

"저러면서 왜 추월차선에 있는 거야?"

내가 경적을 내리치자 버스 뒷좌석에서 꼬마들이 우리를 향해 손을 흔들었다.

조수석 사이드미러를 보니 가운데 차선의 미니밴이 우리 바로 뒤까지 따라왔다.

아드레날린이 가슴 속과 머릿속에서 퍼져 나가는 것이 느껴졌다. 심장이 실제로 아파 왔다. 나는 브레이크 대신 다시 액셀 페달을 밟으며 오른쪽 차선으로 들어갔다. 우리가 앞을 가로막자 미니밴도 우리를 피하며 오른쪽 차선으로 빠졌다. 미니밴 운전자가 사납게 경적을 울렸다.

수전 할머니가 말했다.

"잘했다."

그때 난데없이 뒤에서 사이렌이 울렸다. 얼씨구, 잘 돌아간다!

수전 할머니가 어깨를 으쓱했다.

"신경 쓰지 마라. 다시 브레이크를 꽉 밟아 봐."

내가 브레이크를 세게 밟자 수전 할머니가 기어를 중립에 놓았다.

"갓길에 세워 보자."

나는 핸들을 급하게 오른쪽으로 꺾어 또 한 번 미니밴의 앞을 막았다. 운전자가 나를 향해 주먹을 휘둘러 보였다. 최악이었다. 문제가 점점 더 커지고 있었다.

미러 속의 경찰차는 장난감 차처럼 조그맣게 보였다. 지금의 상황에 전혀 도움이 될 것 같지 않았다. 이 난관은 알아서 헤쳐 나가야 했다.

나는 차를 오른쪽으로 크게 틀어 갓길로 들어섰다. 갓길은 차 한 대가 지나기에 충분한 너비다. 우리는 길가의 얼음판을 깨며 달렸다. 이젠 무사하다.

수전 할머니가 손을 뻗어 열쇠를 돌려 시동을 껐다.

"이제 설 거다."

그러나, 서지 않았다. 허리케인은 정지하지 않았다.

멀리 눈앞에 나타난 남자의 모습에 나는 피가 차갑게 식는 것 같았다. 어떤 남자가 오토바이에 앉아 있었다. 실화냐? 이 겨울에? 소매에 흰색 털이 달린 빨간색 외투를 입은 남자의 얼굴에는 흰 턱수염이 덥수룩하다.

"하느님, 맙소사! 산타가 할리 데이비드슨을 탔잖아!"

"저 사람은 왜 그냥 가지 않고!"

수전 할머니는 비상 브레이크를 당겼다.

남자는 오토바이 스탠드를 툭툭 차고 안장의 균형을 잡았다. 그리고 부츠를 만지작거리기 시작했다.

허리케인의 속도가 줄기 시작했다. 속도계가 이제 60이다. 그렇지만 제때 정지하기는 불가능했다. 나는 핸들을 왼쪽으로 크게 꺾었다.

"핸들이 안 돌아가요!"

"파워핸들이야! 시동을 껐으니까 안 움직이는 거야!"

수전 할머니는 경적을 쾅쾅 울리며 산타를 향해 미친 듯이 팔을 흔들었다. 오토바이의 산타는 우리 쪽을 돌아보지 않았다. 여전히 부츠만 만지작거리고 있었다.

50, 40. 우린 산타클로스를 죽이고 말 것이다.

나는 경적을 누르고, 수전 할머니와 함께 남자를 향해 소리를 질렀다.

"비켜요!"

마침내 남자가 우리를 봤다. 남자는 놀라 입을 떡 벌리더니 재빨리 시동을 걸고 총알같이 출발했다.

허리케인이 오토바이에 달린 새들박스를 스쳤다. 오토바이는 잠시 비틀거렸지만 다시 균형을 잡고 멀어져 갔다.

허리케인은 여전히 달리고 있었지만 속도계의 바늘은 이제 안정적으로 떨어지고 있었다. 30… 20… 10.

사이렌 소리가 점점 커졌다. 사이드미러 속의 경찰차도 점점 커지고 있었다. 경찰차는 드디어 우리 뒤에 와서 섰다.

경찰관이 차에서 내려 천천히 다가왔다.

나는 두 팔로 머리를 감싸 쥐었다.

"꼴좋다, 꼴좋아!"

"진정해라."

프렌치 스타일로 땋은 금발을 방한용 경찰모 안으로 말아 넣은 건장한 경찰관이 다가와 찌푸린 얼굴로 허리케인을 살폈다.

수전 할머니가 내 옆구리를 쿡 찔렀다.

"창문 내려야지."

나는 버튼을 연거푸 눌렀다.

"버튼이 안 먹히는데요!"

"맞다, 시동이 꺼졌지. 그냥 문을 열자."

나는 더듬더듬 차 손잡이를 찾아서 겨우 차 문을 열었다. 차가운 바람이 얼굴을 때렸다.

"저는 메릴 윌슨 경관입니다. 안녕하십니까?"

경찰관의 미러 선글라스에 주름진 내 얼굴이 비쳤다. 한숨이 새어 나왔다. 하얀 얼굴과 쭈글쭈글한 주름이 새삼스레 충격이다.

윌슨 경관이 미간을 좁혔다.

"할머님, 괜찮으십니까?"

시나몬 껌 향을 느낄 수 있을 만큼 경관의 얼굴이 가까이 다가왔다. 그 경관도 킁킁 내 냄새를 맡았다.

뭐야, 나한테서도 냄새가 나는 거야? 설마 할머니 냄새?

"오늘 복용하신 약이 있나요?"

"할머니는 심장 때문에 아스피린을 소용량으로 조금 드세요. 아까는 어떤 증상이 좀 있어서 니트로글리세린을 드셨고요. 그냥 혈압약이에요. 그게 다예요."

수전 할머니가 나를 대신해서 설명했다.

지금이야말로 그 니트로글리세린인가 뭔가를 왕창 먹어야 하는 게 아닐까.

윌슨 경관의 선글라스 한쪽 렌즈 위로 눈썹이 치켜 올라갔다.

"운전면허증, 차량 등록증, 차량 보험 증서 좀 보여 주시겠습니까?"

수전 할머니는 조수석 앞 서랍을 열어 나에게 서류를 몇 장 건네고, 나는 그 서류를 경찰관에게 건넸다. 수전 할머니가 나지막하게 덧붙였다.

"운전면허증은 할머니 지갑에 있어요."

경찰관의 눈이 바쁘게 움직였다. 차 뒷면으로 갔다가, 조수석으로 갔다가, 다시 내 얼굴로 돌아왔다.

"지금 이렇게 손녀분에게 도움을 받으셔야 하는 이유가 있나요? 좀 혼란스러우신가요?"

'저희 사정을 모르셔서 그래요.'

나는 허둥지둥 말을 지어냈다.

"아니요, 아니요. 긴장돼서 그래요."

나는 얼어서 딱딱해진 손가락으로 지갑에서 면허증을 찾아 경찰관에게 넘겼다.

"그렇군요. 그럼, 방금 저기서도 증상이 있으셨나요?"

"아니요. 지금은 멀쩡해요."

"오후에 마신 것은 없으시고요?"

"커피하고 물 한 컵 마셨어요. 아, 술 말인가요? 아뇨, 한 방울도요."

"운전을 상당히 이상하게 하셨습니다. 할머님, 아까 속도가 얼마였는지 아십니까?"

"그건 설명할게요."

"안 하셔도 됩니다."

윌슨 경관이 차로 돌아가자 나는 조금이라도 온기를 유지하기 위해 차 문을 닫았다.

"차 번호판하고 면허증을 확인하는 거야."

"딱지를 많이 떼 보셨나 봐요?"

"아니, 〈LA 경찰관들〉에서 보니까 그러더라."

룸미러를 보니, 수전 할머니 말 그대로인 것 같았다. 다만 고개를 너무 오래 숙이고 있었다. 윌슨 경관이 드디어 다시 우리 쪽으로 걸어왔다. 내가 차 문을 열자 나에게 수전 할머니의 서류와 면허증, 그리고 과태료 고지서를 내밀었다.

"봐 드리는 겁니다. 제한 속도를 40킬로미터 넘게 위반하셨어요. 차선도 너무 자주 변경하셨고…."

"경관님, 사실, 저는 어쩔 수가…."

수전 할머니가 내 팔을 잡고 고개를 저었다.

"그렇지만 속도에서 10킬로미터 빼 드리고 속도위반 딱지만 발급했습니다. 벌점은 좀 받으시겠지만 곡예 운전으로 딱지 떼는 것과는 비교도 안 될 겁니다."

곡예 운전? 팔십 대 할머니가 일부러야 그랬을까.

"아까는 액셀 페달에 문제가 있었어요. 이것 때문에 수리도 했었고요. 지금도 서비스 센터에 가는 길이었답니다. 정비사한테 다시 봐 달라고 하려고요."

"그러세요? 그런 경우라면 이 차량의 안전운행은 장담 못 하는 거네요. 저희가 견인해야겠습니다."

수전 할머니가 이번에는 나를 세게 쿡 찌르며 고속도로 출구 너머의 카 센터를 가리켰다. 걸어갈 만큼 가깝다.

"경관님, 제가 다니던 정비사한테 물어보고 싶군요. 오늘 아침에도 그 사람이 점검했고, 정비소도 바로 저기예요. 사지 모터스의 견인차가 바로 올 수 있어요."

경찰관은 고개를 들어 수전 할머니가 가리키는 쪽을 보며 얼굴을 찌푸렸다.

"알겠습니다. 정비사한테 전화하세요. 전 차에 들어가서 기다리죠."

10

수집

공회전 정차는 할턴 전역에서 불법인데, 경찰관은 시동을 켠 따뜻한 차 안에서 안전하게 대기했다. 그러면서 나하고 할리는 추운 허리케인 안에 있게 했다. 할리가 이를 부딪치며 덜덜 떨길래 나는 스키 점퍼를 내어주었다.

할리는 거절했다. 자존심 센 녀석, 그런데 이런 면이 좋다. 할리를 보고 있으면 나의 생김새 말고도 여러 가지 나의 모습이 보인다.

견인 트럭은 다행히도 할리가 자존심을 세우다가 얼어 죽기 전에 도착했다.

할리가 차에서 나오면서 투덜거렸다.

"그럼 우리는 차도 잃고 딱지도 떼는 건가요?"

"아니야. 사지 서비스 센터가 결함을 수리하고 청구서를 써 주면 그걸 가지고 과태료 무효 재판을 신청할 거다."

견인 트럭 기사는 건장한 남자다. 토론토 블루제이스 모자 아래로 길게 늘어뜨린 머리를 두꺼운 손가락으로 끊임없이 정돈하며 나타났다.

"새로 뽑은 찬데 시동이 안 걸린다고요? 제가 해 볼까요?"

윌슨 경관이 어느새 합류했다.

"할머님은 이제 이 차를 운전하시면 안 됩니다. 안전이 확보되지 않은 차량이에요."

"아하, 그렇군요!"

견인 기사가 대답했다. 마치 두 사람 사이에 모종의 메시지가 오가기라도 하는 것 같다.

'당신 고객은 정신이 오락가락하는 노인이에요. 운전석에 앉히기엔 위험합니다.'

기사는 바로 허리케인을 견인차와 연결하고 앞부분을 들어 올렸다.

윌슨 경관이 물었다.

"집까지 모셔다 드릴까요?"

할리가 대답했다.

"아니요, 카센터에 가서 정비사하고 얘기하고 싶어서요."

"그러세요. 안녕히 가십시오. 자, 기사님도 안전 운행하시고요."

경관의 인사에 기사도 답례로 손을 흔들었다.

견인 기사는 허리케인이 단단히 잘 연결되었는지 확인하고 트럭의 조수석 문을 열어 주었다. 나는 할리를 도와주려고 팔꿈치를 잡았다.

할리는 자리에 앉으며 나를 뿌리쳤다. 할리한테 섭섭할 건 없다. 저 삐걱거리는 몸을 이고 살 때는 나도 그렇게 했다. 도움을 거절하고, 강권하면 짜증을 냈다. 나는 할리 옆자리로 들어가 앉았다.

기사는 가벼운 수다를 늘어놓으며 트럭에 시동을 걸었다.

"오후에는 눈이 다 녹을 것 같네요. 크리스마스 선물은 다 마련하셨습니까?"

"아뇨!"

할리가 부루퉁하게 대꾸했다.

할리의 늙은 몸은 이미 기진맥진했을 것이다. 나는 할리의 무례를 만회하기 위해 화제를 돌렸다.

"날씨가 얼마나 포근한지 오토바이를 타고 다니는 사람이 있더라고요!"

기사는 고개를 절레절레 저었다.

"죽는 법도 여러 가지네요!"

할리가 퉁명스럽게 거들었다.

"그 사람 정말 죽을 뻔했어요. 아까 액셀 페달이 걸리는 바람에 우리 차가 그 오토바이를 스쳤거든요."

"액셀 페달이 내려가서 안 올라오던가요? 그건 전자식 스로틀 플레이트가 열려서 차량이 가속된 경우거든요."

"모르겠어요."

견인 기사는 지금 흥미로운 이야기를 꺼냈다. 나는 액셀 페달을 밟을 때 내 발에 느껴졌던 감각을 떠올렸다. 그렇지만 허리케인이 통제 불능으로 속도가 올라갈 때면 나는 당연하게도 액셀에서 재빨리 발을 떼고 브레이크를 밟았다. 그 뒤로 액셀 페달이 내려가 있었는지를 어떻게 알까?

"며칠 전에 어떤 남자 차를 견인했는데, 차량 프로그램이 맛이 가서 속력을 줄일 수 없었다고 하더라고요. 액셀 페달은 차량 프로그램에 스로틀 플레이트를 열라고 신호를 보내는 역할을 하는 거고요."

내가 물었다.

"차종이 뭔데요? 그분 이름 아세요?"

"어… 기억이 안 나네요. 어쨌든 그 사람도 자기 차를 운전하고 싶지 않다고 했어요."

정말로 기억을 못 하는 걸까? 아니면 개인정보 보호법이라든지, 아니면 사지 모터스와의 합의라든지 그런 이유로 차주의 정보를 비밀로 해야 하는 걸까? 나는 한쪽 눈썹을 추켜세우고 고개를 끄덕여 할리에게 신호를 보냈다.

만약 우리가 같은 문제를 가진 사람을, 그러니까 예를 들어 너무 어리지도 않고 너무 늙지도 않았으면서 우리를 위해 증언할 용의가 있는 남자를 찾는다면, 과태료 무효 신청 재판정은 그의 말을 믿어 줄지 모른다.

서비스 센터 입구에서 내가 할리를 도와 트럭에서 내리게 하자, 기사는 허리케인을 끌고 정비소로 들어갔다. 넓은 차고 안에는 연단같이 생긴 책상이 세 개 놓여 있었다. 각각의 책상은 인조 트리와 빨간색 리본으로 장식되어 있었다. 엄청난 액수의 수리비를 청구하면서 건네는 성탄 인사다.

나는 제일 멀리 떨어져 있는 책상 쪽을 가리켰다.

"저 사람이 아침에 내 차를 손본 정비사야."

책상 옆에 서 있는 정비사는 키가 크고, 머리가 벗어졌으며, 흰 눈썹이 덥수룩하다.

"저기 미스터 클린(세정 용품의 광고 캐릭터) 씨요?"

나는 고개를 끄덕였다. 정비사는 미스터 클린과 상당히 비슷했다.

우리가 다가가자 정비사는 설교를 시작하려는 목사처럼 책상 모서리를 쥐며 인사했다.

"수전, 안녕하세요. 금세 다시 오셨네요? 별일 없으신 거죠?"

"네, 제임스. 안녕하세요?"

할리가 명찰의 이름을 보고 대답했다.

둘 다 서로의 안부가 정말로 궁금한 건 아니고, 형식상의 인사다. 제임스가 여든둘의 노인을 아무 존칭 없이 이름으로 부르는 것처럼, 할리는 그 사람을 똑같은 방식으로 부르고 있었다.

서비스업 종사자들이 성과 이름을 다 가르쳐 주지 않는 건 당연하다. 업무 시간 뒤에도 고객들이 신상을 찾아내려 든다면 모든 거래가 사생활이 될 테니까. 그렇다고 누구한테나 하나같이 무신경하게 굴 필요가 있을까. 나이 든 할머니들은 상냥하고 예의 바르게 대해 주면, 일이 끝난 후에도 귀찮게 굴지 않을 텐데 말이다.

"아까 손녀하고 둘이 고속도로를 달리는데 액셀 페달이 걸리더군요."

나는 할리가 나를 계속 손녀로 소개하는 것이 좋았다. 그 덕분에 우리의 이상한 연결고리가 더 편하게 느껴졌다. 각자의 영혼이 두 개의 몸에 나뉘어 들어간 것이 아니라 하나의 영혼이 반으로 쪼개져 들어간 기분이었다.

"액셀 페달이 또 말썽이라고요? 매트를 잘 깔아 드린 줄 알았는데."

정비사는 자신의 높은 책상 뒤에서 나와 할리의 신발을 살폈다.

"신발도 잘 신으셨고."

"오늘 아침에도 이 신발이었어요."

할리가 지금 신고 있는 신발은 비싼 나이키 운동화다. 내 친구 린다가 그걸 신으면 우리도 조깅을 시작할 수 있다고 해서 산 것이다.

"그러면 신발 문제도 아니고. 속도를 줄일 때 브레이크 밟은 거 맞아요? 액셀 페달하고 브레이크 페달을 헷갈리신 거 아니고요? 그러기 쉽거든요."

나는 통제 불능으로 달리는 차를 세운답시고 액셀을 밟아 대는 멍청이를 떠올리며 고개를 저었다.

"우리 할머니는 브레이크를 밟고 있었어요. 제가 봤다고요!"

"혹시 밑에 발을 넣어서 페달을 올려 보셨어요?"

이번엔 할리가 대답했다.

"아니요. 브레이크 밟기도 바빴어요. 운전대 잡고 있기도요. 아까 고속도로에서 아이들이 잔뜩 탄 버스를 날려 버릴 뻔했으니까요."

정비사의 눈썹이 높이 올라갔다.

"그럼, 알겠습니다. 다른 진단 검사 프로그램을 돌려 보죠. 이번에는 뭐가 좀 나오나 한번 봅시다. 댁에 모셔다 드려야 할까요?"

"수리하는 동안 여기서 기다리겠어요."

할리가 단호하게 대답했다.

"그렇지만 먼저 온 차들이 있어서요. 예약을 안 하셔서."

"우린 예약했어요. 알지요? 오늘 아침이 우리 예약 시간이었던 거. 여기서 문제를 해결하지 못해서 그 예약이 오후까지 연장된 거라고 봐야죠."

제임스는 눈 한 번 깜박이지 않고 할리를 한참 쳐다보았다.

잘한다, 할리. 절차만을 따지는 횡포에 이렇게 당당하게 나갈 사람이 나이를 떠나서 몇이나 될까?

제임스는 책상을 쥐고 있던 손을 떼며 어쩔 수 없다는 듯 늘어뜨렸다.

"알겠습니다. 고객 대기실이 어딘지는 아실 거고요. 차 열쇠는 제가 여기 받아 놨고, 수리가 끝나면 전화 드리겠습니다."

우리는 차고에서 나와 센터 본관으로 들어섰다. 나는 앞장서서 의자와 잡지, 1인용 커피 머신이 있는 대기실로 할리를 데리고 갔다.

"핫초콜릿 한잔 만들어 주랴?"

운전하는 동안 느낀 추위와 충격, 고속도로에서의 긴 기다림에서 회복하려면 할리에게는 뭔가 달고 따뜻한 것이 필요할 것이다.

할리는 고개를 끄덕이고 El-Q를 꺼내 들었다.

"화이트, 기본, 캔디케인(크리스마스 장식으로 쓰이는 빨간색과 하얀색 줄무늬의 지팡이 사탕으로, 주로 박하 맛이 섞인다), 어떤 것으로?"

"캔디케인이요."

나는 초콜릿 파우더를 머신에 넣고 배출구 아래에 컵을 놓았다. 대기실이라고 하지만 자동차 쇼룸의 한 면을 연장한 것으로, 세 면이 모두 유리였다. 한쪽의 인조나무 트리에는 빨간색 리본, 금색 스프레이가 뿌려진 솔방울, 겉면에 이름이 쓰인 조립식 종이차 모형이 줄줄이 걸려 있었다. 그 뒤로는 사지 모터스의 번쩍번쩍한 신차들이 전시되어 있었다. 소형차 두 대(전기차로 나온 파란색 세단인 '쓰나미'와 까만색 해치백), 스포츠카(강렬한 빨간색의 '볼케이노'), 중형 고급 모델(샴페인골드 '블리자드'), 그리고 SUV(하얀색 '허리케인')다. 신차의 이름은 모두 자연재해에서 따온 이름이고, 나는 처음부터 그것이 경고란 걸 눈치챘어야 했다. 사실 나는 해치백을 살 생각이었는데 아들 녀석이 안전하게 큰 차를 사야 한다고 고집을 부렸다.

다른 두 면의 유리벽으로 바깥이 보였다. 노을이 지고 하늘이 어두워지면서 도로에 차들이 길게 늘어서 있었다. 커피 머신이 핫초콜릿의 완성을 알리며 쉬이익 김을 뿜자, 나는 컵을 꺼내 할리에게 건넸다.

"네가 지금 어디 있는지 너희 어머니께 문자를 드려야 할까?"

"네. 할머니 아들은 할머니가 몇 시에 온다고 알고 있어요?"

"5시에. 잔소리깨나 들을 거다. 시간 가는 걸 염두에 두고 살펴야 한다, 시간 약속에 늦으면 안 된다, 어쩌고 하면서."

"와우. 저보다 할머니가 더 자유가 없는 것 같은데요."

나는 머신에 스틱을 하나 더 넣어 내가 먹을 핫초콜릿도 뽑았다.

"가끔은 내가 걔들 자식인가 싶을 때가 있지. 자, 그럼 이제 이 자동차 문제에 협조하는 거지?"

"당연하죠. 왜 아무도 할머니를 안 믿는지 모르겠어요."

"넌 믿었니? 직접 경험하기 전에?"

할리는 무안한 듯 입술을 오므렸다.

입 주위에 주름이 자글자글하다. 어렸을 때 수분 크림을 더 잘 발랐어야 했다. 나는 어깨를 으쓱했다.

"재미로 과속했다고 순순히 인정하는 사람 없고, 노망이 들어서 속도계를 신경 쓰지 못했다고 하는 사람 없을 테니, 뭐."

"그렇지만 할머니는 어떻게 하면 허리케인을 안전하게 세울 수 있는지 알고 있었어요."

"경험이지. 너도 운전을 꽤 잘하는 편이야. 네 나이치고는. 문제가 생겼을 때도 침착했잖니."

나는 핫초콜릿을 들고 할리 옆에 앉았다.

할리는 크리스마스트리 쪽을 물끄러미 바라보며 중얼거렸다.

"아직 크리스마스 선물을 하나도 못 샀는데."

"나는 벌써 다 수표로 써서 줬다. 돈이 제일 좋대. 딱 맞는 선물을 사 줄 수 있게 아이들을 잘 알면 좋겠지만."

"저희는 크리스마스이브에 사촌들이 놀러 와서 다 같이 제스처게임을 해요."

나는 한숨을 쉬며 말했다.

"나는 론하고 셰릴하고 나가서 브런치를 먹지. 가족에게 전통이 있다는 건 좋은 거야."

우리는 함께 핫초콜릿을 홀짝이며, 트리 앞에서 어린 커플이 껴안는 모습을 지켜보았다. 천장에는 크리스마스 장식으로 겨우살이 가지가 매달려 있었다. 남자는 여자를 가지 장식 아래로 데려가더니 까르르 웃는 여자에게 얼굴을 숙여 키스했다.

할리가 한숨을 쉬었다.

"선물은 지금이라도 살 수 있어. 넌 이제 쇼핑몰 바로 근처에 살거든. 내 신용카드도 쓸 수 있고."

"그런데 과연 그 선물들을 제가 직접 줄 수 있을까요?"

궁금하기도 하고 답답하기도 할 터였다.

"그래야지."

어린 커플은 이제 포옹을 풀고 손을 잡고 사라졌다. 할리는 한 번 더 한숨을 쉬었다.

"넌 아직 남자아이하고 키스한 적이 없다고 했지. 내가 경험을 살려 그 녀석을 남자친구로 만들어 줄까?"

"으휴, 케일한테 들이대시게요? 옛날 방식이 먹히겠어요?"

"컨디션이 좋은 날에는 아직도 십 대인 것만 같다."

"그래도요. 내가 할머니를 통해 케일의 입술을 느낄 건 아니잖아요."

이번에는 내가 한숨을 쉴 차례였다.

"그야 그렇지. 엘리가 크리스마스 때까지는 너한테 네 몸을 돌려줄 거라고 그냥 믿어야지. 네가 엘리가 바라는 뭔가를 성취하면 곧바로."

할리는 고개를 저었다.

"엘리는 처음부터 저를 싫어했어요. 제가 바라는 걸 저한테 줄 거 같지 않아요."

할리는 가만히 핫초콜릿을 홀짝였다. 상황을 곱씹어 보는 걸까? 할리는 다 마신 종이컵을 구겨 쓰레기통에 던져 넣었다.

"좋아요. 케일이 저를 좋아하게 할 수 있는지 해 보세요. 어차피 이렇게 된 이상 할머니나 저나 상황을 긍정적으로 봐야죠, 뭐."

11

할인

미스터 클린이 드디어 우리를 불렀다. 허리케인이 준비되었다며 600달러짜리 청구서를 나한테 내밀었다.

수전 할머니는 금액을 확인한 다음, 팔을 휘두르며 목소리를 높였다.

"농담해요? 아직 무상 수리 기간인데!"

미스터 클린은 열 받은 십 대 아이를 힐끗 보고는 그냥 무시하고 나에게 말했다.

"오늘만 두 번째 수리라 컴퓨터 진단 검사 비용을 청구해야 해서요. 그리고 프로그램 정비공 말로는 차에 아무 이상이 없다고 합니다."

수전 할머니가 대답했다.

"그건 자기가 무능하다는 걸 보여 준 거지요. 그 비용을 왜 나더러 부담하라는지 모르겠네요."

나는 팔꿈치로 수전 할머니의 옆구리를 쿡 찌르고 —할머니는 지금 우리의 본색을 드러내고 있어요— 그래도 한마디 거들었다.

"제 손녀 말이 일리가 있어요. 방금 그 금액으로 El-Q를 샀어요. 지니도 내장된 거로요."

"저희 정비사가 1시간이나 걸려 스로틀 플레이트를 정비했습니다. 연료 찌꺼기가 쌓여서 안 닫히는 건 아닌지 확인했고요. 과도한 마찰을 방지하도록 철근도 보강했고…. 그게 다 유상 수리 품목이거든요."

그러든지 말든지요. 나는 미스터 클린을 최대한 사납게 노려보았다. 저 청구서면 판사가 과속을 무효로 해 줄까? 그랬으면 좋겠다. 여기서 뭘 손을 봤든지 어쨌든 다시 SUV를 운전할 수 있게 되어 기뻤다. 운전은 성인이 된 것의 플러스 요인 중의 하나다.

나는 수납 창구로 가서 수전 할머니의 신용카드로 수리비를 결제했다. 또 다른 플러스다.

머리를 하나로 묶은 직원이 밝게 물었다.

"저희의 크리스마스 기념 '동전 모아 자동차로' 기금에 5달러를 기부하시겠어요?"

"그러죠. 같이 계산해 주세요."

"5달러는 동전이 아닌데."

수전 할머니가 작은 목소리로 투덜거렸다.

"덕을 쌓는 거잖아요. 전 크리스마스를 돌려받아야 한다고요."

내가 대꾸했다.

직원이 빨간색 종이 자동차 모형과 마커를 내밀었다.

"여기요. 이름을 쓰시겠어요?"

"네."

나는 할리라는 이름을 모두 대문자로 쓰고, 수전 할머니는 필기체로 썼다. 직원은 우리가 뭐라고 쓰는지 쳐다보지도 않았다. '사지 모터스는 살

인자!' 이렇게 써도 될 뻔했다.

"이건 트리에 걸어 드릴 거예요. 이번 기회에 '해피 모터링 클럽'에도 가입하시겠어요?"

수전 할머니는 콧방귀를 뀌었다. 콧바람이 어찌나 센지, 말인 줄 알았다. 뛰어들어 직원을 걷어찰 기세다.

"가입비가 얼만데요?"

내가 물었다.

"무료예요. 회원이 되시면 수리 예약을 인터넷으로 하실 수 있어요. 적립금이 추가로 쌓이고요. 여러 행사에 참여하실 수 있어요. 사지 차량에 만족하는 다른 고객과 소통할 수도 있고요."

수전 할머니가 퉁명스럽게 물었다.

"만족 못 하는 고객들하고는요?"

"네?"

내가 끼어들었다.

"가입은 다음에요."

수전 할머니는 우리가 차로 걸어가서 시동을 걸 때까지 내내 얼굴을 펴지 않았다.

"저기 할머니, 차를 버려 두고 갈 순 없잖아요? 결제는 해야죠."

수전 할머니는 말없이 또 콧방귀만 뀌었다.

"내비게이션 앱을 찾아서 집 주소나 찍어 주세요."

수전 할머니는 El-Q를 들고 끙끙거리기 시작했다. 나는 할머니에게 한 단계 한 단계 시범을 보여 주고, 우리 집 주소를 알려 주었다. 그리고 할머니 혼자 연습해 보게 했다. 이제 할머니 집하고 할머니 아들네 집 주소만 넣으면 된다. 한참 연습을 하고 나니 할머니도 이제 조금 익숙해지는 것 같았다.

"다른 얘긴데요, 엄마가 늘 제 방 보고 뭐라고 하시거든요. 집에 가시면 방 좀 치워 주세요. 그리고 저녁 식사 뒤에는 그릇들을 식기 세척기에 넣어 주세요. 제가 그거 담당이에요."

"넌 지금쯤이면 론네 집에 도착해 있어야 할 시간인데. 셰릴이 시간에 굉장히 민감하거든."

나는 어깨를 으쓱했다.

"어른이 늦었다는데 어쩌겠어요? 외출 금지라도 시키겠어요?"

수전 할머니는 대답은 하지 않고, 마땅찮은 표정으로 어깨만 으쓱해 보였다.

드디어 우리 집에 도착하자, 수전 할머니가 뛰어내렸다. 나는 할머니 등에 대고 외쳤다.

"El-Q 꼭 가지고 계세요! 언제든지 연락되게! 그래야 무슨 일이 있을 때 제가 도와드릴 수 있으니까요!"

나는 수전 할머니가 현관 앞에서 잠시 서 있다가 문을 여는 모습을 지켜보았다. 이제는 내가 출발해야 할 차례였다. 벌써 많이 늦었다. 그런데도 나는 물끄러미 창을 바라보고 있었다. 새어 나오는 불빛이 창문 속의 거실을 대형 화면으로 만들고 있었다. 드라마의 주인공은 수전 할머니다. 할머니가 복도를 따라 걸어가 불이 환하게 밝은 주방으로 들어간다. 우리 집에서 내가 제일 좋아하는 곳이다. 거기에 우리 엄마가 있다. 엄마가 수전 할머니를 끌어안는다. 나는 마른침을 꿀꺽 삼켰다. 우리 집에서 펼쳐지는 드라마고, 내가 주인공이고 싶다. 내가 저 포옹을 받고 싶다.

나는 눈가를 닦아 내고 차를 움직였다. 내비게이션이 수전 할머니네 아들의 집으로 가는 길을 영국 억양으로 안내했다.

"스푸르스에서 좌회전하세요. 그리고 포플러에서 우회전하세요."

별로 먼 거리는 아니지만, 내가 할머니 아들인 론 아저씨네 집 정원으로 들어설 즈음에는 El-Q가 이미 5:45라는 숫자를 표시하고 있었다. 그렇게 늦지는 않았다. 누가 저녁을 5시부터 먹는다고.

초인종을 누르자 안에서 고음의 여자 목소리가 들렸다.

"드디어 당신 어머니 오셨네! 당신도 이제 외투 입어."

내가 저녁을 먹으러 왔는데 두 사람이 왜 외투를 입지?

현관문이 열렸다.

집 안에서 눈동자가 까맣고 금발로 염색한 긴 머리의 키 작은 여자가 나오며 미소 지었다. 여자 옆의 남자는 내가 페이스북에서 보아서 알고 있는 론 아저씨다. 키는 훌쩍 크지만 얼굴은 어려 보인다. 파란색 눈동자가 다정하고 피부는 창백할 만큼 하얗다. 아마 나에게서, 아니 최근에 내가 몸에 지니고 다니는 유전자에게서 물려받은 특성일 것이다.

"엄마, 오셨어요?"

론 아저씨가 내 뺨에 키스하고 나를 자기 옆으로 바짝 당겨 세웠다.

이건 별로다. 왜 걷는 것도 마음대로 못하게 할까?

"잘됐네요, 저희 차 앞을 안 막으셨어요."

셰릴이 베이지색 블리자드에 타며 말했다. 블리자드는 사지 모터스의 중형 고급 세단이다.

나는 뒷좌석에 올라타며 론 아저씨의 손길을 뿌리쳤다.

"서두르는구나, 우리 어디 가는 거니?"

"서니사이드 테라스에 예약해 놨어요."

론 아저씨의 얼굴이 붉어졌다.

셰릴 아줌마가 스마트폰을 내려다보며 말했다.

"유명한 셰프가 만든 저녁을 먹을 거예요. 아, 우리가 지금 어디쯤인지 알고 싶다고 하네요!"

"나는 거기 간다는 얘기 못 들었는데."

"깜짝 놀라게 해 드리려고 한 거죠. 틀림없이 마음에 드실 거예요. 건물이 얼마나 예쁘다고요."

두 사람은 이미 가 본 게 분명하다. 그리고 나도 그곳을 좋아하기를 바라고 있다.

블리자드를 천천히 움직이며 론 아저씨가 기어를 올렸다. 이 도로의 제한 속도는 분명 고속도로에 훨씬 못 미칠 것이다.

"낮에 QEW에서 일이 좀 있었다."

"네? 사고는 아니죠? 괜찮으세요?"

셰릴 아줌마가 고개를 돌려 허리케인을 보았다.

"차는 괜찮아 보이는데요."

"사고가 나지는 않았지만, 하마터면 날 뻔했지. 그—"

셰릴 아줌마가 말을 잘랐다.

"왜 면허를 반납 안 하시는지 모르겠어요. 운전은 우리한테 맡기시고요. 통계를 보니까 주유비랑 보험료, 이것저것 하면 택시비가 더 저렴하다네요."

"그럼 너희는 왜 운전하니?"

"저하고 이 사람은 출근을 해야 하잖아요."

"나는 운전하는 게 좋다."

수전 할머니를 대신해서 말한 거지만, 그건 나도 마찬가지다.

"운전하면 자유로운 기분이 들어. 어쨌든 차의 액셀 페달이 또 걸렸다. 경찰이 과속 딱지를 뗐어."

셰릴 아줌마가 말했다.

"액셀 페달 수리 맡기기로 하셨잖아요."

론 아저씨는 핸들을 잡은 채 앞에서 시선을 돌리지 않고 말했다.

"차를 소유한다는 건 그런 일도 다 포함이에요. 보수, 관리하는 것도 그렇고요. 저희한테 늘 그렇게 말씀하셨잖아요."

나는 딱 잘라 말했다.

"너희들 설교는 필요 없다."

워우! 셰릴 아줌마와 론 아저씨가 말없이 눈빛을 주고받는다.

"수리는 아침에 맡겼었다. 그때 정비사 말로는 발 매트가 말려 들어갔다더라. 그런데 틀린 얘기였지. 그래서 오후에 또 맡겼더니 이번에는 지지대를 보강했다지."

론 아저씨가 말했다.

"그런 게 왜 필요하죠? 허리케인은 새 찬데. 나이 먹은 사람이 가니까 그쪽에서 문제를 만든 게 분명한데…."

"허리케인은 브레이크를 밟아도 속도가 줄지 않았어. 그런 문제를 일부러 만들어 내는 사람은 없다."

셰릴 아줌마가 론 아저씨를 흘깃 곁눈질했다. 눈을 굴리고 있는 것이 보였다.

나야말로 원래 몸에서는 눈알 굴리기의 여왕이다. 그게 내가 제일 좋아하는 감정 표현법이기도 하다. 그런데 이렇게 할머니가 되어서 하려니까 별로 귀여워 보이지 않는다.

"그럼 이제 론이 과속 무효 신청하러 법정에 출두할 차례네요."

"나 혼자 갈 수 있다. 법원에 사지 모터스의 청구서를 낼 거야."

"신경 쓰지 마세요. 따로 시간 내야 하는 것도 아닌데. 벌금 고지서만 주세요. 어떻게 할지 좀 볼게요."

"그래라. 자, 셰릴, 안 잊게 네가 가지고 있어라."

나는 조수석 너머로 벌금 고지서를 건넸다.

"저희는 안 잊죠."

셰릴 아줌마가 받으며 대답했다.

정말로? 자기들은 그렇게 완벽하다고? 깜박하는 건 십 대 꼬맹이하고 팔십 대 할머니뿐이라는 거야?

"여기 수리비 청구서도 있다. 윌슨 경관한테 내가 이제 차 고쳤다고 보여 줘라."

론 아저씨가 고개를 끄덕였다.

"내일 당장 경찰서에 연락해 볼게요. 지금은 다 잊어버리시죠. 저녁 즐겁게 보내야죠."

요양원에서? 농담이시겠지.

론 아저씨가 요양원의 회전 진입로에 차를 대자 셰릴 아줌마가 내가 내리는 것을 부축했다. 수전 할머니의 무릎은 나를 지지할 생각이 없는 듯했다. 앉은 자세에서 단번에 일어날 수가 없었으니까.

진입로 건너편에 정맥 주사를 꽂고 휠체어와 한 세트로 앉아 있는 할아버지가 보였다. 찌푸린 얼굴로 담배를 피우고 있었다. 그 주변을 빨강 파랑 전구로 장식한 전나무들과 눈 더미들이 둘러싸고 있었다.

셰릴 아줌마가 그쪽을 바라보며 미소 지었다.

"공원이 멋지네요!"

할아버지는 들은 체도 안 하고 눈 더미에 담배를 던져 버렸다.

분위기 한번 끝내주고요!

"날씨가 풀려서 저기 앉아 책이라도 보신다고 상상해 보세요."

론 아저씨는 여기가 서반구에서 가장 아름다운 장소라도 되는 것처럼 말했다.

할아버지는 담배를 한 개비 더 꺼내더니 툭툭 쳤다. 눈 위의 자국으로 보건대 아까가 첫 개비는 아니었다.

셰릴 아줌마가 밝은 목소리로 말했다.

"그럼 들어갈까요?"

우리는 셰릴 아줌마를 따라 널찍하고 밝은 입구로 들어섰다. 출입문이 뒤에서 조용히 그리고 안에서는 열리지 않게 닫혔다.

오른편 한쪽으로 가짜 벽난로가 설치된 작은 대기실이 있었다. 난로 선반에는 크리스마스 양말까지 매달려 있다. 대기실에는 머리에 산타클로스 모자를 쓴 불도그 도자기 인형 두 개가 웅크리고 있고, 그 옆으로 속을 빵빵하게 채운 소파가 놓여 있었다. 소파 앞은 긴 커피 테이블이다. 테이블 가운데에는 육지를 은색으로 칠한 까만 지구본이 놓여 있었다. 지구본 위 어디에도 이곳 입주민은 갈 수 없을 것이다. 그때 갑자기 쇠고기 냄새에 단 냄새가 섞여 풍겼다. 버스에서 만난 할머니가 풍기던 은방울꽃 냄새다. 플러스 요인은 아니다.

밝은 갈색 머리칼을 크게 부풀린 여성이 나와서 우리를 반갑게 맞았다.

"론, 셰릴, 그리고 이쪽은… 수전 할머님이시죠!"

여성은 내 손을 잡고 악수했다.

"저는 엘리자베스라고 해요. 먼저 둘러보시겠어요, 아니면 혹시 시장하세요?"

"둘러볼게요."

나는 새로 생긴 아들과 며느리가 대답하기 전에 대답했다.

엘리자베스는 스마트폰을 꺼내 뭔가를 입력하며 말했다.

"좋은 생각입니다. 그럼 주방에 그렇게 전해 둘게요. 이 시기에는 정원에 볼 게 많지 않지만, 여름에는 장미, 튤립, 백합에 난초까지 활짝 핀답니다. 입주민 중에 정원 가꾸기에 관심 많으신 분이 돌봐 주고 계세요. 수전 할머님, 정원 가꾸기 좋아하세요?"

'젠장!'

나는 할머니가 정원 가꾸기를 좋아하는지 어떤지 모른다. 진짜 수전 할머니한테 연락해서 물어볼 시간도 없다. 내 손톱을 힐끗 확인했다. 길게 다듬어져 있고, 할머니의 진한 빨간색 립스틱과 세트 같은 반짝반짝한 빨간색이 발려 있다.

"글쎄요, 나는 손이 지저분해지는 게 싫어서."

"어머니는 지금 9층에 살고 계세요. 지금은 집에 발코니도 없는걸요."

셰릴 아줌마가 마치 이곳에 오는 것이 엄청난 수준 상승이라는 듯 덧붙였다.

"걱정하지 마세요. 정원 가꾸기 말고도 취미활동 프로그램이 많으니까요."

마침 현관에 작은 버스 한 대가 섰고, 운전사가 연결 발판을 내렸다.

엘리자베스 씨가 보행 보조기를 밀고 내리는 할머니 한 분을 향해 손을 흔들었다.

"오늘 입주민들 몇 분이 은행에 다녀오셨어요."

은행이라니, 외출도 어쩌면 그렇게 재미없게. 내가 물었다.

"입주하면 주차 공간은 따로 나오나요?"

엘리자베스 씨가 셰릴 아줌마에게 재빨리 눈짓하며 대답했다.

"보시다시피 저렇게 외출용 차량이 있답니다. 사실 개인 차량은 전혀 필요 없어요."

'젠장, 젠장!'

외출이란 것이 ATM에 소풍 가기라니.

"외출을 싫어하는 분도 계시고요. 여가 활동 클럽, 빙고 클럽, 시사 토론, 체어 요가, 무비 나이트, 공예 모임이 여기에 다 있거든요."

엘리자베스 씨가 문 옆 숫자 패드에 비밀번호를 입력하자 문이 자동으로 열리며 다른 건물로 이어졌다.

"이쪽은 켄트관이에요. 여긴 간호사실이고요. 상주 간호사들이 입주민이 복용 중인 약을 놓치지 않고 챙기죠."

엘리자베스 씨가 손을 흔들자 안에 있던 흰 가운의 여성이 우리에게 미소를 지었다.

그 말이 별로 좋게 들리지 않았다. 엄청난 거구의 누군가가 내 목구멍에 알약을 억지로 집어넣는 장면이 떠올랐다.

"그리고 여기는 라운지예요. 크고 작은 행사가 열리는 곳이죠. 노래 경연대회도 있어요."

라운지는 넓었다. 대형 텔레비전에서 드라마가 볼륨을 높여 방영되고 있었고, 그 앞의 소파에서 머리가 하얗게 센 할머니 할아버지 몇 명이 졸고 있었다.

"이것도, 저것도, 다, 재미있겠네요."

엘리자베스 씨는 내가 비꼬고 있다는 걸 모르는 눈치였다.

"노래를 좋아하시는구나? 제가 입버릇처럼 하는 말인데, 노래를 부르는 건 우리 영혼이 큰 소리로 웃는 방법인 것 같아요."

그럼 웃는 건? 우리 뇌가 노래를 부르는 방법인가?

나는 고개를 저었다. 어느 쪽도 와 닿지 않았다.

엘리자베스 씨가 어느 방문 앞에서 걸음을 멈추고 문을 두드렸다.

"앤드리아 할머님이 방을 보여 주기로 하셨어요. 앤드리아 님? 앤드리아 님?"

엘리자베스 씨는 한 번 더 문을 노크하고 목청을 조금 높였다.

"앤드리아 님!"

결국 부르기를 포기하고 주머니에서 열쇠를 꺼내 문을 열었다.

앤드리아 할머니가 죽은 채로 바닥에 쓰러져 있는 건 아닐까 겁이 덜컥 났다.

문이 열리고 안에는… 아무도 없었다. 다행이다.

방은 우리 집 내 방보다는 크고 거실보다는 작았다. 소파, 텔레비전 하부장, 수납 겸용 데스크 둘에 침대로 꽉 차 있었다. 가구들이 조여 오는 느낌이다. 그리고 왜 가는 데마다 저 조화가 꽂힌 꽃병이 있을까?

"어, 고양이가 있네요!"

나는 주황색 얼룩 고양이 인형이 똬리를 틀고 누워 있는 선반으로 다가갔다. 진짜 같은 털을 쓰다듬자 내 손가락을 따라 조그마한 등이 들썩였다. 나는 놀라서 펄쩍 물러섰다.

"숨을 쉬잖아!"

엘리자베스 씨가 빙그레 웃었다.

"건전지로 작동하는 거예요. 재미있죠? 안내견을 제외하고 반려동물은 금지랍니다."

엘리자베스 씨는 셰릴 아줌마가 로봇 고양이를 신기한 듯 구경하는 걸 잠시 기다렸다가 다시 설명을 이어 갔다.

"벽은 칠해 드리지만, 나머지는 원하는 대로 꾸미실 수 있어요."

꾸민다고? 나는 방에 전혀 맞지 않는 가구들을 돌아보았다. 지금 이 방을 꾸몄다고 표현한 거야? 큰 집에 살던 때의 아련한 추억이라고 말하는 편이 더 정확할 것이다.

한쪽의 문을 열자 작은 화장실이 나왔다. 세면대와 변기가 보였다. 변기 옆으로는 보조 손잡이가 달렸고 위로는 벽장이다. 두루마리 화장지 걸이 위에는 털실로 짠 분홍색 드레스를 입은 인형이 앉아 있었다.

"욕조하고 샤워기는요?"

"샤워실은 복도 끝에 있어요. 목욕이나 샤워는 일주일에 두 번 하실 수 있고요."

"뭐라고요!"

"이곳의 규칙이에요. 그렇지만 가족이 와서 도와주신다면 얼마든지 더 하셔도 되죠."

나는 셰릴 아줌마를 바라보았다.

"나는 샤워를 매일 하는데."

셰릴 아줌마가 말했다.

"우리 북미 사람들은 너무 자주 씻는대요. 몸에 좋은 건 아니라고 하더라고요. 페로몬을 다 씻어 내는 거라고."

"그러든지 말든지 난 매일 씻어야 돼."

나를 제외한 두 사람이 서로 마주 보았다.

앗, 나도 모르게 생각이 입 밖으로 나왔다.

"엄마?"

론 아저씨는 내 말을 제대로 듣지 못했다는 듯 고개를 갸우뚱했다.

"내 나이에는 페로몬 같은 거 필요 없다. 그냥 내가 원하는 때에 샤워를 하고 싶다는 거야."

셰릴 아줌마가 의아하다는 듯 눈썹을 치켜세우며 론 아저씨를 쳐다보았다.

"어차피 샤워는 안 하시잖아요. 목욕을 좋아하시지."

"이젠 샤워가 좋아졌다! 사람은 변하는 법이야."

침묵이 흐르자 엘리자베스 씨가 화제를 바꾸었다.

"마침 계곡 전망의 방이 하나 나와 있어요."

이 시점에서, 나는 만약 내가 이 몸으로 이 요양원에 살 수밖에 없게 된다면 그 계곡으로 뛰어내릴 수밖에 없다는 깨달음을 얻었다.

"이쪽으로 오시죠."

엘리자베스 씨는 할아버지 할머니 일행을 지나, 문을 열었다. 식탁과 의자가 줄지어 놓인 넓은 식당이 나왔다.

"지금 막 저녁 식사 시간이 끝났어요. 다들 식당에서 나오시는 길이고요. 식사는 기본적으로 지정석에서 하시는데, 만약 지내기 껄끄러운 분이 있다면 언제든 편하신 데 가서 앉을 수 있어요."

식당은 활기차 보였다. 식탁마다 노란 꽃을 꽂은 꽃병이 놓여 있었다. 나는 꽃잎을 문질러 보았다. 먼지가 두껍게 앉아 있다. 꽃은 물어볼 필요도 없이 조화다. 꼭 붕대 색깔 같은 벽에는 정원을 찍은 사진 액자가 걸려 있었다. 정원 사진이 있으면 식탁 위의 꽃들이 조금이나마 생화로 보이기라도 한다는 건가.

"식사는 방에서 해도 되나요?"

"권장하지는 않아요. 편찮은 경우에 의사의 처방이 있다면 며칠은 방으로 가져다 드릴 수 있어요."

며칠이 지난 다음에는, 굶는 거고.

엘리자베스 씨는 우리를 작은 식당으로 데리고 갔다. 원한다면 이곳에서 채소 써는 것을 도울 수도 있다고 한다.

퍽이나 원하려고.

"식사는 지금 하시겠어요?"

론 아저씨가 우리 셋을 대표해 고개를 끄덕이자 엘리자베스 씨는 우리를 개별 공간으로 안내했다. 가족이 와서 같이 식사하고 싶을 땐 언제든지 개별 방을 예약할 수 있다고 한다. 그게 얼마나 자주 있을 일인지 궁금했다. 나라면 식사를 하러 여기에 오는 일은 절대로 없을 것 같으니까.

곱슬곱슬한 머리의 젊은 남자가 우리 앞에 접시를 내려놓았다. 메뉴는 으깬 감자와 당근을 곁들인 커틀릿이다.

"그레이비 소스 하시겠습니까?"

론 아저씨가 고개를 끄덕이자 직원은 큰 국자로 소스를 떠 접시에 얹기 시작했다. 누가 빵가루를 입힌 고기에 그레이비 소스를 뿌려 먹나 싶었더니, 론 아저씨가 그런 사람이었다.

직원은 나를 내려다보며 미소를 지었다. 파란색 눈동자가 끝내주고, 보조개가 매력적인 데다 턱 아래가 엄지손가락 지문만큼 크게 파였다.

나는 심장박동이 두 배로 빨라졌다. 그레이비 소스는 손으로 막아 거절하면서, 친근함의 표시로 직원에게 윙크를 했다. 그리고 너무 크고, 너무 밝게 미소를 짓고 말았다.

젊은 직원도 나를 향해 윙크했다.

셰릴 아줌마의 뜨악한 표정을 너무 늦게 눈치챘다. 아줌마는 론 아저씨의 옆구리를 쿡 찌르고 있었다.

나는 이제 이십 대 음식점 직원에게 집적대는 팔십 대 할머니가 되었다. 변태다.

나는 음식에 정신을 집중하고 한 입씩 맛을 봤다. 음식에서는 벽지 맛이 났다. 밍밍하고, 밍밍하고, 밍밍하다. 수전 할머니한테 아빠의 소고기 맛 조미료를 선물해야겠다. 아니, 내가 지금 무슨 생각을 하는 거지? 이런 곳에서 살겠다고 계약해서는 안 된다. 일주일에 목욕 두 번, 자동차는 불가. 수전 할머니는 독립적인 사람이다. 할머니를 위해서 이 점만큼은 분명히 해야 한다.

12
수진

따뜻한 느낌을 주는 낯빛과 예쁜 입술이 할리와 똑 닮았다. 하지만 내가 주방에 서 있는 이 키 큰 여성이 할리의 어머니일 수밖에 없다고 확신한 건 여사가 내 몸을 감싸며 꼭 끌어안은 순간이었다.

애정이 너무 강렬해서 침조차 삼키기 힘들었다.

지금의 내 정수리는 프린스 여사의 가슴께에 겨우 닿을 정도지만, 할리는 더 자랄 것이다. 그럴 기회가 주어진다면. 따스한 카레 향이 우리를 둘러싸고, 라디오에서는 머라이어 캐리가 크리스마스에 받고 싶은 유일한 선물이 무엇인지 노래하고 있었다. 현관 쪽 소파 앞에는 한껏 장식한 전나무 트리가 있고, 복도에는 크리스마스 카드와 네 개의 대림절 달력(12월 한 달간 크리스마스 전까지 매일의 날짜에 선물이나 좋은 글귀를 숨겨 놓고 한 장씩 뜯어 보는 달력)을 길게 달아 두었다. 주방 스토브 손잡이에 걸린 행주도 빨간색과 초록색이고, 식탁 가운데를 장식한 센터피스마저 소나무다.

프린스 부인이 수상쩍은 듯 물었다.

"누가 집까지 데려다줬다고?"

“수전 할머니요. 제 양할머니예요. 학교에서 요즘 공감 능력 기르기 프로젝트를 하거든요.”

거짓말도 이쯤 되니 진짜 같다.

“나이 든다는 것이 어떤 것인지 배우고 새로 나온 기계 사용법 같은 걸 가르쳐 드리는 거예요.”

공감 프로젝트인 건 맞다. 주최자가 엘리라는 점만 다를 뿐. 성공 여부도 엘리가 결정할 것이다.

쏟아지는 질문에 대답하는 건 내가 할리라는 정체성에 완전히 익숙해질 때까지 미루고 싶었다. 안 그랬다가는 프린스 부인이 딸의 변화를 눈치챌 것이다.

“그럼 전 제 방을 정리하러 가 볼게요.”

“뭐라고? 지금 ‘정리’라고 한 거야?”

프린스 여사가 물었다. 벌써 눈을 가늘게 뜨고 있다.

“늘 제 방 치우라고 하시잖아요. 아니에요?”

“그래, 그랬지! 그런데 아직 말도 안 꺼냈는걸.”

“뭐…, 그럼 제가 성숙했나 봐요.”

나는 나만 아는 농담에 활짝 웃었다. 프린스 여사가 자기 딸이 오늘 아침 이후로 얼마만큼 성숙했는지 안다면 얼마나 놀랄까.

나는 주방에서 나왔다.

‘자, 이 녀석 방은 어느 쪽이려나?’

나는 속으로 중얼거리며 현관 쪽으로 되돌아갔다. 아까 들어오면서 현관 앞에 계단이 있는 걸 봐 두었다. 방은 2층일 것 같아 계단을 올랐다. 나로서는 아무도 없을 때가 방문들을 열어 보기 안전하다. 나는 우선 화장실로 가서 볼일을 봤다. 화장실 바로 옆에 난 문은 이불 같은 걸 넣어 두는 벽장이고, 그 바로 옆방은 허리케인이(사지 모터스의 허리케인이 아니라 진짜 허리케인이) 휩쓸고 간 듯 난장판이었다. 볼 것도 없이 이 방이 할리의 방일 터였다. 나는 안으로 들어가 침대에 놓인 청바지를 들어 올리고, 내 허리춤에 대어 보았다. 옳지! 맞는다. 지저분한 옷가지들을 모아 방 한쪽으로 밀었다. 책상 위에 쌓인 속옷 더미에서 애비와 할리의 사진 액자가 나오는 걸 보니 방을 제대로 찾긴 한 것 같다.

침대 밑에서는 피자 부스러기와 구겨진 포테이토칩 봉지가 나왔다. 쓰레기들을 모아 화장실 작은 쓰레기통에 버렸다. 그런 다음 쌓아 둔 옷가지를 한가득 안았다.

"엄마! 세탁 세제 어디 있어요?"

"지하층에 세탁기하고 건조기 옆에 있지. 늘 그 자리잖아!"

나는 산더미 같은 할리의 빨랫감을 안고 계단을 비틀비틀 내려갔다. 지하 거실 소파에는 일고여덟 살쯤 되어 보이는 여자아이가 앉아 있었다. 할리보다 피부색이 옅고 얼굴형이 자기 엄마, 그리고 언니와 꼭 닮았다. 아이가 투덜거렸다.

"텔레비전 안 보이잖아."

"미-안!"

나는 복도를 지나 벽돌 벽의 작은 틈새 공간으로 들어갔다. 여기가 세탁실이다. 세탁기에 할리의 옷가지들을 넣고, 세제를 부은 다음 버튼을 차례로 누르자 세탁이 시작되었음을 알리는 소리가 울렸다. 건조기 옆에는 쓰레받기가 딸린 빗자루와 쓰레기봉투가 담긴 상자가 있었다. 내가 이해 가능한 문명이다.

청소 도구를 들고 다시 계단을 올라가는데 무릎은 그 존재조차 느껴지지 않았다. 숨을 헐떡이며 이미 녹초 상태여야 하는데 그러기는커녕 기운이 솟았다. 아, 젊음이란! 청춘으로 영원하라! 내 인생에 찾아온 이 새로운 결말은 황홀하다.

다시 2층으로 올라온 나는 방에 굴러다니는 먼지 뭉치들을 쓸고 화장실 쓰레기통을 비웠다. 잡지를 책장에 꽂고 신발을 가지런히 정리했다. 다음으로 침구 시트를 정리하고, 다시 계단을 내려가서 마침 세탁이 끝난 옷들을 건조기에 옮겼다.

프린스 여사가 지하층에 대고 외쳤다.

"할리! 저녁 먹게 와서 식탁 좀 정리해 줘!"

힘차게 계단을 올라 주방으로 가는 길에도 숨이 조금도 가쁘지 않았다. 환한 미소가 절로 나왔다.

그때 가방에서 El-Q가 울렸다. 애비의 문자다.

'뭐해?'

'빨래.'

'진심?'

'방 치우고 빨래. 지금 저녁 준비하러 감.'

'뭐래. 내일 놀래?'

'당연하지.'

'뭐할까?'

내일은 아쿠아로빅 수업이 있는 날이다. 골반하고 무릎이 유연해지라고 하는 운동이다. 그런데 이 몸에 있는 나의 관절은 최상급이다. 물속에서 걸을 필요가 없다. 그렇지만 이번 주는 크리스마스 기념으로 수업 뒤에 커피와 브런치 파티가 있고, 내 친구들도 다 올 것이다. 내 또래 사람들과의 만찬을 놓치게 생겼다. 잠깐! 아쿠아로빅이 끝나고 수영장에서 청소년을 대상으로 60년대 스윙송을 틀어 주고 어쩐다는 행사가 있다고 했는데? 크리스마스 기념으로 입장도 무료라고 했다. 분명히 린다가 자기도 거기 갈 만큼 젊으면 좋겠다고 했었다.

'우리 탠슬리우즈에 가서 수영할래? 내일은 무료야.'

'누구누구 가는데?'

'내가 케일하고 하디프한테 문자해 볼게.'

'진짜로?'

너무 앞서나가나? 그렇지만 나는 빨리 움직여야 했다. 열다섯 살로 얼마나 있을 수 있을지는 아무도 모를 일이었다.

'메건한테도 연락할게.'

내 El-Q 연락처에 그 이름도 있었다.

'좋아. 몇 시에?'

'1시.'

"할리! 식탁 좀! 네 물건 좀 내려놓으라니까."

"미안해요, 엄마!"

나는 El-Q를 도로 가방에 넣었다.

"와, 냄새 좋다!"

나는 포크와 나이프 서랍을 잘못 찾았지만, 음식을 접시에 떠 주려는 프린스 여사에게 딱 맞춰 국자를 건넴으로써 위기를 무마했다. 그리고 다음 칸에서 포크와 나이프를 꺼냈다.

"냅킨은 어디 있어요?"

프린스 여사가 나를 보며 콧등을 찡긋거렸다.

"냅킨씩이나? 그냥 티슈나 놓으시죠."

나는 자리마다 포크와 나이프를 놓은 다음, 프린스 여사에게 음식 접시를 받으려고 기다렸다.

"어머나, 무슨 일이야. 크리스마스 선물로 얼마나 대단한 걸 기대하는 거니? 아리아도 올라오라고 해."

여기에는 추가 설명이 필요 없었다. 내 머리는 지금 잘 돌아가고, 또 내 두 아이 덕분에 형제자매가 이럴 때 어떻게 하는지 잘 알고 있다. 나는 지하로 통하는 문을 열고 지긋지긋하다는 듯이 소리 질렀다.

"아리아! 저녁 먹게 당장 와!"

프린스 여사가 두 눈을 굴렸다.

"그렇게 할 거면 엄마도 했지."

지당한 말씀.

나는 조리대에서 가장 멀리 떨어진 자리에 앉았다. 조리대에서 가까운 자리는 분명히 프린스 여사 자리일 터였다. 보통의 엄마들은 자꾸 일어나서 음식을 가져오곤 한다.

할리의 여동생도 드디어 합류했다. 그렇지만 내 옆에 앉아 앞에 놓인 요리를 보자마자 불평을 시작했다.

"프라이드 치킨이나 바비큐 치킨 먹으면 안 돼요? 카레는 싫어요."

나는 크게 한 입 먹었다. 저절로 탄성이 나왔다.

"으음, 너무 맛있다."

아리아와 프린스 여사가 동시에 나를 쳐다보았다.

"오늘따라 정말 맛있다는 뜻이에요. 아리아, 너도 한 입만 먹어 봐!"

“언니 오늘 이상해.”

아리아는 그러면서도 한 입 먹었다.

내가 기억하는 한, 식사 시간의 십 대들은 재빨리 먹고 질문에는 대답하지 않는다.

“오늘 학교에선 별일 없었어?”

“방은 깨끗하게 치웠니?”

“새로운 일 없었어?”

모든 질문의 대답은 두 가지 버전으로 할 수 있다.

“네.”

“그렇죠, 뭐.”

대신 아리아가 재잘거려 주었다.

다들 식사를 마친 것 같아서 나는 접시를 정리해 싱크대로 가져가서 물로 헹군 다음 식기 세척기에 넣었다. 달그락거리는 소리 외에는 침묵이 흐른다는 걸, 아리아가 소리를 지르고 나서야 깨달았다.

“우리 언니 아니지! 우리 언니 어떻게 했어?”

머리가 쭈뼛 곤두섰다. 걸리고 말았다.

“쓸데없는 소리! 언니는 지금 학교 프로젝트 하는 거야. 너도 공감 능력 길러야지. 식탁 좀 닦아라.”

저녁 시간 내내 나는 할리의 방에 틀어박혀 60년대 음악을 들으며 수영하러 가지 않겠느냐고 묻는 문자를 돌렸다. 모두들 가겠다고 한다. 케일이 온다는 소식을 들으면 ‘진짜 할리’는 무척 기뻐할 것이다.

진짜 할리. 흠. El-Q로 할리에게 전화해 보기로 했다. 할리는 받지 않았다. 문자를 보냈다. 문자는 짧아야 한다는 걸 안다. 이건 편지가 아니니까, 문장 네 개로 끝냈다. 할 말이 이렇게 많은데 겨우 네 문장이라니.

'내일 탠슬리우즈에서 12시 아쿠아로빅 수업을 들어야 해. 내 수영복하고 수건은 욕실 수납장에 있어. 끝나면 어디 가지 말고 기다려 봐라. 네 그 남자친구 데려갈 참이니까.'

13

"아니! 난 안 들어갈 거야. 어쨌든 고맙다."

서니사이드 테라스를 둘러본 뒤 침묵이 흐르는 차를 타고 론 아저씨네로 돌아온 후 나에게 남은 일은 요양원 입주를 결정하는 것이었다.

셰릴 아줌마가 론 아저씨를 향해 눈썹을 치켜세웠다. 끝이 올라간, 사람을 냉정하게 평가할 것 같은 눈썹이다. 지금은 나의 '비합리적인 노인 치매' 수치를 10점 만점으로 판정하고 있는 것이 분명했다.

"피곤하구나. 미인은 잠꾸러기라던데 가서 좀 자야겠다."

이건 엄마가 늘 하는 말이니까 노년층의 표현에 가장 가까울 것이다.

셰릴 아줌마도 물러서지 않았다.

"어머니, 빨리 결정해야 돼요. 그쪽 가족이 가엾은 할머니가 계시던 계곡 전망 방을 정리하고 나면 대기자가 줄을 설 거예요."

가엾은 할머니? 세상을 떠난 가여운 할머니라는 뜻일까? 나는 놀이공원에서 보았던 속이 투명하게 비치던 사람들을 떠올렸다. 그 할머니도 거기에 있었을까? 티컵 라이드에? 아니면 회전목마에?

"고려해 보실 게 많죠."

론 아저씨는 내 편인 것 같았다. 블리자드에서 내리는 나를 부축해 허리케인으로 데려가며 말했다.

"그렇지만 엄마, 계속 미룰 수는 없어요."

론 아저씨가 내 뺨에 키스했고, 나는 손을 흔들었다. 그리고 운전석 문을 닫았다.

'하!'

나는 우리 엄마를 절대로 이런 식으로 대접하지 않을 것이다. 식사 초대라며 속여 요양원에 데려가지 않겠다는 뜻이다.

내비게이션을 쓰려고 El-Q의 전원을 켜자 수전 할머니가 보낸 문자가 떴다. 아쿠아로빅 수업에 가야 하고… 그리고 케일. 이 할머니는 어떻게 케일을 차지하겠다는 건지 모르겠다. 어쨌든 나중에 내 몸으로 돌아간 다음 할머니의 성공을 누릴 수 있으면 좋겠다. 허리케인이 부드럽게 움직이고, 나는 내비게이션의 안내에 따라 할머니의 아파트로 향했다. 도착해서 주차 보조 기능을 켜지 않고 현관 바로 앞에 무사히 주차했다. 운전면허는 시험을 보게만 해 준다면 당장 오늘이라도 딸 수 있을 것 같다. 나는 늙은 무릎과 발목에 무리가 가지 않도록 천천히 현관으로 움직였다. 현관 안쪽 벤치에 머리가 하얀 할머니 둘이 앉아 있었다. 한 사람은 빨간 외투에 자홍색 바지, 거기에 방한 부츠처럼 생긴 흰색 운동화를 신고 있다. 내가 들어오는 걸 보더니 활짝 웃는다.

"수전, 저녁은 근사한 데서 먹었어?"

"그럼."

거짓말이지만 어차피 자기들 일도 아니니까, 뭐.

"물어봐 줘서 고마워."

옆에 있던 할머니가 무릎 사이에 끼운 지팡이를 짚은 채 다 안다는 듯 히죽히죽 웃었다. 낙타색 코트 아래로 보이는 파란색 꽃무늬 블라우스가 청바지 무릎길이까지 내려온다. 청바지는 까만색 이상한 레이스업 부츠(끈으로 묶는 부츠) 끝에서 짧게 끝난다. 자유롭게 입었지만 안 어울린다. 애비가 구제 옷 가게에서 골라서 펑키하게 입을 만한 것들이지, 이 할머니들은 아니다.

지팡이 할머니가 말했다.

"웬일로 현관 앞에 주차를 다 한대? 거긴 방문객 자리잖아."

'아, 나도 그냥 방문객이면 지이인짜 좋겠다.'

나는 한숨을 쉬며 물었다.

"그럼 어디다 해?"

다른 사람인 척은 어렵다. 특히 관절이 쑤시고 뼛속까지 피곤할 때는 더 그렇다.

"지하 자기 자리에 대야지. 당연히."

그 자리가 어디인지 어떻게 알 수 있을까? 나는 더듬더듬 El-Q를 찾아 수전 할머니와 영상 통화를 시도했지만 연결이 되지 않았다.

"오늘 내가 너무 힘들어서 그러는데 이번만…."

"규칙은 지키라고 있는 거지. 마음대로 차를 대면 되나."

그 말에 빨간 외투 할머니가 나섰다.

"그렇지만 지하까지 가기가 성가시기는 해. 수전은 내일 아침에 차를 뺄 거기도 하고."

그걸 저 할머니가 어떻게 알지?

"안 돼. 우리 아들이 나를 보러 왔는데 자리가 없으면 어떻게 해?"

"올 때는 미리 전화하잖아? 와도 현관에서 그냥 자기 태우고 바로 가지 않아?"

"둘 다 시끄러워!"

두 할머니가 놀란 표정으로 나를 쳐다보았다. 나는 이마를 짚었다.

"두통이 너무 심해서 말이야."

핸드백을 뒤져서 열쇠를 찾아냈다. 열쇠에 909호라고 쓰여 있다.

나는 벤치의 할머니들을 두고 돌아섰다. 내가 멀어지는 중에도 이야기는 계속되었다.

"마르그레테, 주차 가지고 뭘 그렇게까지 이야기해? 수전이 화난 거 같잖아."

"린다, 다른 사람이 탈선하지 않게 하는 사람도 있어야지."

저 할머니들은 세상 사람들이 다 귀가 안 들린다고 생각하는 걸까? 나는 현관 밖으로 나와서 허리케인에 올라탔다. 그리고 이제야 눈에 들어오는 차고 입구로 향했다. 어떻게 들어가는지 알면 좋겠는데.

대형 타이어를 매단 은색 픽업트럭이 내 차 뒤에 서더니 경적을 두 번 울렸다.

입구 왼편 짧은 봉에 달린 스피커에서 영혼 없는 목소리가 흘러나왔다.

"맥밀런 씨, 무슨 문제가 있나요?"

"네, 차고 문이 안 열리네요."

"가지고 계신 전자 열쇠가 안 되는 거예요?"

아! 그거였구나.

열쇠를 스피커 아래 달린 패드에 대고 흔들자 문이 열렸다.

"이제 되네요."

나는 스피커에 대답한 다음 천천히 들어갔다. 내가 움직이자 은색 트럭이 범퍼 뒤에 바짝 따라붙었다. 내 자리가 어딘지 힌트라도 있으면 좋겠다. 그때 콘크리트 벽에 빨간색으로 909라고 쓰여 있는 것이 보였다.

'휴우!'

이번에는 주차 기능을 켜고 기어를 중립에 놓았다. 신기하게도 내장 프로그램이 바로 운전을 이어받았다. 프로그램은 허리케인을 다른 차와 평행으로 정렬하고 자리로 들어온 다음 주차가 성공적으로 끝났다는 알림음을 울리고 자동으로 시동을 껐다. 그러기 무섭게 트럭이 들어와 자기 자리에 주차했다.

'다들 바쁘구나.'

나는 트럭에서 내린 건장한 체격의 붉은 구레나룻을 한 남자를 따라 엘리베이터로 갔다.

남자가 나에게 물었다.

"열쇠 배터리를 갈 생각 안 해 봤어요?"

"그쪽은 체어 요가를 배울 생각 안 해 봤어요?"

나도 받아쳤다. 이 남자는 마음을 가라앉힐 필요가 있다.

남자는 엘리베이터의 7층과 9층 버튼을 주먹으로 쿵쿵 눌렀다.

"근무 끝나고 그럴 짬이 어디 있나요. 한 시간도 안 되는 사이에 밥 먹고 옷 갈아입고 피자 배달 시작해야 하는데."

남자는 7층에서 부리나케 내렸다.

"잘 가요!"

나는 남자의 등에 대고 외쳤다. 엘리베이터가 9층에 서자 나도 내려서 호수를 확인하며 복도 끝으로 걸어갔다. 아파트는 태어나서 처음이다. 애비, 메건과 나중에 같이 살자고 계획만 했었다.

다 왔다. 909호다. 열쇠를 돌려 현관문을 열고, 크게 한숨을 쉬었다. 베이지색과 크림색 소파에 큼지막한 빨간 장미 무늬들이 화려했다. 나이 든 사람과 꽃은 대체 무슨 관련이 있는 걸까? 짙은 갈색 마룻바닥이 길쭉한 주방으로 이어졌다. 내 눈에 관처럼 보이기는 해도, 떡갈나무 주방 가구들이 바닥과 잘 어울린다. 창문 너머는 반짝이는 불빛 전망이었다. 불빛들이 새까만 지평선 끝까지 이어져 있었다. 그 끝에는 아마 호수가 있을 것이다. 계획과는 다르지만 어쨌든 나만의 공간이 생겼다! 신용카드나 자동차보다도 이게 더 좋은 것 같다.

다음으로 화장실을 살펴보았다. 오예, 자쿠지 욕조! 수전 할머니가 샤워를 안 좋아할 만하다. 벽은 연한 베이지색이고, 짙은 색 목재 하부장 위에 반구 형태의 세면대가 놓여 있다. 위의 거울을 밀어 열어 보니 구급약이 수납되어 있다. 세면대 위의 유리컵을 보니 삼촌이 생각났다. 농장에서 삼촌은 이런 유리컵에 틀니를 넣어 두었었지. 나는 진저리를 치며 문을 쾅 닫고, 거울에 얼굴을 가까이 대고 입을 크게 벌려 내 입안의 치아가 진짜인지 확인했다. 완벽하게 가지런하지도 않고 새하얗지도 않다. 손톱으로 잇몸을 꾹 찌르자 눌리는 느낌이 느껴졌다. 그래도 혹시 몰라서 다시 수납장 문을 열고 선반을 확인했다. 틀니 접착제 같은 건 없다. 그렇지만 수전이라는 이름이 붙은 약병들과 복용법 안내서가 잔뜩 보였다. 대체 이 할머니는 어디가 얼마나 아픈 걸까? 나중에 물어봐야겠다.

욕실 옆방은 커다란 책상이 있고 세 면이 모두 책장으로 둘러싸인 방이었다. 책장에는 책도 꽂혀 있지만, 장식용 인형들도 함께 놓여 있었다. 목이 긴 기린 모형 한 개, 그리고 커다란 코끼리 모형이 또 한 개. 할머니는 이런 것들을 아프리카에서 가져왔을까? 할머니는 기나긴 인생을 살아왔고, 나는 그걸 흉내 내야 하는데 거기에 대해 아무것도 모른다.

다음은 침대가 있는 방 차례다. 널찍한 방은 또 베이지색이다. 바닥에 깔린 두툼한 커피색 카펫은 밟는 대로 쑥쑥 들어간다. 나는 맨발로 밟아 보고 싶어서 운동화와 양말을 벗었다.

맙소사! 발에 뼈밖에 없네! 발톱은 길고 울퉁불퉁하고, 노란색 매니큐어로 두껍게 칠해져 있다. 나는 재빨리 침대에 몸을 던졌다. 잠시 숨이 가빠진다. 숨이 다시 편하게 쉬어질 때쯤 침대가 초대형이라는 것과 맞은편에 화장실이 또 있다는 것을 깨달았다. 화장실 두 개가 다 내 거다. 아리아와도 누구와도 같이 쓰지 않는다. 한쪽이 지저분해지면 다른 쪽을 쓰면 된다.

화장실 문 옆 서랍장 위에는 대형 텔레비전이 놓여 있었다. 나만의 화장실에 이어 나만의 텔레비전! 나는 리모컨을 집어 들고 전원을 켰다. 밤새 텔레비전을 볼 수 있다! 엄마는 내가 이럴까 봐 방에 텔레비전을 안 놔 준다고 했었다. 그런데 안타깝게도 오늘은 눈꺼풀이 너무 무겁다. 이제 겨우 9시 30분인데. 수전 할머니가 잘 있는지 확인하고 욕실 수납장의 약들에 대해서도 알아 둬야 한다. 나는 El-Q를 켜 수전 할머니의 연락처를 눌렀다. 연결음이 몇 번 울리더니 화면에 내 예전 얼굴이 나타났다. 웃고 있다. 주름 하나 없는 젊은 피부가 그리웠다. 다리가 토실토실한 것쯤 상관없다. 화면 한쪽의 작은 창에는 지금의 내 얼굴이 보였다. 나를 가두어 둔 수전 할머니의 얼굴이다.

"안녕하세요! 할머니 집 너무 좋다고 말하려고 전화했어요!"

"마음에 든다니 다행이구나. 내가 네 방을 정리해 뒀으니 너도 내 집을 깨끗하게 쓰면 좋겠다."

나는 방 안을 둘러보았다. 아직까지는 바닥에 핸드백하고 운동화뿐이니까, 이 정도면 깨끗하다고 말할 수 있는 수준이다.

"당연하죠. 그런데 있잖아요, 욕실 선반에서 약들을 봤어요. 어떻게 먹는 건지 알려 주실래요?"

"요일 명이 붙어 있는 약상자가 있을 거다. 이 통화 끝나면 바로 월요일 오후라고 붙어 있는 걸 먹어야 해. 우유를 한 컵 같이 마셔라. 내일은 화요일 오전, 화요일 오후 걸 먹으면 되고. 오전은 아침 식사 하고 먹고, 오후는 저녁 식사 하고 먹는 거야."

"알았어요. 그런데 아쿠아로빅은 무슨 얘기예요?"

"내일 정기회원들이 모여 크리스마스 포틀럭 파티(각자 좋아하는 음식을 가져와서 함께 먹는 파티)를 해. 마르그레테하고 린다를 태우고 가야 해."

"설마 입구에 앉아 있던 참견쟁이 할머니들 말씀하시는 거예요?"

수전 할머니가 빙그레 웃었다.

"나쁜 사람들은 아니야. 마르그레테는 남편이 작년에 세상을 떠나서 요즘 좀 힘들어해. 나하고 수요일 밤마다 모여서 루미큐브를 하는 멤버들이야. 둘 다 완전히 도박사지."

"그리고 케일 얘기는요? 케일이 거기 올지는 어떻게 아세요?"

"내가 초대했더니 온다더라."

나는 할머니 목소리로 목청을 높였다.

"온다고 했다고요? 그럼 절 좋아한다는 뜻이잖아요…. 아니에요?"

"당연히 널 좋아하지. 관심은 표현해야 할 때가 있는 법이야. 그럼 약 먹는 거 잊지 말고. 내가 알아야 할 게 더 있니?"

너무 많아서 어디서부터 시작해야 할지 모르겠다. 나는 널찍한 방을 둘러보다가 문득 앤드리아 할머니의, 밀실 공포증을 조장하는 것 같은 그 방을 떠올렸다.

"론 아저씨랑 셰릴 아줌마가 저녁에 어디로 데려간 줄 아세요? 저 진짜로 놀랐어요. 서니사이드를 둘러보고 거기서 밥을 먹는 거였어요."

"그거 고약하구나. 요새 나한테 계속 밀어붙이는 요양원이야. 거긴 어때 보이던?"

나는 얇고 파리한 입술을 오므렸지만 결국 목에서 터져 나가는 생각을 막지 못했다.

"죽는 게 나을 것 같던데요."

14

수진

침대에 누운 채 잠을 더 청하려고 했지만 소음이 나를 가만두지 않았다. 어디선가 라디오 교통 방송이 울려 퍼지고 있었다.

"동쪽 방향 QEW 도로는 트라팔가에서의 트랙터 트레일러 전복사고 여파로 계속해서 정체되고 있습니다. 한편 서쪽…."

방문이 벌컥 열렸다.

내 눈꺼풀이 바르르 떨렸다. 세상이 뭔가 달라 보인다.

누군가의 고함이 들렸다.

"내 체육복 반바지 어디 갔어?"

이게 어떻게 된 영문이지? 번쩍 눈을 뜨고 몸을 일으켜 앉아 보니 침대가 낯설었다. 여기가 어딜까?

나는 하품을 하고 기지개를 켰다. 주변은 낯설지만 간밤에는 정말로 오랜만에 푹 잤다. 화장실 가느라 깨지도 않았고 뒤척이다 새벽을 맞지도 않았다. 침대에서 굴러 내려오는데 아픈 데도 쑤시는 데도 없다. 이제야 기억이 났다. 여기는 할리의 방이다.

온 집 안이 부산스럽다.

나는 화장실로 달려가 문을 두드렸다. 화장실이 몹시 급하다.

안에서 남성이 외쳤다.

"우리 딸, 잠깐만… 됐다. 이제 들어와라."

나는 할리의 아버지가 샤워를 하는 동안 볼일을 보게 된 모양이다. 안으로 들어가서 성급하게 변기에 앉다가 하마터면 빠질 뻔했다. 변좌가 올라가 있었다. 변좌를 내리고 샤워 커튼에 드러나는 남자의 실루엣을 애써 외면하면서 다시 앉았다. 김으로 가득한 욕실에 남성 화장품의 톡 쏘는 시트러스 향이 풍겼다. 몸서리가 쳐졌다. 변좌가 올라간 변기와 남성 화장품 향기가 전남편 론 시니어를 떠오르게 했다. 그는 아이들이 아직 어릴 때 떠났다. 나는 볼일을 마치고 물을 내렸다.

안에서 프린스 씨가 질겁하며 비명을 질렀다. 변기 물을 내리면 다른 수도관의 수압이 약해져서 물의 온도가 급격하게 올라간다.

"앗! 죄송해요! 깜박했어요."

나 때문에 어디든 덴 것이 아니라면 좋겠는데.

커튼 뒤에서 프린스 씨 얼굴이 나타났다. 얼굴 피부가 머리카락 색만큼 빨개졌다.

"죄송해요!"

내가 외치자 얼굴은 다시 커튼 뒤로 사라졌다. 어떻게 하면 할리의 아버지에게 화상을 입히지 않으면서 이를 닦을 수 있을까? 아무래도 기다려야 할 모양이다. 이것이 내가 혼자 살고 싶었던 이유였다. 아이들네로 들어가지 않았던 이유이기도 하다. 너무 많은 해프닝이 벌어지니까.

거울에 서린 김을 닦아 내자 이마 한가운데에 거뭇한 얼룩이 보였다.

만져 보니 딱딱한 동시에 부드럽다. 여드름이다! 여드름이란 것이 마지막으로 난 때가 언제인지 기억도 나지 않는다. 그간 세상이 많이 바뀌었으니까 여드름에도 새로운 해결책이 나왔을 것이다. El-Q에 여드름 짜는 법을 가르쳐 주는 앱도 있을까? 나는 머리카락을 조금 앞으로 내렸다. 벌써 좀 낫다. 사실 아주 괜찮다! 앞머리를 조금 더 내서 할리를 뱅스타일로 만들어야겠다. 머리띠를 하면 60년대 풍의 느낌을 더할 수 있겠다. 머리띠는 스카프만 한 장 있으면 만들 수 있다. 스카프를 찾을 수만 있다면.

"저 나가요!"

나는 샤워 커튼 뒤의 형체를 향해 외치고 방으로 돌아왔다.

보아 하니 할리는 옷을 다 바닥에 두는 것 같다. 서랍장에 속옷이 하나도 보이지 않는다. 일단 한숨부터 쉬고, 옷은 건조기에서 꺼내다가 입기로 했다. 내 생각으로는 이게 십 대들의 방식이다. 옷들을 맹렬히 빨아들이는 파리지옥이랄까…. 한 손에는 신문, 다른 손에는 커피 한 잔을 들고 맞던 내 집의 고요한 아침 일상이 그립다. 그런데 주방을 지나면서 보니 커피 머신이 보였다. 이 문명의 이기만은 그리워하지 않아도 된다는 사실에 마음이 놓였다. 나는 컵을 꺼내 커피를 양껏 따른 다음, 한 모금 넘겼다. 으흐흐흠!

"커피를 다 마시네?"

프린스 여사가 홀연히 나에게 다가왔다.

나는 펄쩍 뛰다가 커피를 엎지를 뻔했다. 그러고 보니 맞다. 할리는 어제 점심때도 커피를 주문하지 않았다. 나는 말을 더듬거리며 정체를 감추었다.

"자 잠이 너무 안 깨서요. 커피를 마시면 정신이 들까 하고요."

"애비 엄마가 아침에 전화했어. 어제 너 차 사고 났었다며. 어떻게 된 거야? 어디 아픈 데는 없어?"

나는 숨을 들이마시며 잠시 시간을 벌었다. 검사를 받아야 한다며 병원에 끌려가는 일만큼은 싫다. 그러다 정신 병원 병상에 눕게 될지 모른다.

나는 냉장고에서 달걀을 꺼내며 말했다.

"괜찮아요. 차는 거의 닿지도 않았어요. 문자를 보내다가 깜짝 놀라서 넘어진 게 다예요."

"병원에서 검사한 것도 아니잖니."

내가 달걀을 두어 개 냄비에 넣고 물을 붓는 걸 프린스 여사가 눈을 가늘게 뜨고 쳐다봤다.

"너 지금 뭐하니?"

"달걀 삶아서 먹으려고요. 하나 드실래요?"

나는 스토브에 냄비를 올리고 전원을 넣었다. 그리고 돌아선 순간, 또 한 번의 실책을 범했다는 것을 깨달았다.

"너 달걀 안 먹잖아!"

프린스 여사가 다가와서 내 턱을 쥐었다.

"머리에 충격을 받은 게 틀림없어."

나는 나도 모르게 그 손에 얼굴을 얹고 빙그레 웃었다. 엄마의 손길이 주는 감촉이 좋다. 근 30년간 느껴 보지 못했다.

"괜찮아요, 진짜로. 타이머 5분만 맞춰 주세요. 꼭 반숙으로 먹고 싶거든요."

프린스 여사가 나를 다시 쳐다봤다. 미간에 깊은 주름이 잡혀 있다.

"시리얼이 아니고? 알았어. 가서 옷 갈아입고 와."

나는 커피를 들고 세탁실로 내려갔다. 건조기 안을 헤집으며 옷가지들을 탁자로 던졌다. 할리가 티팬티만 입으면 어쩌지? 욕실에서 혼자 양치질을 하고 싶을 뿐, 엉덩이를 치실질하고 싶지는 않다.

나는 중간중간 커피를 마셔 가며 건조기에서 옷을 빼냈다. 아이고, 요게 뭘까? 스판덱스 면의 원더우먼 팬티다. 이 작은 브래지어 좀 봐, 깜찍하기도 하지! 나는 파란색 스판덱스 레깅스와 빨간색 긴 소매 티셔츠를 골라 늘려 가며 입었다. 흠. 이제 수영복만 찾으면 되려나?

나는 할리의 옷가지를 하나씩 개고 수영복을 찾으면서 콧노래를 흥얼거렸다. 머릿속에서 노래가 저절로 재생되었다.

"그녀는 꼭 끼는 작고 귀여운 노란색 물방울 비키니를 입었어요~"

이 노래가 나왔을 때 나는 이십 대였다. 그렇지만 당시 남편이던 론 시니어는 그런 비키니를 못 입게 했다. 지금 그런 비키니를 하나 찾아낸다면 요즘 수영장에서 유행하는 복고풍에도 잘 맞을뿐더러 나의 완벽한 신체 비율도 돋보이게 해 줄 것이다. 한 모금 더 마시자 커피도, 빨래 개기도 끝났다. 티셔츠와 바지는 잔뜩 있는데 비키니는 보이지 않았다. 나는 컵 손잡이를 손가락에 걸고, 옷이 탑처럼 쌓인 바구니를 들고 계단을 다시 올랐다.

프린스 여사가 나를 불렀다.

"달걀 다 익었으니까 준비됐으면 와서 먹어라. 어머, 너 옷을 갠 거야?"

나는 내 아이들한테서 배운 십 대들의 말투를 한 번 더 써먹으며 눈동자를 굴렸다.

"하, 안 그럼 서랍에 어떻게 넣어요?"

프린스 여사의 눈썹이 위로 올라갔다.

나는 어깨를 으쓱하고는 할리의 방으로 갔다.

서랍장 거울에 비친 내 모습에 나는 흠칫했다. 할리는 왜 어울리지도 않는 달라붙는 옷들을 이렇게 많이 가지고 있는 거지? 자기 허벅지가 굵다고 생각하는 것도 무리가 아니었다. 나는 옷가지에서 찢어진 연청색 청바지를 찾아 레깅스 위에 입었다. 내가 열다섯 살이었을 때 청바지는 농부들이나 입는 옷이었다. 지금은 많이 찢어질수록 더 좋은 것 같다. 뭘 입든 상관없다고 외치는 분위기다. 요즘은 이전보다 훨씬 자유롭다. 패션도 그렇고 다른 것들도 그렇고.

나는 한숨을 쉬었다. 세상을 만끽할 기회가 주어져서 행복하다. 가져온 옷들을 서랍에 정리하면서 다시 비키니를 찾았다. 없다. 실망한 마음으로 벽장을 뒤져 보니 슬리퍼들 아래에 뭔가가 보였다. 주황색 탱키니(탱크탑+비키니)다. 사각팬티 같은 하의는 어떤 다리도 참나무통으로 보이게 할 것 같다. 상의는 앞이 깊게 파였다. 할리는 가슴골이 거의 없다. 말하자면 작고 귀여운 쪽이다. 나로서는 열두 살 때도 그렇게 귀엽진 않았던 것 같다. 그래도 상의는 그런대로 어울릴 것 같았다. 나는 까만색 배낭에 탱키니와 수납장에서 꺼낸 수건을 욱여넣었다. 그런 다음 El-Q를 챙겨 다시 주방으로 돌아갔다.

프린스 여사는 달걀을 전용 그릇에 준비해 두었다.

"고마워요, 엄마. 혹시 커피 남았어요?"

"한 잔 마셨잖아. 오렌지 주스 마셔. 키 그만 크고 싶은 게 아니라면."

"알겠어요."

그래, 더 나이 든 몸에 있을 때는 의사가 카페인을 끊겠다는 맹세를 일과처럼 시켰었다. 내 심장 때문이었다. 어쩌면 한 사람의 인생에서 마음대로 먹고 마실 수 있는 날들은 고작해야 20년일지 모른다. 그나마도 임신이나 수유 중일 때는 특정한 음식과 술을 거부해야 한다. 그러고 보니 이 어린 몸으로는 운전도 못 한다. 다음에 기회를 봐서 할리에게 버스 노선을 물어봐야겠다. 당장은 프린스 여사에게 물어야 했다.

"저기…, 엄마."

엄마라는 단어가 혀에 따뜻하고 부드러운 느낌을 전해 주었다.

"저 탠슬리우즈 수영장에 1시까지 데려다주실 수 있어요?"

"좀 일찍 가서 기다려도 돼? 근처 미용실에 12시 30분에 예약했거든."

"좋아요. 그 시간에 제 양할머니가 아쿠아로빅 수업을 들어요. 할머니 보러 가든지 하면 돼요."

나는 달걀을 먹으면서 읽을 요량으로 신문을 찾았지만 없었다.

El-Q가 울렸다. 이메일이 왔다는 뜻이다.

'누구지?'

할리가 보낸 메일이었다. 사지 해피 모터링 클럽에 가입했다고 한다. 아이디는 '그랜마더', 비밀번호는 'Naturaldisaster'다. 들어가서 내용을 훑어봐야 한다.

할리가 준 정보로 로그인해서 사이트로 들어갔다.

알고 보니 내가 아직 여든둘의 몸이었던 지난달 11월에 겨울용 타이어 교체 서비스를 예약했더라면 차량용 수세미와 솔을 사은품으로 받을 수 있었다. 지금은 너무 늦었다. 어차피 내 타이어는 사계절용이니까 그걸로 괜찮을 것이다. 또 화면 오른쪽 아래의 버튼을 클릭하면 사내 잡지를 PDF로 다운받을 수 있었다. 나중에 받든지 하자. 화면 가운데에 빨간색 네모 상자가 떴다. 2인 일본 여행권을 받을 수 있는 이벤트라며 클릭을

유도한다. 이건 괜찮다. 훗날 과연 이 여행을 누릴 수 있을지는 모르겠지만 우선 신청서 입력란을 채웠다. 언젠가 할리와 함께 여행할 수 있을지 모른다고 상상해 보았다. 어느 때부턴가 이 가짜 손녀가 진짜처럼 느껴지고 있었다. 나는 손을 멈추고 잠시 미소를 지었다.

그리고 커뮤니티 포럼으로 들어가 게시판 글들을 찾았다.

'문제가 있는 사람이 또 있을까?'

'스포츠'라는 아이디를 쓰는 사람이 선루프가 반쯤 열리다가 걸린다는 글을 남겼다.

'크레이지팬츠'는 새로 산 신형 토네이도에서 생선 냄새가 난다고 불평하고 있었다.

그때 눈에 띈 글에 심장이 두 배로 뛰기 시작했다.

'어제 액셀 페달이 뭔가에 걸렸어요. 잠깐이긴 했지만 등골이 오싹하더라고요. 이런 일 겪은 분 없으세요?' 작성자는 '핫로드'였다.

나는 손을 흔들며 외치고 싶었다. "나요! 여기요!"

QEW에서 질주하던 아찔한 광경이 머릿속을 스쳤다. 할리는 운전 경험이 전무하면서도 어떻게든 통학버스를 피하려고 미친 듯이 핸들을 돌렸고, 그러는 내내 아이들은 창문 앞에서 순진무구하게 손을 흔들었다. 할리는 저도 모르게 미니밴 앞을 가로막았고 미니밴이 방향을 트는 바람에 조수석에 타고 있던 개가 창문과 좌석 등받이에 부딪혔다. 가까스로 갓길에 들어선 우리를 오토바이 운전자가 기다리고 있었다. 산타클로스 복장다운 등장이었다. 나는 우리가 꼼짝없이 그 남자를 공중으로 날리게 될 줄 알았다.

나는 글을 입력했다.

'있습니다. 내 허리케인도 액셀 페달이 걸리네요.'

'핫로드'의 댓글이 달렸다. '허리케인도 그런 문제가 있어요? 제 차는 블리자드예요.'

몸이 부르르 떨렸다. 갑자기 한기가 느껴졌다. 어떻게 이런 일이? 론에게 알려야 한다. 론은 전에 차가 갑자기 속도가 올라갔다며 불평했고, 론의 차는 블리자드다. QEW에서의 공포영화는 론에게도 일어날 수 있다.

15

쾅, 쾅, 쾅! 나는 베개를 머리 위로 뒤집어썼다. 대체 누가 이 새벽부터 망치질이야? 크리스마스 연휴다. 나는 마음대로 늦잠을 자도 된다. 특히 지금의 나는 여든둘이다. 멀리서 외치는 소리가 들렸다.

"수전! 수전!"

나는 못 들은 척했다. 침대 탁자 옆 시계가 10시를 가리키고 있었다. 아쿠아로빅 수업까지는 아직 시간이 많이 남았다. 다시 잠에 빠져들었다. 꿈에서 회전목마를 탄다. 그런데 갑자기 속도가 너무 빨라진다. 빙글빙글 돌기 시작한다. 모든 것이 희미해진다.

쾅, 쾅, 쾅!

망치질 소리가 나를 회전목마에서 꺼냈다. 나는 눈꺼풀을 들고, 힘겹게 눈을 떴다. 망치질 소리는 이제 더 가까이에서, 더 크게 울렸다.

"수전, 수전, 문 열어!"

몸을 일으켜 앉았다. 아침부터 노인네한테 뭘 바라고 저러는 걸까?

철컹 열쇠를 따는 소리가 들렸다.

다행히 나는 아직 어제의 외출복 차림 그대로다. 샤워 가운을 집기도 전에 방 안으로 세 사람이 들이닥쳤다. 그중 한 사람은 키가 큰 남자다.

"이 시간까지 침대에서 뭐하는 거야? 옷도 어제 입은 거 그대로네?"

아파트 입구 벤치에 앉아 있던, 이래라저래라 하기 좋아하던 할머니가 동그랗게 만 신문을 내 앞에서 흔들며 다그쳤다.

머리가 천천히 돌아가기 시작했다.

'마르그레테, 그래, 이름이 마르그레테였어.'

"아, 어제 너무 피곤해서 옷을 못 갈아입었어."

린다 할머니가 얼굴을 찌푸렸다. 옷 색깔이 화려했던 그 할머니다.

"우린 자기가 심장마비를 일으킨 줄 알았잖아!"

나는 입을 벌린 채 세 사람을 멍하니 쳐다보았다. 린다 할머니는 하늘색 운동복 바지에 키위색 겨울 점퍼 차림이다. 한 손에 테이크아웃 커피 세 잔, 다른 손에는 집 모양 꼬마 도넛 상자가 들려 있다.

키가 큰 남자는 긴 머리 아래로 나를 처연한 듯 내려다보고 있었다. 한 손에 열쇠 꾸러미를 쥐었고, 장비 운반용 가죽 허리띠에는 손잡이가 긴 손전등을 달고 있다.

"맥밀런 할머님, 이 두 분이 얼마나 걱정을 하셨다고요. 괜찮으셔서 다행입니다."

남자가 방에서 나가면서 덧붙였다.

"그럼 뒷일은 세 분한테 맡기고 전 갑니다."

린다 할머니가 커피를 내밀며 물었다.

"자기 몸이 안 좋아?"

"아냐, 그냥 너무 피곤해서. 간밤에 화장실에 가느라 몇 번이나 깼거든.

그러더니 5시쯤 잠이 깨서 다시 못 잤어."

린다 할머니는 고개를 갸우뚱했다.

"단어 퍼즐이나 하지 그랬어. 우리가 6시에 복도에 나와 보니까, 자기 신문이 그대로 있는 거야."

마르그레테 할머니도 나섰다.

"그때쯤이면 자기가 신문을 가지고 들어갔을 시간이잖아."

대체 이 할머니들은 그런 걸 어떻게 아는 걸까? 매일 새벽에 복도에서 행진이라도 하는 걸까? 나는 두 할머니에게 쏘아붙였다.

"그냥 좀 누워 있고 싶을 때가 있잖아!"

마르그레테 할머니가 퉁명스레 대꾸했다.

"한창 평일에? 이제 일어나. 우리가 사워크림 미니 도넛 사 왔으니까."

린다 할머니가 물었다.

"우리 수영장에 태워다 줄 수는 있는 거지? 포틀럭 파티니까 좀 일찍 갔으면 하는데."

나는 팔을 휘휘 내저었다.

"다들 나가 줘! 옷 갈아입을 거야!"

두 할머니가 미적미적 물러나는 사이에 나는 침대에서 뛰어내리다가 속으로 비명을 질렀다.

'으악!'

누가 야구 방망이로 무릎과 발목을 때린 줄 알았다. 아픔이 겨우 가시자 나는 조심조심 방문으로 가서 두 사람을 앞에 두고 문을 쾅 닫았다.

옷을 벗다가 문득 보니 거울에 내 몸이 비쳐 있었다. 꺄악! 뼈만 남은 발, 푸르스름한 혈관이 여기저기 불거진 다리, 볼록 나온 새하얀 배, 늘어진 팔, 그리고 망친 팬케이크 같은 가슴. 젊은 내 몸에 감사해 보지도 못했는데 이렇게 축 늘어진 몸에 갇혀 버렸다.

게다가 엘리가 나한테 원하는 것이 뭔지 알아내지 못하면 평생 갇힐 수도 있다. 더 나쁜 일도 있을 수 있고.

베이지색 바지에 꽃무늬가 아닌 블라우스를 매치하는 데에는 한참이 걸렸다. 꽃무늬나 물방울무늬라면 크든 작든 어떻든 다 싫은데, 수전 할머니는 죄다 그런 옷뿐인 것 같았다. 결국 호피무늬를 찾아서 그걸 입었다. 나일론 양말 비슷한 것을 신고, 어제 신은 운동화를 찾기 시작했다. 한쪽은 침대 아래에서, 다른 한쪽은 문 뒤에서 나왔다. 나는 린다 할머니가 주고 간 커피를 한 모금 홀짝였다. 약 먹어야지. 화요일 오전 약을 먹어야 한다고 되새기며 화장실에 들어갔다. '민감한 치아를 위한' 치약이 보였다. 먼저 양치질을 하고 뚜껑에 월요일 오전부터 일요일 오후까지의 이름표가 달린 약통을 집었다.

나는 토요일 칸에 손을 대 보았다. 올해 크리스마스는 토요일이다. 앞으로 4일밖에 남지 않은, 1년 중에 내가 제일 좋아하는 시즌이다.

크리스마스이브가 되면 아빠는 칠면조에 칠리 파우더와 마늘을 더해 소금물에 재울 것이다.

엄마는 와일드 라이스 스터핑(여러 가지 곡류를 다양한 향신료와 함께 끓여 만드는 요리)과 고구마 캐서롤(찜기에 고기와 야채 등 여러 재료를 넣고 오래 끓여 만드는 요리)을 만들 것이다.

크리스마스 아침에는 먼저 선물들을 열어 보고, 아침으로 시나몬 가루를 뿌린 프렌치토스트를 먹을 것이다. 집 안에 맛있는 냄새가 진동하겠지. 클레어 이모, 이모부, 그리고 라일라, 캐, 린이 이상한 맛이 나는 과일

케이크를 들고 들이닥칠 것이다. 다 같이 케이크를 먹고, '고요한 밤, 거룩한 밤' '그 어린 예수' 같은 고전 캐럴들을 우리 아빠의 아코디언 연주에 맞춰 부를 것이다. 가족이 곁에 있다는 것은 언제나 내게 종일 누군가의 품에 안겨 있는 기분을 느끼게 한다.

단, 이 몸에 갇혀 있다면 모든 것이 물거품이다.

나는 고개를 흔들어 털었다. 지금 할 수 있는 거라고는 낙관적으로 생각하는 것뿐이다. 화요일 오전의 뚜껑을 열어 손바닥에 알약 무더기를 쏟았다. 그런 다음 식탁 겸 커피 테이블로 갔다.

두 할머니는 거기에서 겉옷을 의자에 걸쳐 놓고 기다리고 있었다.

마르그레테 할머니가 미니 도넛 상자를 내 앞으로 밀며 말했다.

"자기, 너무 늑장 부린다. 일단 아침 좀 먹어. 아침이랑 약 안 챙겨 먹으면 어떻게 되는지 잘 알잖아."

나는 꼬마 도넛을 몇 개 꼭꼭 씹어 먹었다. 흐음, 내 시리얼보다 훨씬 맛있다. 커피를 한 모금 머금고 알약들을 넘겼다. 몇 개가 목에 걸려서 커피를 몇 모금이나 더 마시고 고개를 젖힌 뒤에야 넘어갔다.

린다 할머니가 물었다.

"허리케인은? 다른 사건은 더 없었어?"

'알고 있으시잖아.'

이 할머니에게 어디까지 말해도 되는 걸까?

"우선 수리는 했어."

마르그레테 할머니가 물었다.

"포틀럭 파티에는 뭐 가지고 갈 거야?"

"뭘 가져가야 하려나?"

"자기는 콘페티 샐러드 만들 거라며. 포틀럭 파티엔 쭉 그거 가지고 갔잖아."

린다 할머니가 나섰다.

"없어도 돼. 다른 사람들이 가져온 걸로 먹고도 남을걸."

마르그레테 할머니가 대꾸했다.

"그럼 이거 남은 것도 싸 가지, 뭐."

마르그레테 할머니는 도넛 상자를 잘 닫고, 말려 있던 신문을 반으로 편 다음 낱말 찾기가 있는 면을 빼서 나에게 주었다. 오늘의 주제는 '기억'이다.

마르그레테 할머니가 볼펜을 딸깍 누르며 십자말풀이를 시작했다.

"'부족하거나 완전하지 못하여 흠이 되는 부분'을 뭐라고 하지? D로 시작하고, 알파벳 여섯 개로 된 낱말인데?"

린다 할머니가 물었다.

"힌트는?"

"세로줄이 '뜻밖에 일어난 재앙과 고난'이야. 이것도 D로 시작하고."

"어렵네."

그사이에 나는 '차량' '대량생산'에 동그라미를 쳤다. 둘 다 기억이라는 주제와 별 상관이 없는 것 같았다. 다만 나한테는 허리케인이 폭주하며 속도를 내던 어제의 기억을 떠올리게 할 뿐이었다. 그때 내 입에서 불쑥 그 낱말이 튀어나왔다.

"결함(Defect). 처음에 말한 가로줄에 들어갈 낱말. 부족하거나 완전하지 못한 거면 결함이잖아."

린다 할머니가 고개를 끄덕였다.

"그럴싸한데. 여섯 글자기도 하고."

마르그레테 할머니가 물었다.

"그럼 뜻밖의 재앙과 고난은? 이건 여덟 글자야."

사지 모터스는 차량 이름을 다 재난에서 따온다.

"재난(Disaster)!"

나는 두 할머니와 함께 십자말풀이를 끝내고, 내 낱말 찾기도 끝냈다. 끝내 못 찾은 단어는 리콜(Recall)이었다. 영단어 Recall은 뭔가를 생각해 낸다는 뜻이다. 나로서는 허리케인이 생각날 뿐이었다. 다른 허리케인도 액셀 페달이 걸린 적이 있을까? 그렇다면 사지 모터스가 수리비를 대신 내거나 아니면 차량을 리콜해야 하는 게 아닐까?

할머니들은 자리를 정리하고 주민 센터로 갈 준비를 시작했다. 린다 할머니는 큰 활자 버전의 문학상 수상집을 센터 도서관에 예약해 두었다. 단기 대출만 가능하다고 했다.

"전 센터에 딱 한 권밖에 없어."

내가 린다 할머니에게 말했다.

"전자책으로 보면 어떤 책이든 글자를 크게 해서 볼 수 있어. 전자책도 도서관에서 빌려 줄 거야. 잠깐, 내가 El-Q로 보여 줄게."

나는 방에 가서 새로 산 스마트폰을 들고 나왔다. 그리고 + 표시를 눌러 글자 크기를 키웠다.

린다 할머니가 적잖이 놀라며 물었다.

"이거 대단하다. 자기는 어떻게 이런 걸 알았어?"

"나 새로 프로젝트 하잖아. 세대 공감 같은 거. 거기 손녀가 이런 신문물을 다 가르쳐 줘."

마르그레테 할머니가 물었다.

"그거 하는 데 돈이 얼마나 들어?"

"이 El-Q는 600달러 조금 더 냈어. 기술자 손녀한테는 돈 안 내고. 오늘 가서 한 사람씩 구해 봐. 자, 출발하자고."

마르그레테 할머니가 옷을 챙기며 퉁명스레 물었다.

"핸드백은 챙겼어? 자물쇠는? 약은?"

마르그레테 할머니의 질문들은 듣기에는 싫지만 어쨌든 도움이 되었다. 수전 할머니의 아쿠아로빅 용품 가방은 욕실 수납장에 있다. 할머니가 문자로 그렇다고 했다. 나는 가방 안을 뒤져 자물쇠, 샌들, 늘어진 까만색 원피스 수영복을 찾아냈다. 수건이 없었다. 선반에서 수건을 꺼낸 다음 방으로 가서 할머니의 핸드백을 챙겼다.

"다 됐어."

린다 할머니가 소파에 걸쳐져 있던 외투를 챙겼다. 어제 내가 던져 놓은 것이다.

마르그레테 할머니가 혀를 찼다.

"칠칠치 못하긴."

린다 할머니는 외투를 들고 있다가 내 팔에 끼워 주었다. 나는 두 할머니가 지켜보는 가운데 수전 할머니의 열쇠 꾸러미에서 정확히 현관 열쇠를 골라 내어 문을 잠갔다.

출발이다! 탠슬리우즈로 가는 길은 아니니까 고속도로는 타지 않았다. 빨간불이나 정지 신호를 정확히 지키고, 양옆을 잘 살폈다. El-Q가 울려도 우선 무시했다. 마르그레테 할머니가 대신 봐 주겠다고 했지만 그것도 거절했다.

마지막 교차로에서 페달을 밟은 발에 힘이 조금 들어갔나 싶었는데 차가 덜컹 급발진하는 느낌이 들었다. 조금 세게 밟은 직후였다. 액셀과 연결된 신호가 끊어진 걸까?

'결함, 재난, 리콜.'

내가 과민한 걸까? 나는 액셀 페달에서 발을 떼고 브레이크 페달을 밟았다. 차가 급정지하고, 조수석의 마르그레테 할머니가 앞으로 튀어 나갔다가 나를 보며 얼굴을 찌푸렸다.

'또 액셀 페달이 걸렸던 걸까?'

머릿속에서 '그래!'라는 비명이 들렸지만, 나는 비명도 마르그레테 할머니 표정도 모두 외면하고 브레이크 페달의 발을 조심스럽게 액셀 페달로 옮겼다. 마음 편하게, 마음 편하게, 나는 천천히 차를 몰았다.

앞의 건널목에서 길을 건너는 케일과 하디프가 보였다. 나는 경적을 울렸다. 내가 손을 흔들자, 둘의 얼굴에 어리둥절한 표정이 떠올랐다.

린다 할머니가 물었다.

"아는 애들이야?"

아차.

"아, 그런 줄 알았어. 다른 사람이랑 착각했나 봐."

우리는 탠슬리우즈 주차장에 차를 세웠다. 린다 할머니는 예약한 책을 빌리러 곧장 도서관으로 향했고, 나와 마르그레테 할머니는 포틀럭 파티장으로 가서 식탁에 도넛 상자를 내려놓았다.

파티장은 쓸쓸한 느낌이었다. 창문 하나 없는 흐릿한 녹색 벽에 철제 접이식 의자가 나란히 놓여 있었다. 순록 무늬의 녹색 식탁보 외에는 파티 분위기라고는 없는 방이었는데, 산타 모자를 쓴 할아버지가 캐럴을 흥얼거리며 성큼성큼 들어왔다.

"산타 할아버지가 오시네, 산타 할아버지가 오시네."

할아버지는 커다란 샐러드 볼을 들고 있었다.

까만색 스판덱스를 입은 한 회원이 빨간색 일회용 접시를 한쪽에 쌓고, 가방을 열어 플라스틱 포크와 나이프를 꺼냈다. 식탁에 스티로폼 컵과 함께 가지런히 놓아 준비를 모두 마치고 우리가 가져온 미니 도넛을 진열했다. 산타 모자 할아버지도 흥얼거리며 가져온 샐러드 볼을 식탁에 내려놓았다. 시금치 샐러드였다.

"숙녀들, 허, 허, 허, 어디, 올 한해는 떼쓰지 않고 착하게 사셨습니까?"

산타 모자 할아버지는 내게 윙크했다. 내가 열다섯 살의 몸이었다면 소름이 돋았을 것이다.

대신에 나는 어색하게 웃으며 대답했다.

"아—주 잘 살았죠."

어떤 회원은 쇼트브레드(버터를 많이 넣어 만드는 쿠키)를 내놓았다. 순록, 종, 크리스마스트리, 별 등 여러 가지 모양의 쿠키에는 크림으로 무늬가 그려져 있었다. 나는 종을 골랐다.

그러자 마르그레테 할머니가 물었다.

"자기 담낭이 괜찮겠어? 아까 도넛을 그렇게 먹어 놓고?"

그렇지만 할머니의 경고를 들었을 때 나는 이미 쿠키를 우물거리고 있었다. 먹은 김에 나중을 위해 별과 나무 몇 개를 가방에 챙겼다. 보아 하니 나는 요리를 할 줄 모른다.

'그런데 담낭이 뭐하는 장기였지?'

우리는 수영장 탈의실에서 린다 할머니와 합류했다. 창백한 피부의 할머니들이 거리낌 없이 수영복을 갈아입었다. 늘어진 젖꼭지가 다 보이는데도 아무렇지 않은 것 같았다. 나는 아니다. 나는 늙은 몸을 보고 또 한 번 놀라는 일은 혼자 감당할 수 있도록 화장실 안으로 숨었다. 다행히 안에는 거울이 없었다. 늘어진 살과 주름을 가리기에는 역부족인 수영복을 재빨리 입었다. 밖으로 나와 샤워를 하고 수영장으로 향했다.

탠슬리우즈 수영장은 지난여름 이후로 처음이다. 넓은 수영장은 이중 회전 슬라이드와 오래된 인조 야자수가 세 그루 서 있는 섬으로 나뉜다. 바닥에서 천장까지 통창으로 된 유리벽 한쪽은 실내 운동장이고, 다른 쪽은 눈부신 겨울 햇살이 쏟아지는 외부다. 다른 쪽 벽에 나 있는 창문으로는 주민 센터 쪽이 보인다.

나는 백발의 수영선수들과 어울려 풀장으로 들어가 창문을 마주 보고 섰다. 흥이 한껏 오른 강사가 기다리고 있었다. 실내에 넓은 헤어밴드의 강사 목소리가 울려 퍼졌다. 음악도 아주 신이 났다. 엘비스 프레슬리가 부르는 '올숙업'이라는 노래는 가사가 귀에 쏙쏙 박혔다. 시금치 샐러드의 산타 모자 할아버지가 큰 소리로 노래를 따라 부르며 강사의 움직임에 맞춰 씰룩쌜룩 몸을 흔들었다.

그 모습에 나는 웃음이 터졌다. 그러자 할아버지가 내게 윙크했다.

'으으!'

영감님하고 시시덕거리다니.

우리의 운동은 수중 조깅, 스키, 복부 근력 동작을 거쳐 바벨 들기로 이어졌다. 유산소 운동이랄 것도 없는데 나는 기진맥진했다. 늙었다는 것은 힘든 일이다. 그때 창문 밖으로 아는 얼굴이 보였다. 이번에는 다행히 손을 흔들지 말아야 한다는 사실을 기억했다. 케일이 산타 모자 할아버지를 가리키며 낄낄거리고 있었다.

나는 실없는 농담을 하고, 재미있고, 나이 든 이 할아버지의 편을 들고 싶었다. 케일을 걷어차 주고 싶었다.

하디프는 어깨를 으쓱할 뿐이었다.

하디프 옆에 나 자신이, 지난날의 나였던 내가 보였다. 내 모습이 너무 끝내준다! 뱅으로 자른 앞머리에 주황색 머리띠를 한 채 미소 짓고 있었다. 나는 너무 행복하다… 아니… 수전 할머니는 정말 행복해 보였다. 두 눈이 반짝거렸고 미소가 너무 환하다.

수영 강습이 끝나자 내 탱키니를 입은 수전 할머니가 다가왔다. 탱키니 반바지의 양 끝을 핀으로 고정해서 올린 덕에 다리가 더 길게 드러나 있었다. 내 다리는 전혀 못생기지 않았다.

나는 수전 할머니를 올려다봤다.

"할리, 내 문자 받았니?"

"아니요, 운전 중이었어요. 뭐라고 보내셨어요?"

"사지 모터스 게시판 말이다, 거기에 핫로드라는 사람이 글을 썼어. 그 사람 블리자드도 멋대로 달렸다고 하는구나."

"정말요? 그럼 허리케인만 문제인 게 아니네요."

"론한테 알려야 해."

"그러네요! 그런데 아저씨가 말을 듣기나 할까요?"

수전 할머니는 얼굴을 찌푸렸다.

"그게 문제 아니겠니? 나도 모르겠다."

누군가 우리의 대화를 끊으며 외쳤다.

"헤이! 천둥의 허벅지!"

물론, 케일이었다. 하디프 곁에 선 케일의 다리는 몇 킬로미터는 되어 보였다. 두 사람은 남자 탈의실에서 나와 나란히 우리 쪽으로 걸어오는 중이었다. 수전 할머니는 잠시 주저하다가 케일을 향해 성큼성큼 걸어갔다. 찌푸린 표정은 어느새 묘한 미소로 바뀌어 있었다. 할머니가 케일의 귀에 뭐라고 속삭였다. 케일이 얼굴을 붉혔다. 뭔가 좋은 이야기를 들은 것이 틀림없었다. 할머니가 다가섰던 몸을 뒤로 뺐다. 뭔가를 하려는 것이다! 다른 아이들도 모두 그렇게 생각하는 눈치였다. 주위가 고요해지고, 풀장의 물결이 벽에 부딪히는 소리 말고는 아무 소리도 들리지 않았다. 그 첨벙 소리가 울리기 전까지는.

16

수전

케일의 귀는 위로 솟은 모양이다. 론 시니어, 내 전남편의 귀와 닮았다. 그래서 나는 이 아이가 거슬린다. 이 젊음과 잘생긴 얼굴이 거슬린다. 활짝 웃는 미소는 익숙한 동시에 거슬리고, 즐거워 보이는 눈을 보면 이 아이가 나를 두고 자기들끼리만 아는 농담을 하는 것처럼 느껴진다. 케일이 내 다리에 대고 그런 모욕적인 말을 했을 때, 나는 어떻게 할까 잠시 생각했다. 그리고 가까이 다가가 환한 미소를 지었다.

아마 할리의 아름다운 치아와 입술이 한몫해 주었을 것이다.

케일은 귀가 민감할 것이다. 론 시니어도 그랬다. 뭐라고 속삭이기 전에 가볍게 입김을 불어 주면, 아마 짜릿한 감각을 느낄 것이다.

나는 케일의 어깨에 손을 대고 가까이 다가가 몸을 숙였다. 케일도 내 쪽으로 몸을 숙였다. 예상대로다. 나는 손을 동그랗게 만들어 케일의 귀에 가져다 대었다.

"내 다리는…."

케일이 미소 지었다.

"…생긴 그대로 완벽해."

나는 한 걸음 물러서서 오른쪽 다리를 들었다. 다리에서 젊음의 활력을 느꼈다. 그런 다음 그 다리를 케일의 엉덩이에 대고, 풀장을 향해 그대로 밀어 찼다.

케일이 물보라와 함께 떠오르며 거칠게 외쳤다.

"너 미쳤어?"

이 질문은 대답할 가치도 없다. 대신, 나는 케일의 눈앞에서 손가락을 흔들어 주었다.

"앞으로 내 몸에 대해 입도 벙긋할 생각 마!"

할리는 그대로 서서, 떡 벌린 입을 두 손으로 막고 있었다. 나는 할리에게 윙크를 했고.

안다. 나는 할리를 위해 이 소년을 쟁취해야 한다. 그렇지만 그 기억이 너무 또렷했다. 론 시니어와 함께한 짧은 기간 동안, 나는 나를 깎아 내리는 그의 말을 너무 자주 눈감아 주었다. 그건 도움이 되지 않았다. 아무 말 않고 모욕을 받아들이는 것이 그를 더 자극한 것 같았다. 어쩌면 론 시니어는 내심 내가 반응을 보여 주길 바랐을지도 모른다. 그렇지만 그때 나는 두 아이를 키우느라 바빴고, 다 자란 아이를 하나 더 돌볼 여유가 없었다.

하디프는 나를 향해 웃었다. 케일만큼 자신만만해 보이지는 않지만, 속눈썹이 예쁘게 위로 말려 올라갔다. 눈빛이 따뜻하다.

"너 오늘… 어… 되게 멋져 보인다. 좀 달라 보여."

그때 케일이 수영장 위로 올라왔다. 성이 가라앉지 않은 채였다.

"이 녀석도 수영장에 처넣어! 네 몸에 대해 말했으니까."

나는 몸을 앞으로 살짝 숙인 다음, 마치 케일의 말대로 할 것처럼 두 손을 하디프의 가슴께에 가져다 대었다. 하디프의 심장박동이 빨라지는 게 느껴졌다. 소년의 이런 파워를 느끼는 것이 대체 얼마 만인지. 손에 살짝 힘을 주자, 하디프는 웃으며 풀장 쪽으로 몇 걸음 물러났다. 그리고 그대로 다이빙했다. 나 보라고 뛴 것이다. 나 보라고 과시하는 것이다.

나도 웃음을 터뜨렸다. 썸이라는 거, 정말 재미있다! 이런 기분 역시 정말 오랜만이다.

케일의 얼굴에서 뭔가 미묘한 변화가 느껴졌다. 입을 꾹 다문 케일의 눈빛이 가라앉아 보였다.

할리가 나에게 다가왔다.

"수영 끝내고 우리 프로젝트 해야죠?"

"같이 온 린다하고 마르그레테는 어쩌지?"

마르그레테는 계획대로 움직이는 성격이다.

"기다리셔야죠. 린다 할머니는 읽을 책도 있어요."

할리 말이 맞다. 마르그레테는 알아서 하겠지.

"그럼 이따가 도서관에서 보자."

할리는 손을 흔들며 멀어졌다.

"이제 간식 타임! 뷔페 2차전! 따란!"

그건 물론 포틀럭 파티를 말하는 것이다. 잠시 잊고 있었다. 나도 따라가고 싶어 죽겠다. 아니, 그건 틀린 말이다. '죽겠다'는 건. 이 일련의 사건들에서 생긴 동지애로 나는 어느 때보다 더 살아 있음을 느끼고 있다. 마치 이 모든 것이 우리 모두가 함께 늙어 가는, 하나의 성대한 파티처럼 느껴졌다. 어제 주차장에서의 사고가 없었다면 나는 오늘 콘페티 샐러드를 가져왔을 것이다. 오르조 파스타에 후추, 염소젖 치즈를 뿌려 만들어 왔을 것이다. 고든은 그 시금치 샐러드를 가져올까? 나는 고든의 드레싱을 아주 좋아한다. 내가 만약 할리로 산다면, 샐러드를 맛있게 만들 줄 아는 남자들과만 데이트를 하겠다. 케일에게 요리를 잘하느냐고 물어봐야겠다. 이름값을 하려면 최소한 녹색 채소가 들어가는 샐러드는 잘 만들어야 한다.

젊은 청춘들이 풀장으로 모여들면서 음악이 점점 더 커지기 시작했다.

"내 파란 스웨이드 구두를 밟을 생각 마."

엘비스의 히트곡 '파란색 스웨이드 구두'가 파란 머리의 애비를 호출한 것 같았다. 파란 머리 천사가 나에게 눈짓으로 인사했다. 그리고 친구들에게 외치며 다이빙대로 향했다.

"다이빙할 사람?"

'뭐, 못할 것 없잖아?'

나는 애비 뒤를 쫓아 달려갔다. 풀장을 둘러싸고 소리들이 울려 퍼졌다. 웃음소리, 고함소리, 유리컵 부서지듯 산산이 흩어지는 다이빙 소리. 나는 다이빙대에서 날아오르는 순간의 힘을 사랑한다. 무릎을 몸 쪽으로 바짝 구부려 날아오른다. 몸이 물을 가르면서 솟구치는 물보라가 케일과 하디프, 풀장의 다른 청춘들에게 쏟아진다.

워터슬라이드가 개장하자 나는 누구보다 빨리 계단을 오르고 있었다. 미끄러져 내려 돌고, 돈다. 슈우우우! 첨벙!

웃음이 절로 터졌다. 이 나이였을 때는 수영장에서 이렇게 재미있게 놀아 본 적이 없다. 청춘들은 정말이지 청춘을 낭비한다.

다음 곡이 시작되자 모두 풀장으로 뛰어들어 춤을 추기 시작했다. 나는 〈처비 체커〉에 몸을 비틀고, 〈비틀즈〉에 날뛰고, 〈바비 프리먼〉에 맞춰 물살을 갈랐다. 모두 내가 한창인 시절에 유행하던 춤이다. 그런데 이 아이들에게는 무척 유쾌한 복고풍인지, 나를 가리키며 "멋진데!"를 외쳐 댔다.

'러브 미 텐더'가 흐르고, 케일이 물을 가르며 가까이 다가와 춤을 추었다. 켄드라는 없다. 내가 초대하지 않은 유일한 아이다. 나는 간격을 유지하려 했지만, 케일은 점점 더 좁혀 왔다.

나는 물러서지 않았다. 할리는 이 아이를 좋아하고, 나는 이렇게 아름다운 몸을 빌려 준 할리에게 보답하고 싶다. 값비싼 스마트폰과 점심 식사를 제공하고 내 허리케인을 마음껏 몰게 해 준 것 말고도.

케일이 손을 뻗어 내 턱을 감쌌다. 나와 눈을 맞추며 미소 지었다.

내가 정말로 몇 살인지 안다면 어떠려나.

케일은 고개를 살짝 숙이고 천천히 다가왔다. 가까이, 가까이, 마침내 두 입술이 보드랍게 만났다. 벨벳의 속삭임 같다. 놀랍게도, 내 입술이 전율했다.

케일의 입술이 머물면서 내 얼굴과 몸이 열기로 뜨거워졌다. 케일의 입술이 벌어지기를 기다렸다. 내 입술이 풀리기 시작했다. 몸이 잠긴 물이 차가워서 열기는 더 짜릿하고 더 뜨겁다.

그때 케일이 물러섰다.

나는 한숨을 쉬며 무너져 내렸다. 처음부터 끝까지 너무 황홀했다.

이제껏 마음은 제아무리 청춘이어도 몸이 그걸 배신했었다. 속에서 느끼는 청춘이 그대로 겉으로 보이는 것은 경이로웠다. 케일은 개념은 없을지 몰라도 키스는 참 잘한다.

'60년대 스윙송과 함께하는 스위밍' 이벤트가 모두 끝나고, 나는 옷을 갈아입고 밖으로 나섰다. 애비는 어린 동생을 돌봐야 해서 먼저 갔고, 케일과 하디프가 나를 기다리고 있었다.

할리가, 여든둘의 피부를 가진 할리가 맞은편 도서관 쪽에서 나를 향해 손을 흔들었다.

나도 손을 흔들며 할리를 향해 다가갔다.

케일이 하디프와 함께 내 옆으로 다가오며 물었다.

"저 할머니 왜 저래? 아는 사람이야?"

"우리 할머니셔."

"에이, 피부색이 너무 다르잖아."

나는 양손을 허리에 짚으며 말했다.

"무식한 소리 하지 마! 수전 맥밀런 할머니는 나하고 공감 프로젝트를 함께 하는 양할머니셔. 내가 봉사 활동으로 할머니한테 신기술을 가르쳐 드리는 거야. 가서 인사해."

"됐어. 난 가서 치실 좀 해야겠어. 하디프, 가자."

무식하고 개념도 없는 녀석!

"어서 가 봐. 나는 치실은 괜찮아. 그냥 할머니께 인사하고 갈게."

하디프가 빙그레 웃었다. 그 안으로 보이는 치아는… 훌륭하다.

나는 성적과 관련이 있다고 하면 케일을 잡아 둘 수 있지 않을까 하는 마음에 덧붙였다.

"할머니 친구 중에도 신기술을 배워야 하는 분들이 계실 거야. 너도 봉사 시간을 채울 수 있고."

할리에게 케일의 본모습을 보여 주고 싶었다. 본모습을 보고도 케일이 좋다면 그건 자기 책임이다.

"말이라도 고마워."

그새 할리가 다가왔다. 케일을 보는 눈빛이 마치 희망에 찬 강아지 같다. 현재의 모습으로 보면 희망에 찬 늙은 개라고 하는 편이 맞겠다. 나는 눈썹을 치켜세우며 그렇게 보지 말라고 신호를 보냈다. 할리는 자신이 몇 살의 몸에 있는지 유념할 필요가 있다.

나는 하디프와 케일을 가리키며 말했다.

"할머니, 이쪽은 제 친구 하디프하고 케일이에요."

하디프가 손을 내밀어 할리와 악수했다. 케일은 손을 흔들며 인사했다.

"안녕하세요, 전 먼저 가 볼게요."

할리는 입 양쪽이 아래로 축 처지며 눈으로 케일을 쫓았다.

하디프가 밝은 목소리로 말했다.

"할리하고 프로젝트 같이 하신다면서요."

내가 나섰다.

"응, 그래서 오늘은 El-Q로 뭐 좀 보여 드리려고. 지금 전화기 가지고 계세요?"

"그럼, 여기 내 가방 안에 있지."

"와, El-Q! 멋진데요! 좀 봐도 될까요?"

하디프가 스마트폰을 구경하면서 말했다.

"와우, 저희 할머니도 이런 거 하나 가지고 계셨으면 좋겠네요. 컴퓨터 종류라면 근처에도 안 가시는 분이거든요."

나는 얼굴이 뜨거워졌다. 내가 그런 할머니였다.

"편지는 인도까지 가는 데 너무 오래 걸려요. 전 할머니가 없는 것 같다니까요. 이건 사진도 잘 나오나요?"

나는 어깨를 으쓱했다.

"지금 찍어 보지, 뭐."

"좋아. 사진 찍게 모이세요!"

하디프는 스마트폰을 높이 들고, 자신의 뺨을 내 어린 뺨과 할리의 주름진 뺨에 한쪽씩 맞대었다. 마치 이 순간만은 우리 셋이 마법처럼 연결된 것 같았다.

찰칵!

사진은 완벽했다. 우리 셋 모두 행복한 순간이 찍혔다. 여든둘의 몸에 갇힌 할리마저 미소를 짓고 있었다.

하디프는 스마트폰을 내게 돌려주며 말했다.

"이건 떨림 방지 기능이 내장되어 있대. 누가 롤러코스터를 타면서 찍은 영상을 봤는데, 흔들림이 없더라."

롤러코스터. 나와 할리의 눈이 마주쳤다.

"사지 모터스 사이트의 게시판을 보여 드리고 싶어요. 우리 어디 좀 앉을까요?"

수영장 창가에 테이블과 의자가 놓여 있었다. 그곳으로 가서 앉았다.

"어떤 사람이 게시판에 액셀 페달이 걸렸다는 글을 썼어요. 할머니 차하고 같은 문제예요."

마지막 말은 하디프를 위해 덧붙였다. 나는 하디프가 지켜보는 와중에 사지의 사이트를 찾지 못해 헤맸다.

"네 검색 내역을 보면 되잖아."

하디프가 스마트폰 화면의 맨 윗줄에 있는 버튼을 가리키길래 얼른 눌렀다. 그리고 서둘러 아이디와 비밀번호를 입력했다. 법원 속기사로서의 오랜 경력이 유용했다. 세월이 흘러도 자판은 달라지지 않았다. 나는 게시판을 확인했다.

"세상에! 그새 글이 더 많아졌네요."

'송버드' '도그워커' '애플걸'도 같은 문제를 제기하고 있었다.

"이것 보세요! 애플걸은 스로틀 플레이트를 청소한 뒤에도 문제가 여전했대요!"

나는 El-Q 화면을 돌려 할리에게 보여 주었다.

할리가 작은 화면의 글을 읽었다.

하디프가 할리 곁에서 큰 소리로 읽어 주었다.

"브레이크를 세게 밟고 곧바로 액셀을 밟으면 페달이 걸리는 것 같다고 하네요."

나는 할리의 다른 쪽 어깨 옆에서 읽었다. '도그워커'는 론과 같은 블리자드다. 나는 할리를 쳐다보며 말했다.

"할머니, '아들'한테 경고해 줄 있으시겠어요?"

나도 모르게 아들이라는 단어에 힘이 들어갔다. 나는 필사적이다.

'내 아들, 내 아들을 좀 도와줘. 내 아들을 구해 줘.'

할리가 대답했다.

"내 아들이 뭐라고 말할지 알잖니. 아들도 운전할 줄 알아."

"그래도요. 적어도 시도는 해 봐야죠. 대비할 기회를 주세요. 가능성이 희박하다 해도요."

17

할리

사실 이건 좀 애매하다. 나도 수전 할머니의 아들인 론 아저씨에게 블리자드의 액셀 페달이 걸릴지 모른다고 경고해 주고 싶은데, 나는 지금 아저씨의 스마트폰 번호를 알지 못하고 또 저장하고 있지도 않다. 내가 만약 정말로 수전 할머니라면, 십 대와 몸을 바꾼 가짜가 아니라 진짜 수전 할머니라면 아는 게 맞다. 만약 통화가 된다 해도 서니사이드에 가면서 한 번 만난 것이 전부인 이 '아들'과의 대화는 자연스럽지 않을 것이다.

그래서 나는 하디프 들으라고 이유를 설명했다.

"론이 일하고 있을 때는 통화를 못 해. 지금은 법정에 있을 시간이고. 걔 페이스북에 메시지를 남기마. 나는 페이스북 계정도 새로 열었으니까."

나는 검색창에 론 아저씨의 이름을 쳤다. 론 맥밀런 아저씨의 썸네일 사진이 떴다. 나는 사진을 클릭해 계정으로 들어갔다.

곧바로 메시지를 작성하면서 동시에 큰 소리로 읽었다.

"네 차도 액셀 페달 조심하거라. 블리자드 운전자들도 문제가 있다고들 하더라!"

수전 할머니가 물었다.

"이걸 아드님이 보실지 어떻게 알아요?"

나는 눈으로 신호를 보냈다. 하디프는 이 '할리'가 어른들 일에 너무 관심이 많다고 생각할 것이다. 나는 얼른 메시지를 덧붙였다.

"이걸 보면 나한테 전화 다오."

그런 다음 나의 새 El-Q 번호를 입력했다.

수전 할머니는 울 것 같은 얼굴인데, 그 마음을 달래려면 뭘 해야 좋을지 모르겠다.

그때 수영장 안전요원 중 하나가 다가와 우리를 구조했다.

"혹시 배고프신 분 계신가요? 센터 어르신들 포틀럭 파티에 음식이 많이 남았다던데."

수전 할머니와 하디프가 서로를 마주 보았다. 저 눈빛 교환은 또 뭐야? 수전 할머니의 기분이 순식간에 바뀌었다. 미소를 짓고 있었다.

'뭐지?'

설마 할머니가 하디프를 좋아할 리는 없다. 나이가 너무 많다. 적어도 내면의 나이로는 그렇다.

수전 할머니가 안전요원에게 대답했다.

"저 엄청 배고파요."

저건 아마도 나의 식욕일 것이다. 그렇지만 지금은 수전 할머니가 얼마나 먹든, 또 얼마가 찌든 그런 게 문제가 아니다.

'엘리, 크리스마스 전까지 제 몸을 돌려주기만 하시면, 다시는 천둥의 허벅지 같은 걸로 불평하지 않을게요.'

내가 물었다.

"하디프는 어때?"

평범한 열다섯 살일 때, 나는 나이 든 사람들과 조금도 어울리고 싶어 하지 않았다. 어제만 해도 쇼핑몰로 가는 버스 안에서 노인들 옆에 끼었다고 질색했다. 특히 엘리를 질색했었지.

"공짜 음식이라면, 가야죠!"

안전요원이 복도를 가리켰다.

"저 앞쪽에서 돌면 행사장이에요. 저한테 얘기 듣고 왔다고 하시면 됩니다."

수전 할머니와 둘만 있을 시간도 필요하지만, 어쨌든 내 친구들과 어울릴 시간이 생겨서 좋다. 하디프뿐인 건 아쉽다 해도. 내가 나섰다.

"제가 아이들을 데려갈게요."

수전 할머니와 나는 몸이 바뀐 이 상황을 헤쳐 나가려면 서로에 대해 더 알아야 한다.

파티장 구석의 스피커에서 엘비스 풍의 루돌프 사슴코 캐럴이 흘러나오고 있었다.

행사장 식탁은 음식으로 넘쳐났다. 파스타, 감자, 샐러드, 분홍색 젤리에 각종 치즈 모둠, 크래커, 포도, 딸기, 피클, 올리브, 작고 동그란 흰 양파까지 줄줄이 진열되어 있었다. 대형 커피 머신도 두 대나 있었다. 안전요원 말대로 음식이 정말 많았다.

그런데도 마르그레테 할머니는 펄쩍 뛰었다.

"거기 젊은 사람들은 음식도 안 가지고 왔는데 누가 여기서 먹어도 된다고 했지?"

수전 할머니가 내 목소리로 대답했다.

"수영장 안전요원이 초대해 줬어요. 음식이 많이 남았다고요."

그러고는 손을 내밀어 마르그레테 할머니와 악수했다.

"안녕하세요. 수전 할머니께 말씀 많이 들었어요."

마르그레테 할머니는 여전히 씩씩거렸다. 이 할머니에게 뭔가 좋은 마음을 먹기란 쉽지 않다.

하디프가 고개를 숙이며 미소 지었다.

"저도 마찬가지예요. 그런데 할머님께서는 성함이…."

"마르그레테 크래머라고 한다."

갑자기 마르그레테 할머니의 태도가 친절하다고 할 정도로 바뀌었다.

"고든이 만들어 온 시금치 샐러드가 맛있을 거다. 아주 훌륭해."

'아주 훌륭해? 내가 잘못 들었나?'

나는 수전 할머니 쪽으로 가까이 다가가 목소리를 낮춰 물었다.

"저 쇼트브레드 먹어도 돼요? 마르그레테 할머니가 그게 할머니 담낭에 안 좋다던데요."

"당연히 먹어도 되지. 그냥 자기가 다 먹으려고 그러는 거야."

나는 애플 사이다를 한 컵 따르고 작은 접시에 쇼트브레드를 쌓았다.

수전 할머니는 접시에 시금치 샐러드를 덜고, 거기에 주황색 치즈 몇 조각, 햄 몇 장을 곁들인 다음 하얀색과 주황색이 섞인 드레싱을 다섯 번 뿌렸다.

"이 드레싱이 진짜야. 마시멜로하고 귤에 마요네즈를 넣었어."

"그래도 채소 아냐?"

하디프의 말에 할머니가 고개를 끄덕인다.

"아주 맛있는 채소지."

하디프도 샐러드를 조금 덜었다.

쾌활한 산타 모자 할아버지가 우리가 모르는 아이들을 몇 명 더 데리고 나타났고, 아이들은 빨간 일회용 접시에 음식을 덜기 시작했다.

“고든, 샐러드가 너무 맛있네요.”

수전 할머니가 자신을 잊고 말했다. 할머니가 할리일 때는, 이 할아버지의 이름을 알 수가 없다.

마르그레테 할머니가 즉시 화를 내며 도끼눈을 떴다.

“예의를 지켜야지. 어른한테 말버릇이 그게 뭐야.”

고든 할아버지는 ‘징글벨 홉’에 맞춰 기타 치는 흉내를 내며 파티장을 껑충껑충 뛰어다니느라 정신이 없었다. 수전 할머니는 고든 할아버지가 우리 옆으로 와서 잠깐 쉬는 동안 실수의 이유를 둘러댔다.

“죄송해요. 친구 중에 똑같은 이름을 가진 애가 있어서 착각했어요. 수전 할머니가 할아버지 샐러드가 최고라고 여러 번 말씀하셨는데, 정말 그러네요.”

고든 할아버지는 자신의 왼쪽 가슴께를 툭툭 치며 빙그레 웃었다.

“신경 쓸 거 없다. 여학생이 이름을 불러 주다니 가슴이 뛰는걸.”

그리고 샐러드 볼을 가리키며 속삭였다.

“설탕을 입힌 피칸, 그게 비법이야.”

고든 할아버지는 다정하다. 보고 있으면 빌 삼촌이 생각난다. 할아버지가 접이식 의자를 가지고 와서 내 옆에 앉았다. 우리는 마르그레테 할머니뿐 아니라 고든 할아버지에게도 El-Q의 행아웃 사용법을 알려 주기로 했다. 브리티시컬럼비아에 사는 수전 할머니의 손녀 레아를 호출했다.

화면에 레아가 나타나자 수전 할머니가 환호성을 질렀다. 나는 그러다

정체가 탄로 난다는 경고 차원에서 할머니 옆구리를 찔렀다. 지금 레아의 할머니여야 할 사람은 나다. 몸과 지금 들어와 있는 영혼이 맞아야 한다.

"안녕, 안녕, 레아! 네 얘기 아주 많이 들었다."

고든 할아버지가 손을 흔들어 인사했다. 그리고 커피를 가져오겠다며 마르그레테 할머니를 데리고 자리를 떴다.

하디프도 일어섰다.

"할리, 우리도 쿠키 좀 더 먹을까?"

나를 레아와, 그러니까 내 손녀여야 하는 레아와 단둘이 있게 해 주려는 것이다.

내가 두 사람에게 말했다.

"안 그래도 된다. 게다가 할리는 여기 남아 있는 게 좋겠어. 내가 뭘 잘못 누를지도 모르잖니."

그러자 하디프는 화면을 향해 손을 흔들었다.

"레아, 그럼 안녕!"

수전 할머니가 즉시 내 귀에 속삭였다.

"레아한테 할머니가 보낸 목도리하고 모자가 마음에 드는지 물어봐 다오. 감사 인사를 한 번도 못 들었거든."

나는 그냥 할 말부터 했다.

"레아, 할머니가 이메일을 만들었단다. 주소를 보내 주마. 이제 페이스북 계정도 있지."

수전 할머니가 내 옆구리를 찔렀다. 손은 여전히 화면을 향해 흔들고 있었다.

나는 목소리를 낮춰 투덜거렸다.

"잠깐만요. 지금 얘기하려고 했다고요."

나는 다시 화면을 보면서 수전 할머니를 소개했다.

"이쪽은 할머니 친구 할리라고 해. 이 친구가 새로 산 El-Q를 어떻게 쓰는지 할머니한테 가르쳐 주는 중이란다."

드디어 본론이다.

"그런데, 할머니가 보낸 목도리하고 모자는 마음에 드니?"

"네, 할머니. 그런데 그거 다 할머니가 만든 거예요?"

화면이 끊기면서 레아가 입을 벌린 채로 어그러졌다.

수전 할머니가 내 귀에 속삭였다.

"바자회에서 샀지만 말은 하지 마."

화면이 다시 움직이면서 레아의 입이 닫혔다. 나는 상냥하게 미소 지으며 대답했다.

"그럼. 당연히 할머니가 떴지."

"와, 그럼 똑같은 걸로 엄지 장갑도 떠 주실래요?"

나는 멈칫했다. 그러니까 왜 직접 뜬 척을 하신 거야? 나는 침을 꿀꺽 삼켰다.

"그, 그 실은 다 써 버렸는데."

내가 아는 거라고는 그 실이 하얀색이라는 것뿐이다.

린다 할머니가 책을 옆구리에 끼고 다가오며 El-Q를 향해 혀를 끌끌 찼다. 나는 화면을 돌려 할머니에게 내 '손녀' 레아를 소개했다.

레아와 나는 날씨와 크리스마스에 관해 이야기했다. 레아는 할머니가 올해에는 집에 오면 좋겠다고 한다.

내 귓가에 들리는 수전 할머니의 목소리가 가라앉았다.

"내가 레아를 보고 싶어 하고 또 많이 사랑한다고 전해 줘."

고개를 돌리자 눈물이 그렁한 눈이 보였다. 손녀가 아주 멀리 떨어져 산다는 것은 분명히 쓸쓸한 일일 것이다. 나는 다시 화면으로 향했다.

"그럼 우리 또 통화하자. 크리스마스에는 꼭 전화하마."

나는 잠시 말을 멈췄다가 덧붙였다.

"레아야, 사랑한다."

레아가 손을 흔들었다.

"할머니, 저도 사랑해요."

화면의 창이 닫혔다. 할머니와 나는 잠시 아무 말도 하지 않았다.

하디프가 돌아와 순록 쿠키를 나누어 주었다. 고든 할아버지는 내게 커피를 건넸다. 마르그레테 할머니가 물었다.

"나도 딸하고 통화할 수 있을까? 걔는 독일에 사는데."

하디프가 대답했다.

"그럼요. 혹시 할머님도 El-Q나 컴퓨터를 가지고 계시면 저희가 따로 계정을 만들어 드릴게요."

내가 말했다.

"내 전화기를 빌려 주마."

나는 가족이 다른 나라에 산다는 게 어떤 기분일지 상상이 가지 않는다. 이제 더는 가족이 없는 것 같은 기분일까?

마르그레테 할머니가 손목시계를 확인하고 얼굴을 찌푸렸다.

"거기는 여기보다 6시간 빠른데. 오늘은 너무 늦었네."

린다 할머니가 물었다.

"그럼 도서관에서 전자책 리더기를 빌리는 것도 도와줄 수 있니? 그걸로 책 보는 법도 가르쳐 주고?"

하디프가 대답했다.

"그럼요."

우리는 바로 도서관으로 향했다. 할아버지 할머니들은 전자기기의 신세계로 들어간다는 것에 무척 신이 나 보였다. 그 일을 돕기는 너무나 쉬웠다. 왜 진작 이렇게 하지 않았을까.

일행이 모두 분주한 사이에 El-Q가 울렸다. 나는 조금 떨어진 곳으로 가서 전화를 받았다. 론 아저씨였다.

"엄마, 메시지 받았어요. 얘기 좀 해요. 제가 집에 잠깐 들를까요?"

"그 요양원이라면 뭐가 어떻든 두 번 생각 안 할 거다."

"뭐라고 하시든 전 30분 뒤에 도착할 거예요."

뚝!

뭐야, 너무 마음대로잖아? 나는 핸드백에 El-Q를 도로 넣었다. 그리고 누구에게랄 것 없이 말했다.

"저기, 우리 지금 가야겠어. 아들이 지금 집으로 오겠다고 하네."

18

수진

내가 아들에 관해 아는 것이 하나 있다면, 그 아이는 시간 약속을 엄수하며 다른 이들도 모두 그러리라 생각한다는 점이다. 그런데 할리는 절대로 그 애가 지정한 30분 이내에 집에 도착할 수 없다. 이렇게 친절하게도 모두를 집까지 데려다주겠다고 나선 마당에는 특히 그렇다. 할리는 동료애를 바라는지도 모른다. 다른 사람의 몸에 홀로 갇혀 있는 건 겪어 보니 상당히 겁나는 일이었다. 어쨌든 집에 태워다 준다는 이 호의를 모두가 받아들인다면, 할리는 분명히 늦는다.

나로서는 할리가 론을 꼭 보길 바라기 때문에 이렇게 제안했다.

"그냥 할머니 집 앞에서 내려 주세요. 쇼핑몰 바로 앞에 사시잖아요. 저희는 쇼핑몰도 둘러보고 거기서 버스 타도 괜찮아요."

마르그레테가 마음대로 조수석을 차지하며 맞장구쳤다.

"그게 맞겠네. 우리도 벌링턴을 한 바퀴 다 돌긴 뭐하니까. 다들 일이 있잖아."

린다 할머니가 하디프와 내 옆자리로 타며 말했다.

"나는 괜찮아. 다 돌아도 괜찮다는 뜻이야. 사실 한 바퀴 도는 것도 좋겠어. 오늘은 딱히 다른 일정도 없거든."

"쇼핑몰에 내려 주시면 충분해요."

하디프가 끼어들고는 나에게 미소를 지어 보였다.

나는 눈을 찡긋했다. 이러는 게 좀 짓궂긴 한 것 같다.

할리가 뒷자리의 우리한테 말했다.

"그러자, 그럼. 다들 안전띠 매고."

차는 조심조심 천천히 센터에서 나왔다.

운전하는 걸 지켜보니, 할리는 평정심을 잃지 않고 잘하고 있었다. 액셀 페달 문제 때문에 부담이 있을 텐데도 급히 서거나 출발하지 않았다. 빨간불이 보이면 더 천천히 움직였다. 액셀을 어떻게 하고 있는지 보이진 않지만 최대한 안 밟는 쪽으로 하고 있을 것이다. 아주 신중하다. 아주 좋다. 차가 천천히 서는데 할리가 갑자기 손을 들어 도로 가운데의 눈 더미를 가리켰다.

"저게 뭐지?"

하디프가 고개를 쭉 내밀었다.

"처음 보는 동물인데요. 신기하게 생겼어요."

마르그레테도 창 쪽으로 기대며 눈을 가늘게 떴다.

"돼지 같은데, 트럭에서 떨어졌나?"

나도 눈을 가늘게 뜨고 쳐다보았다. 작은 분홍빛 몸통에 반점이 보였다. 검은색 말갈기 같은 털이 머리와 꼬리, 네 발에만 풍성하다.

린다가 말했다.

"아니, 저건 강아지야. 털이 없는 종이어서 그렇지. 춥겠는데."

나는 문득 견종이 머리에 떠올라 손가락을 딱 맞부딪혔다.

"차이니즈 크레스티드. 저러다 다치겠어요."

나는 누가 말릴 새도 없이 벌컥 차 문을 열었다.

"가서 구해 올게요."

마르그레테가 유기 동물의 광견병 문제에 관해 목소리를 높였지만, 나는 아랑곳하지 않고 뛰어내렸다.

하디프가 따라왔다.

입에 거품 같은 건 물고 있지 않았다. 작고 털이 없는 몸으로 길가에 벌렁 누워 배를 보여서 수컷이라는 것을 알 수 있었다. 강아지는 갈기 같은 털 아래로 보이는 갈색의 큰 두 눈으로 나를 빤히 쳐다보고 있었다. 꼬리로는 나를 탁탁 쳤다.

하디프는 얼굴을 찌푸렸다.

"목줄이 없네. 다친 데는 없어 보여."

"안 다쳤어. 베인 곳도 없고 멍든 곳도 없어. 사람을 되게 좋아한다."

나는 강아지의 배를 쓰다듬어 주고, 도망치지 않게 안아 올렸다. 주위를 잘 살피며 하디프와 함께 허리케인으로 돌아왔다. 하디프가 차 문을 열어 주었다.

할리가 돌아보며 말했다.

"강아지를 어쩌려고? 엄마가 못 키우게 하실 텐데."

물론, 할리 말이 맞을 것이다.

"너무 불쌍해요. 묘하게 생겼지만 이렇게 작고 귀여운데."

나는 늘 반려동물을 키우고 싶었지만 론 주니어에게 알레르기가 있었다. 이런 강아지라면 괜찮았을까? 나는 뒷자리에 앉았다. 강아지는 내 무릎에 편하게 자리를 잡더니 반쯤 미소 띤 표정으로 헥헥거렸다. 내가 머리를 덮고 있는 털을 긁어 주자 만족스러운 것 같았다.

할리가 룸미러로 나와 눈을 맞추며 말했다.

"동물 보호소에 데려다주자."

"그러면 약속에 늦을 거예요!"

나는 반대했다. 론이 집 앞을 서성이며 분마다 시각을 확인할 것이다. 친애하는 늙은 어머니가 늦는 이유를 고민할 것이다. 늦을 이유는 일밖에 없다고 생각하는데, 어머니는 이미 은퇴했다. 야단이 날 것이다.

"그래도 보호소에 데려가야지. 주인이 잃어버린 건지도 모르니까."

마르그레테다. 자신의 바쁜 일정을 망치는 일인데도 이번만은 받아들이는 눈치였다.

할리는 뒷자리의 내게로 El-Q를 넘기고 천천히 출발했다.

"론한테 대신 문자 좀 보내 줄래?"

내가 El-Q를 잡자 강아지는 코를 비벼 대며 재촉하는 것처럼 헥헥거리기 시작했다.

"착하지, 잠깐만 기다려."

나는 자꾸 핥으며 방해하는 강아지를 제지하며 문자를 입력했다.

'유기견을 구조했어. 좀 늦겠다.'

문자를 보냈다. 론은 요새 들어 내가 나이 탓에 점점 약해지고 있다고 생각할 것이다. 그 아이는 반려동물을 좋아하는 내 마음을 그다지 이해하지 못했다. El-Q를 다시 조수석의 마르그레테에게 주며 할리의 핸드백에 넣어 달라고 하는 동안에 강아지는 다시 얌전해졌다.

"할머니, 보호소 위치 아세요?"

"어… 모르지."
"겔프에서 마운틴사이드로 꺾은 다음 인더스트리얼로 가세요."
"카센터들이 많이 있는 길을 말하는 거니?"
"네."
마르그레테가 투덜거렸다.
"자기, 이게 무슨 일이야? 어린 여학생이 이 동네 도로를 더 잘 알다니."
나는 재빨리 나의 남다른 지식을 덮을 거짓말을 만들어 냈다.
"저희 아빠가 차를 수리하실 때마다 저를 데리고 다니셨거든요. 기다리는 동안 유기 동물 보호소에 자주 갔었고요."
하디프는 이 대화에서 이상한 점을 전혀 눈치채지 못한 것 같았다. 오히려 버려져 있던 강아지를 의아해했다.
"어떻게 도로 한가운데에 차이니즈 크레스티드가 혼자 있었던 걸까?"
"목줄도 없고, 털도 없고 말이야. 분명히 엄청나게 추웠을 거야."
나는 몸을 굽혀 강아지를 따뜻하게 안아 주었다. 기묘하게도 강아지는 조금도 떨고 있지 않았다.
할리가 겔프에서 천천히 방향을 꺾으려는데, 뒤에 있던 차가 경적을 울렸다. 그러더니 속도를 내며 우리를 추월했다.
"신경 쓰지 마세요. 액셀 페달이 불안할 땐 천천히 가는 편이 좋아요."
나는 할리의 어깨를 다독이다가 하디프의 묘한 표정을 보고 손을 거두었다.
할리는 다시 깜빡이를 켜고 마운틴사이드로 진입했다.
그때 갑자기 차이니즈 크레스티드가 마치 고개를 돌려 보라는 듯 두 발로 내 뺨을 밀었다.

"아니야, 아니야, 그러지 마!"

길고 까만 발톱이 뺨을 할퀴자 나는 두 발을 떼어 냈다. 발은 그래도 막무가내로 내 얼굴을 창문 쪽으로 밀었다. 그때, 눈에 띄는 것이 있었다. 카센터 앞 견인 트럭에 빨간색 허리케인이 연결되어 있었다. 앞이 완전히 우그러진 상태였다. 이런 우연이 있을 수가 있을까? 나는 창밖을 가리키며 할리에게 말했다.

"저기 좀 보세요."

하디프가 말했다.

"할머니 차하고 같은 차네요. 색깔까지 같아요. 안타깝다."

나는 큰 소리로 중얼거렸다.

"왜 사고가 났을까?"

차이니즈 크레스티드가 캉 하고 짖었다. 왠지 경고 같았다. 아까부터 이 강아지는 너무 수상쩍다. 방금도 일부러 날 창 쪽으로 민 것 같았다. 밖에 허리케인이 있으니 보라는 듯이. 나는 고개를 숙이고 강아지를 살폈다. 덥수룩한 털이 덮고 있는 발목 바로 위로 구불구불한 짙은 파란색 선이 보였다. 발목을 들어 올려서 보니 선이 아니라 글씨였다.

"이것 좀 봐. 이 강아지한테 글씨 문신이 있어."

하디프가 가까이 다가오며 발목을 봤다.

"뭐라고 쓰여 있는데? 주인을 찾을 단서라도 있을까?"

"카르페 디엠."

나는 할리 들으라고 일부러 크게 읽었다. 룸미러를 보니 할리의 눈이 내 눈을 보고 있었다.

19

할리

텅 빈 벌링턴 동물 보호소 주차장에 주차하는 건 일도 아니었다. 참 다행이다. 나는 이제 허리케인의 주차 보조 기능을 믿지 않는다. 나는 수전 할머니를 보며 차 문을 가리켰다.

"우린 잠깐 얘기 좀 할까?"

그리고 마르그레테 할머니에게 말했다.

"먼저 들어가 있어."

수전 할머니가 엘리를, 그러니까 차이니즈 크레스티드의 모습을 한 엘리를 안고 풀쩍 뛰어내렸다. 나는 무릎을 문질러 혈액을 순환시킨 다음 천천히 몸을 펴 밖으로 나왔다. 이 몸에 들어온 지 이제 고작 이틀인데, 느낌으로는 백 년은 지난 것 같았고 뛰거나 하는 일은 있을 수 없다는 것을 이미 잘 알고 있었다. 반대편 문으로 린다 할머니와 하디프가 나왔다. 마르그레테 할머니는 늑장을 부리고 있었다. 별 관심이 없어서인지 에너지가 떨어져서인지는 누구도 알 수 없다.

"이따가 안에서 만나요."

수전 할머니가 말하자, 마르그레테 할머니가 무슨 뜻인지 알았다는 듯 보호소 입구로 향했다.

바깥에는 바람이 차가웠다. 나는 앙상한 몸의 체온을 유지하기 위해 잠시 웅크렸다가, 일행이 우리 목소리가 안 들릴 만큼 멀어지자 할머니한테 말했다.

"여기까지 왔는데 이제 어쩌죠? 신을 동물 우리에 넣을 순 없잖아요."

수전 할머니가 환하게 웃었다. 내 것이었던 입술과 치아가 너무도 부럽다. 할머니는 안고 있는 강아지의 머리 위 털 무더기를 벅벅 쓰다듬었다.

"글쎄. 세상의 다른 한쪽이 어떻게 사는지 한번 보는 것도 좋을 것 같은데. 안 그러니, 멍멍아?"

"캉, 캉, 캉!"

강아지가 할머니 품에서 몸을 뒤틀었다.

"캉, 캉, 캉!"

그러더니 순식간에 할머니의 팔을 풀고 펄쩍 도로로 뛰어들었다. 달리던 흰색 배달 트럭이 급브레이크를 밟아 눈 쌓인 도로에 길게 자국을 남기며 미끄러지기 시작했다. 트럭 뒤편이 자그마한 강아지 쪽으로 가고 있었다.

나는 숨이 턱 막혔다. 미끄러지던 트럭은 곧 균형을 잡고 다시 달리기 시작했다. 사고는 없었다. 그런데 강아지도 온데간데없었다. 차이니즈 크레스티드는 자취를 감추었다.

대신에 길 건너 카센터에 허리케인을 견인해 온 트럭이 보였다.

수전 할머니가 물었다.

"엘리는 어디로 갔을까?"

나는 어깨를 으쓱했다.

"누가 알겠어요? 그렇지만 우리한테 저 찌그러진 허리케인을 조사해 보라는 건 확실해요. 건너가서 좀 봐요."

나는 길을 건너가서 먼저 차량 번호 표지판이 잘 나오게 허리케인 사진을 찍었다. 그런 다음 할머니와 함께 카센터 안으로 들어갔다. 차임벨이 울리고, 문이 닫혔다. 카운터 뒤편 차고에서 기름 냄새와 페인트 냄새가 풍겨 왔다. 벽에 걸린 달력에는 크리스마스 장식을 물고 있는 세인트버나드가 12월 25일이 휴일인 것을 고객들에게 알리고 있었다. 나는 마른침을 꿀꺽 삼켰다. 크리스마스다.

달력 주위로는 크리스마스카드가 빙 둘러 장식되어 있었다. 82세의 몸으로 맞는 크리스마스가 과연 기쁠까? 반드시 이 몸에서 탈출해야 한다.

"도와드릴까요?"

파란 셔츠에 짙은 색 바지를 입은 정비사가 차고에서 나왔다. 반짝이는 파란 눈동자가 짙은 색 머리와 콧수염에 멋지게 어울린다. 아저씨치고는 귀엽다. 현재 내가 갇혀 있는 몸을 고려하면 청년이지만.

수전 할머니가 물었다.

"밖에 견인된 차가 왜 저렇게 됐는지 알 수 있을까요?"

내가 덧붙였다.

"그리고 운전자는 어떻게 됐나요?"

"저 허리케인이 빨간불에서 그냥 달리는 바람에 트랙터하고 충돌했어요. 운전자는 지금 병원에 있고요."

할머니가 물었다.

"어느 병원인지 아세요?"

"어휴, 그건 모르죠."

내가 물었다.

"운전자 이름은요?"

"그건 좀 그렇네요. 함부로 외부에 알릴 수는 없어요."

내가 다시 물었다.

"그럼 그 운전자에게 우리한테 전화해 달라고 전해 줄 수는 있나요?"

정비사는 얼굴을 찌푸렸다.

"그건 될 것 같기는 한데…."

"나도 허리케인 차주라고 전해 주세요. 차량 액셀에 결함이 있는 것 같다고요."

나는 들고 온 핸드백에서 메모지를 한 장 꺼낸 다음 수전 할머니의 이름과 이메일 주소, 스마트폰 번호를 적어서 내밀었다.

정비사는 메모를 물끄러미 쳐다보다가 말했다.

"음… 되도록 전하기는 할 텐데… 그런데… 운전자가 못 깨어날 수도 있어요."

"저런."

수전 할머니의 눈에 눈물이 그렁해졌다. 아들이 걱정되는 걸까, 아니면 그냥 나이 때문에 감정 조율이 힘든 걸까?

나는 할머니가 내가 설명할 수 없는 이상한 소리를 하기 전에 얼른 팔을 붙들고 정비사에게 인사했다.

"고마워요!"

우리는 차임벨 소리를 뒤로하고 밖으로 빠져나왔다.

도로 건너편에서 마르그레테 할머니가 외쳤다.

"거기서 뭐 하는 거야? 강아지는 어디 갔어?"

나는 수전 할머니와 함께 보호소로 돌아오면서 외쳤다.

"도망쳐 버렸어. 강아지를 쫓아서 여기까지 왔는데, 사라졌네."

하디프가 물었다.

"우리가 찾아보지 않아도 될까?"

수전 할머니가 대꾸했다.

"아니야. 할 만큼 했어. 강아지가 우릴 버리고 간 거야."

수전 할머니는 엘리 때문에 심기가 불편했다. 그럴 만도 하다. 엘리는 유튜브에 올릴 영상을 찍기 위해, 방지할 수 있는 사고를 내버려 둔 사람이나 마찬가지다.

하디프는 의아한 얼굴이었지만 수전 할머니를 따라 차에 올랐다.

마르그레테 할머니가 무책임에 대해서 혼자 중얼거렸다. 그 개의 정체를 알게 되면 뭐라고 할까?

일행이 모두 차에 올라 안전띠 매는 것까지 확인하고 나는 허리케인에 시동을 걸고 신중하게 페달을 밟았다. 두 번씩 밟아도 안 되고 급하게 밟아서도 안 된다. 내가 핸들을 잡고 있는 동안 사고란 절대 없다. 만약을 대비해 속도도 신호등 불빛이 바뀌기 전에 미리미리 줄였다. 엘리는 경고의 의미로 그 빨간 허리케인을 보여 주었는지도 모른다. 그냥 사고를 막아 줄 수는 없었을까?

퇴근 시간이어서 차가 막히고 있었다. 하늘은 칠흑같이 까매도 도로 위의 눈은 가로등 빛을 반사해 반짝였다. 포근한 겨울날의 이상한 나라다. 나는 그대로 아파트 지하 주차장으로 진입해 수전 할머니의 자리에 차를 세웠다. 다 함께 엘리베이터로 갔다. 수전 할머니가 버튼을 누르자 딩동 소리와 함께 엘리베이터 문이 열렸다. 할머니는 1층을 눌렀고, 우리는 곧 론 아저씨와 마주했다.

아저씨가 인사 대신 물었다.

"어디 계셨어요? 걱정했잖아요."

수전 할머니가 대답하고 싶어 하는 눈치여서 내가 잽싸게 나섰다.

"내 문자 못 받았니? 동물 보호소에 들렀다 오는 길이다."

"그것도 그래요. 언제부터 문자를 보내셨어요? 누가 엄마를 납치해서 사칭하는 줄 알았잖아요."

"론, 이쪽은 할리다. 나한테 신문물을 가르쳐 주는 선생님이야. 요새 El-Q를 어떻게 쓰는지 가르쳐 주고 있어. 내가 학교 공감 프로젝트 대상이야. 할리의 양할머니기도 하고."

수전 할머니가 손을 내밀어 론 아저씨의 손을 잡았다. 할머니의 눈동자가 반짝이고 있었다. 할머니는 행복한 걸까, 뿌듯한 걸까? 잘 모르겠다.

"이쪽은 하디프라고, 할리 친구란다. 그리고 마르그레테하고 린다는 기억하지?"

론 아저씨는 두 할머니를 아는 것 같았다. 이 시점에서는 그랬으면 좋겠다.

마르그레테 할머니가 말했다.

"정말 희한한 일이지 뭐니. 도로 한가운데서 굉장히 값비싼 품종의 강아지를 만났다니까."

린다 할머니가 이어받았다.

"거기 그냥 두고 올 수가 없었단다. 꽁꽁 얼 텐데."

마르그레테 할머니가 불평하듯 말했다.

"그런데 너희 어머니가 동물 보호소 앞에서 그 강아지를 잃어버렸지."
"그건 잘하셨네요. 유기된 동물하고 씨름하고 싶지는 않으실 테니까요."
론 아저씨가 편을 들어 주었다. 그렇지만 아까부터 계속 무슨 생각이냐는 눈빛으로 나를 쳐다보고 있었다.
하디프가 어색한 순간을 마무리 지으며 나에게 인사했다.
"그럼, 저희는 가 볼게요. 할머니, 오늘 재미있었어요."
"그래, 만나서 반가웠다."
하디프는 다정하다! 케일도 우리하고 이렇게 어울릴 순 없었을까?
나는 수전 할머니에게 알려 주려고 일부러 물었다.
"그럼 너희는 4번 버스를 타는 거지?"
이상하게 들렸을까?
수전 할머니는 론 아저씨를 물끄러미 바라보다가 대답했다.
"네, 4번 맞아요. 할머니, 건강 조심하세요."
수전 할머니는 하디프와 함께 자리를 떠났다.
린다 할머니가 말했다.
"감성적인 아이야. 그렇지 않아?"
"내가 보기에는 감정적인 것 같은데."
마르그레테 할머니가 퉁명스레 대꾸하며 엘리베이터 문 옆의 버튼을 눌렀다.
론 아저씨가 물었다.
"걔들이 엄마한테 뭘 팔려고 그러는 거 아니에요? 혹시 돈 달라고 안 하던가요?"
"그런 거 아니야. 그 아이한테 계좌 정보 같은 건 주지도 않았다. 요즘

학생들은 졸업하려면 봉사 활동을 해야 한다고 하더라."

딩 소리와 함께 엘리베이터 문이 열리고, 우리는 차례로 탔다.

린다 할머니가 말했다.

"나는 아주 근사한 프로젝트인 것 같아. 하디프하고 할리는 굉장히 좋은 애들 같고."

9층에 도착해서 모두 함께 내렸다. 마르그레테 할머니가 인사했다.

"내일 보자고."

린다 할머니도 손을 흔들었다.

론 아저씨와 나는 수전 할머니 집으로 향했다. 열쇠 꾸러미를 조금 더 듬는 나를 보는 론 아저씨의 시선에서 서니사이드의 그 방을 떠올리는 것이 느껴졌다. 나는 현관문을 열었다.

론 아저씨는 집으로 들어와 화장실로 직행했다. 나는 소파에 털썩 앉았다. 아야, 아프다. 앞으로는 앉을 때도 조심해야겠다. 나는 골반을 문질렀다.

변기 물이 내려가고 수돗물을 트는 소리가 들려왔다.

"엄마, 컨디션이 안 좋아요?"

"그냥 관절이 좀 아프구나. 그래도 82세치고는 괜찮아. 왜?"

"침대 정리가 안 되어 있어서요. 바닥에 옷도 널려 있고요."

론 아저씨는 거실을 거쳐 주방과 식탁 겸 커피 테이블이 있는 공간까지 살펴보았다. 엄마한테 이상이 있는지 확인하는 걸까?

"테이블도 그대로네요."

그러고는 소파에 아무렇게나 뻗어 있는 나를 보더니 눈살을 찌푸렸다.

"우리 커피 안 마셔요?"

으아아! 나는 커피를 내릴 줄 모른다.

"물어보니 하는 말이다만, 나 카페인 끊었다. 론, 잠깐 와서 앉아라. 보여 줄 게 있으니까."

론 아저씨는 자리를 지키고 서서 가슴 앞으로 팔짱을 꼈다.

"뭔데요, 엄마? 아, 새로운 장난감이군요. 그것도 좀 이상해요. 스마트폰 자체를 거부하시다가 갑자기 제일 비싼 El-Q라니."

나는 겸연쩍은 미소를 지었다. 자꾸 죄책감을 느끼도록 몰아가는 것이 싫다.

"최신형이 아무래도 더 사용자 친화적일 것 같아서."

론 아저씨는 고개를 갸우뚱했다.

"사용자 친화적이라고요?"

나는 소파 옆자리를 툭툭 치며 대답했다.

"할리가 새로운 용어를 많이 가르쳐 주고 있어. 굉장하지 않니? 자, 앉아라."

론 아저씨는 마지못해 털썩 앉았다.

나는 El-Q의 버튼을 길게 눌러 지니를 불러 왔다.

"사지 해피 모터링 클럽 홈페이지 열어 줘."

나는 잠시 화면을 바라보며 기다렸다가 홈페이지가 뜨자 게시판으로 들어갔다.

"네 차 얘기가 나오니까 잠시만 기다려라. 자, 이제 액셀 페달에 문제가 있다고 항의하는 사람들이… 어, 이상하네."

론 아저씨는 고개를 절레절레 저었다.

"뭐가요? 엄마가 이제 스마트폰하고 대화한다는 사실이요?"

"아니, 사람들이 없어졌어."

나는 스크롤을 끝까지 내렸다가 다시 올렸다. '스포츠'와 '크레이지팬츠'의 글은 그대로 있다.

론 아저씨는 내 스마트폰을 쳐다보지도 않고 말했다.

"누가 없어졌다는 말씀이세요?"

"핫로드, 송버드, 도그워커, 애플걸… 다 사라졌어."

나는 El-Q를 론 아저씨 눈앞에 내밀었다.

론 아저씨는 힐끗 보는 둥 마는 둥 하고 시선을 들었다.

"도대체 무슨 말씀 하시는 거예요?"

"차 액셀 페달이 걸린다고 불만을 제기한 사람들 말이다."

론 아저씨는 어깨를 으쓱했다.

"그게 뭐가 문젠데요?"

"모르겠니? 사지 모터스의 차량은 가속 페달에 결함이 있어. 허리케인만이 아니야. 핫로드는 자신의 블리자드도 액셀 페달이 걸린다고 했다."

"글쎄요, 전 아무 문제도 없었는데요."

"아직 없는 거지. 그런데 글이 다 내려간 거야. 이상하지 않니? 사지 모터스가 고의적으로 문제를 감추려는 것 같잖아."

"엄마, 저는 지금 정말 많은 것들이 이상하다는 생각이 들기 시작해요."

"왜, 오늘 내가 너무 게으름뱅이— 아니, 조금 단정치 못해서 그러니?"

"아니요. 의논할 일이 또 있어요. 그것 좀 잠깐 치우시면 안 돼요?"

나는 화면을 끄고 El-Q를 커피 테이블에 내려놓았다.

"오늘 아침에 엄마가 끊은 과속 고지서 때문에 경찰서에 전화했었어요. 그런데 윌슨이라는 경관이 벌써 법원 교통과로 넘겼더라고요."

"그래서?"

"담당 검사하고 얘기했죠. 검사가 엄마한테 면허 적성검사를 다시 받으라고 권고했어요. 윌슨 경관이 엄마가 굉장히 혼란스러워 보였다고 보고했나 봐요. 자기 면허증을 찾는 것도 손녀한테 의지했다고요."

"젠장!"

론 아저씨가 물러서며 고개를 저었다.

"젠장이요? 엄마! 아무튼, 엄마도 이제 연세가 여든둘이잖아요. 혼란스러울 때도 된 거죠. 이제는 좀 편하게 지내시면서 쇼핑이나 식사 준비, 청소 같은 것들은 남한테 맡기세요."

"나더러 종이 맛 나는 음식과 불결한 노인들이 있는 요양원으로 이사하라는 거구나."

"일주일에 두 번씩 샤워하는데 뭐가 불결해요. 꼭 그곳에 가시라는 것도 아니고요."

"난 죽고 싶지 않다."

론 아저씨는 내 어깨를 부드럽게 감싸 안았다.

"당연하죠. 죽고 싶은 사람이 어디 있겠어요."

나는 몸을 뒤로 뺐다.

"서니사이드에서 사는 건 천천히 죽는 거야."

"겪어 보시기 전에는 모르는 거예요. 활동 프로그램도 다양해요. 버스로 수영장까지 모셔다 드릴 거고요."

"난 내가 알아서 하고 싶다. 나는 제대로 살다가 죽고 싶다고. 무슨 말인지 알겠니?"

나는 씩씩거리고 있었다. 수전 할머니가 겪을 일이라고 생각하니까 분통이 터졌다.

"예, 엄마. 이해해요. 그런데 제가 한 말은 이해하시겠어요? 난폭 운전에 면허 유예에, 그런 엄마가 음모론을 제기하면 누가 믿겠어요. 이번에 법원에 출두하시면, 아마 다시는 운전 못 하실 거예요."

20 | 수진

나는 다시 맞은 젊음을 사랑한다! 나는 아파트 현관을 나서며 찬 공기를 깊이 들이마시고 다시 천천히 짙은 입김을 뿜었다. 하디프가 나를 바라보는 시선을 사랑한다.

하디프가 말했다.

"뭐 좀 물어봐도 돼?"

하디프 뒤편으로 펼쳐진 하늘에 다이아몬드들이 반짝이고 있었다.

"그럼."

하디프는 머뭇머뭇 내 손을 잡았다.

"널 좋아해."

그리고 말이 없었다.

내가 대답했다.

"나도 네가 좋아. 그렇지만 네가 한 건 질문이 아닌걸."

내가 여든둘이란 사실을 망각해도 될까? 이 한순간만, 하디프의 따뜻한 손가락이 내 손가락에 감길 때 전해지는 이 짜릿함을 만끽해도 될까?

하디프가 빙그레 웃었다.

"너하고 사귀고 싶어…. 그런데, 너 케일을 어떻게 생각하는 거야? 아까 케일이 너한테 키스했고…."

그 녀석은 말할 가치조차 없다. 내가 론 시니어를 처음 집으로 데려갔을 때 엄마가 그렇게 말했고, 엄마가 맞았다. 나도 처음부터 조금쯤은 그렇다고 생각했지만, 그런 생각이 날 막지는 못했다. '진짜 할리'가 변변찮은 녀석과 사랑에 빠지는 것 역시 막을 수 없을 것이다. 아무것도 모르는 척 하디프를 받아들일 순 없다. 하지만 상처를 주고 싶지도 않다. 나는 망설이다 대답했다.

"잘 모르겠어. 당분간은 친구로 지내면서 생각하면 안 될까?"

하디프의 미소가 가라앉았다.

론 시니어라면 이런 대답에 길길이 날뛰며 토라졌을 것이다. 하디프의 진짜 모습을 볼 수 있을 것이다.

"그래."

하디프의 미소가 돌아오며 표정이 다시 밝아졌다.

"친구 사이에도 키스를 할까?"

"안 될 것 없잖아?"

나는 하디프의 질문에 대답보다 더 많은 것을 담아 물었다. 어쨌든 나로서는 살아 있는 청춘으로서 마지막 기회일지 모른다.

하디프가 고개를 숙이고, 자신의 입술을 내 입술에 대었다. 무척 부드럽고, 무척 감미롭다. 입술이 좀 더 다가오길래 내가 뒤로 물러섰다. 내 영혼의 나이의 4분의 1도 못 채운 남자에게 받는 두 번째 키스다. 지금 내가 느끼는 이런 감정은 있을 수 없다. 이런 소년에게 빠지다니.

하디프가 물었다.

"쇼핑몰에는 또 가고 싶지 않은데, 넌 어때?"

"나도 아니야. 그냥 버스 탈까?"

할리가 분명히 4번 버스라고 했다. 하디프는 나와 같은 버스일까? 혹시 동네까지 같은 건 아니겠지?

"그래. 나도 집에 가야 해."

우리는 손을 꼭 잡고 버스정류장으로 걸었다. 난데없이 내 외투 주머니에서 꾸르륵 소리가 울렸다.

나는 El-Q를 주머니에서 꺼내 쥐었다.

"미안, 내 문자야."

버스정류장에 도착해서 엄지손가락으로 문자를 찾았다. 할리다.

'지금 화장실에서 보내는 거예요. 사지 모터스 게시판의 불만 글들이 사라졌어요.'

"뭐라고?"

나는 엉겁결에 큰 소리로 외쳤다. 혹시나 하는 마음에 사지 모터스 게시판에 들어가 보니 할리의 말 그대로였다. 나는 하디프에게 말했다.

"액셀 페달에 관한 글들이 모두 사라졌대."

하디프가 화면을 들여다보았다.

"말도 안 돼. 글을 올릴 때 관리자가 승인하잖아. 그런데 나중에 다시 내린다고?"

El-Q가 다시 울렸다.

'론 아저씨가 그러시는데, 경찰이 법원에 할머니 운전면허를 취소하라고 했대요.'

나는 비명을 질렀다.

"말도 안 돼! 당장 이 게시판에 글을 올린 사람들을 만나야 해. 수전 할머니 운전면허가 취소될 거래."

"뭐, 어쨌거나 할머니는 이제 팔십 대시니까."

"그리고 너는 십 대 청소년이지. 사람들은 네가 운전하는 것도 좋아하지 않아. 할머니는 면허가 취소될 이유가 없어. 과속은 할머니 잘못이 아니었다고."

"그건 맞아. 아까 보니까 운전할 때 굉장히 조심하시더라."

하디프는 잠시 미간을 찌푸렸다가 말했다.

"불만 글을 올렸던 사람들을 트위터 같은 데서 찾을 수 있을지도 몰라."

"어떻게? 다 아이디를 쓰는데."

"모르지. 그렇지만 SNS 아이디를 통일해서 쓰는 사람도 많으니까."

"핫로드, 송버드, 도그워커, 애플걸."

내 입에서 아이디들이 줄줄 나왔다. 십 대의 두뇌란 것이 새삼 대단하게 느껴졌다.

버스가 오고 있었다.

"내가 집에 가면 찾아봐 줄까?"

버스가 우리 앞에 섰다.

나는 빨리 생각해야 한다. 나 혼자 알아서 하고 싶기는 하지만, 배운 지 얼마 안 된 신문물을 제대로 쓸 수 있을지는 미지수다.

"그러지 말고 우리 집에 갈래? 같이 찾자."

하디프는 미소를 지으며 대답했다.

"그래."

쉬익 소리와 함께 후끈한 매연을 뿜으며 버스의 출입문이 열렸다. 나는 El-Q를 외투 주머니에 넣고 버스에 올랐다. 하디프가 따라 올라왔다.

나는 중간의 2인용 좌석을 골라 창가에 앉았다. 하디프가 내 옆으로 바짝 붙어 앉자 우리 두 사람의 팔이 맞닿았다. 외투가 두꺼워 팔의 온기가 전해지지는 않았지만, 이렇게 가까이에 있다는 사실만으로 나는 마음이 편하고 든든했다. 대체 할리는 어떻게 이렇게 다정하고 사려 깊은 아이에게 빠지지 않을 수 있었을까? 나는 배우자로 '나쁜 남자'가 아니라 정말 좋은 사람을 고르는 2회 차 인생을 생각하며 미소 지었다.

우리를 태운 버스가 천천히 공업단지로 들어섰다. 버스의 창문이 암흑이라는 작품의 액자로 변하자, 나는 칠흑 같은 밤하늘을 외면하고 하디프에게로 고개를 돌렸다. 죽음을 외면하고, 청춘과 에너지와 사랑으로 관심을 돌리는 것처럼. 내가 이 몸으로 늙을 수 있을까? 생을 한 번 더 살 수 있을까? 이 매력적인 아이와 사귈 수 있을까? 이런 걸 잠시 고려해 보기라도 한다는 사실을 나 스스로 믿을 수 없었다.

버스가 주택가로 들어서자 창밖의 크리스마스 조명들이 반짝이기 시작했다. 어느새 나는 하디프 쪽으로 몸을 기울이고 감탄사를 연발하고 있었다. 눈물방울 모양의 전구, 고드름 모양의 전구, 그리고 눈밭에서 풀을 뜯는 금색과 은색의 순록 모형 조명까지, 색색으로 모두 아름다웠다. 낮에는 크리스마스 장식이 별로 눈에 띄지 않았는데, 짙은 어둠이 전시장의 진열대가 되어 주고 있었다.

그때 아련한 빛들 사이로 갑자기 정신이 아득해졌다. 할리네 현관 크리스마스 조명이 어떤 거였더라? 몸에 열이 오르기 시작했다. 니트가 땀으로 젖으며 코와 목덜미를 간지럽혔다. 밤이 되자 모든 것이 낮과 달라 보였고, 나는 내 집이어야 하는 곳을 알아보지 못할지도 모른다.

나의 문제는 다행히 하디프가 일어나 하차 벨을 누르면서 해결되었다. 하디프는 나를 향해 손짓했다.

"너 여기서 내리잖아."

정말이지 나의 영웅이다.

"우리 집을 아는구나."

감사합니다, 하느님. 왜냐면 나는 모르니까요. 나는 안도의 한숨을 내쉬며 자리에서 일어났다.

하디프가 활짝 웃었다.

"언제 한 번 네가 애비하고 같이 걷는 걸 보고 따라갔었어. 널 꽤 오래 좋아했거든."

이건 어떻게 보면 스토킹이라고 할 수 있다. 대상에게 혐오감을 느낀다면 그렇다. 그렇지만 나에게는 하디프의 헌신이 로맨틱하게 느껴졌다. 나는 아코디언처럼 열리는 문으로 하디프를 따라 내렸다.

하디프는 계속해서 앞장을 섰다. 할리를 보기 위해 그 뒤에도 몇 번 더 찾아왔던 것이 아닐까 싶었다. 할리네 집에 도착하자 정원에 비닐 튜브 회전목마가 보였다. 목마 위에서 눈사람, 순록 인형, 캔디케인 등이 '프로스티 더 스노맨'의 곡조에 맞춰 빙글빙글 돌고 있었다. 어떻게 이런 걸 못 보고 지나쳤을까? 관찰력을 좀 길러야겠다.

나는 초인종으로 손을 뻗다가 아차 하고 손을 내려 문손잡이를 돌렸다. 문은 열려 있었다. 우리는 안으로 들어가서 현관에 외투를 걸었다.

"엄마! 아리아? 아빠?"

아무 대답이 없었다.

“집에 컴퓨터 있으면, 명단을 나눠서 할까? 더 빨리 찾게.”

“그렇지. 컴퓨터 말이지. 아마도 지하 거실에 있을 거야. 미안. 아빠가 이리저리 막 옮기시거든.”

거짓말이다.

“난 화장실 좀 들렀다 갈게. 너 먼저 내려가 있어.”

나는 하디프에게 지하로 연결된 계단 문을 열어 주고, 온 집 안을 뛰어다니며 방들을 모두 확인했다. 컴퓨터가 다른 방에 있을 수도 있었다.

없었다. 그럼 있을 곳은 지하 거실뿐이다. 나도 아래로 향했다.

아래서 하디프가 외쳤다.

“컴퓨터 비밀번호가 뭐야?”

나는 발걸음을 멈췄다. 나의 경우 통장 비밀번호를 가족들의 생년월일로 하는데, 할리 가족의 생년월일이라면 모른다. 반려동물 이름으로 비밀번호를 만드는 경우도 많다고 들었지만 할리네는 반려동물이 없다. 재빨리 할리에게 문자를 보냈다.

‘긴급. 컴퓨터 비밀번호 필요. 당장.’

그리고 하디프에게 외쳤다.

“글쎄. 보통은 그냥 열리는데.”

El-Q가 울렸다. 나는 할리의 문자대로 “Prince123”을 크게 외치며 계단을 내려갔다.

“할리, 송버드부터 찾아봤는데 녹음실도 있고 가수도 있어.”

“가수한테 이메일을 보내 볼래? 허리케인을 몰 수도 있잖아.”

나는 하디프의 목소리를 쫓아 거실 한쪽의 움푹 들어간 공간에 도착했다. 의자를 당겨 옆에 앉았다. 이렇게 가까이 있으니까 하디프의 입술을 손가락으로 훑고 싶었다.

"뭐라고 물어볼까?"

나는 속으로 생각했다.

'내가 계속 이 인생을 살 수 있을까요?'

"사지 모터스 차를 운전하는 중에 액셀 페달에 문제가 있었는지 한번 물어보자."

"알겠어. 이건 할리 네 계정이니까, 네 이름으로 보낼게."

"당연하지."

하디프의 모자를 벗기고 그 머리를 쓰다듬고 싶다. 그러는 대신 El-Q를 꺼냈다.

"난 애플걸을 찾아볼게."

검색창에 그 이름을 치고 잠시 뒤, 나는 하디프 표현대로라면 '검색 결과'라는 것의 엄청난 양에 기가 질렸다.

하디프가 귀띔했다.

"검색창에 입력할 때 따옴표를 쳐 봐. 그렇게 해도 도그워커(반려견을 산책시키는 직업, 또는 그걸 직업으로 하는 사람)가 너무 많이 나오고 있지만."

나는 하디프의 화면을 다가가서 보고, 다시 내 화면으로 돌아와 애플걸에 따옴표를 추가했다.

하디프가 컴퓨터에 뭔가를 입력하면서 말했다.

"도그워커에 벌링턴도 추가해야겠어. 검색 범위가 좁아질 거야."

그냥 이대로 뒷짐 지고 앉아서 하디프의 모습을 구경이나 하고 싶다. 그렇지만 다시 가까이 가서 하디프의 검색 결과를 확인했다.

"그런데 불평글을 올린 사람은 어디에나 있을 수 있는 거잖아."

"아니야. 이 사이트는 지역 대리점 사이트인 것 같아. 아, 벌링턴에 도그워커가 이렇게 많았구나. 정말 이 사람들한테 다 보내야 할까?"

하디프가 내게로 고개를 돌렸다. 입술이 살짝 벌어지고 눈빛이 반짝이고 있었다.

나는 뺨이 달아오르는 걸 느끼며 재빨리 시선을 화면으로 향했다.

"하디프, 잠깐만. 뭔가 찾은 것 같아. 이 블로그에서 애플걸이 허리케인을 샀대."

21

셰릴 아줌마가 같이 안 와서 분명 더 좋을 거라 생각했는데, 어휴, 이건 뭐, 수전 할머니의 이 아드님은 정말 짜증 난다. 론 아저씨는 지금 '내 것이어야 하는' 냉장고 앞에 서서 안을 살펴보는 중이다.

"엄마, 채소를 전혀 안 드시나 봐요. 오늘 저녁은 어떻게 하실 거예요?"

'얘야, 그건 네가 알 바가 아니잖니'라고 말하고 싶었다. 보아 하니 안쓰러운 수전 할머니가 하는 행동과 하지 않는 행동 모두가 론 아저씨의 감시 대상이었다. 나는 재빨리 머리를 굴렸다. 나 자신이 수전 할머니가 요양원에 가야 하는 이유가 되고 싶진 않았다.

"오늘 센터에서 포틀럭 파티가 성대하게 있었거든. 그래서 저녁은 건너뛸 참이었지."

"약은 어떻게 드시려고요?"

"토스트나 좀 먹으려고 했지?"

이건 내 애드리브다. 엘리는 몸이 바뀐 이 상황이 감당하기 얼마나 힘든지 알기나 할까?

"엄마, 저하고 '데닝거스'에 가요. 슈니첼 샌드위치 사 드릴게요."

데닝거스는 다니면서 보기는 했는데 아직 가 보지는 않았다. 젊은 사람들에게는 그다지 갈 만한 데가 아닌 것 같았지만, 지금은 별수 없다.

"그래, 가자꾸나."

그때 내 El-Q가 트림을 했고, 론 아저씨가 가늘게 뜬 눈으로 나를 쳐다보았다.

"잠깐만 기다려라. 화장실 다녀올 테니."

나는 부리나케 화장실로 달려가 변기에 앉아 문자를 확인했다. 수전 할머니가 컴퓨터 비밀번호를 알려 달라고 한다. 나는 비밀번호를 보낸 다음, 변기 물을 내리고 손을 씻고 화장을 고칠 데가 없나 살펴보았다. 파운데이션을 덧바르자 창백한 피부색이 더 도드라졌다. 주름은 모두 깊은 골로 변했다. 대체 다른 사람들은 이런 피부를 어떻게 감당하는 걸까? 뺨에 블러셔를 바르자 이제는 고열에 시달리는 할머니 같다. 수전 할머니가 좋아하는 진한 빨간색 립스틱을 발랐다. 빙긋 웃어 보았다. 무섭다! 이 치아들의 황금기는 저물었다. 나는 화장실에서 나왔다.

론 아저씨가 물었다.

"약도 챙기셨어요?"

"1분만 기다려라."

나는 퉁명스럽게 대답하고 도로 화장실로 들어갔다. 약품 선반의 요일별 약통에서 화요일 오후 분의 뚜껑을 열고 안에 있는 알약들을 손바닥에 탁탁 털었다. 그런데 어디다 넣어서 가지? 지퍼백에 넣어 갈까? 주방으로 가서 서랍들을 하나씩 열었다가 닫았다.

"뭐 찾으세요?"

"약 담아 갈 봉투 찾는다."

론 아저씨가 주방으로 성큼성큼 오더니 컵 선반의 문을 열고 약병같이 생긴 자그마한 유리병을 꺼냈다. 그리고 내게 건네주며 눈살을 찌푸렸다.

"절약, 재사용, 재활용, 아시죠? 플라스틱은 쓰지 마시고요. 암을 유발해요."

"그렇다마다."

할머니들은 이렇게 말하겠지? 그러든지 말든지, 대신에? 나 지금 얼굴이 빨개졌을까?

나는 병에 약을 담아 수전 할머니의 핸드백에 챙겼다.

"그렇지만 뭐로든 죽기는 해야지."

론 아저씨가 힐끗 사나운 눈길을 던졌다.

이크. 또 잘못 말했다. 나는 빙그레 웃으며 윙크했다. 어감을 좀 부드럽게 만들고 동시에 자살할 생각은 전혀 없다는 점을 보여 주는 것이다.

"사실 그렇긴 하죠."

론 아저씨도 씨익 웃었다. 그리고 소파에 걸쳐 놓은 내 외투를 들어 내가 팔을 넣는 걸 도와주었다.

외투를 다 입고, 우리는 집에서 나와 현관문을 잠갔다. 나란히 복도를 걸어 엘리베이터를 타고 현관 입구로 내려간 다음 밖으로 나섰다. 론 아저씨가 타고 온 블리자드가 방문객 전용 주차 구역에 주차되어 있었다. 론 아저씨가 물었다.

"걸어가실래요? 여기서 한 블록 거리기도 하고 가서 주차 자리 찾을 걸 생각하면…."

"그래, 그러자."

하, 이 삐걱대는 가냘픈 다리로 걷는 건 질색이다. 그렇지만 블리자드를 타고 가다가 액셀이 걸리기라도 한다면 큰일이잖아?

나는 론 아저씨의 부축을 받아 걸었다. 30분 정도 걸렸다. 원래의 내 몸이었다면 뛰어서 5분이면 갈 거리다.

데닝거스는 나에게 모든 면에서 낯설었고 론 아저씨는 내 행동 하나하나에 눈을 가늘게 떴다. 이곳은 미리 준비된 음식을 직원이 덜어 주는 카페테리아 방식이어서, 나는 쟁반을 밀며 직원이 던지는 질문마다 대답을 고심했다. 수전 할머니는 슈니첼에 사우어크라우트를 곁들일까, 안 곁들일까? 샌드위치에 튀긴 양파를 얹을까, 아니면 케첩이나 머스터드를 올릴까? 결국 나는 다 취소하고 기본 슈니첼 샌드위치를 디카페인 커피와 함께 주문했다. 그리고 커피에 우유와 설탕을 들이부었다.

론 아저씨가 자리에 앉으면서 말했다.

"요새 엄마한테 무슨 일인지 모르겠어요. 하시는 일마다 달라 보여요. 뇌출혈이 있는지도 모르죠. 갑자기 두통이 있거나 말이 잘 안 나오거나 앞이 흐려지진 않으세요?"

나는 론 아저씨의 손을 다독였다. 텔레비전에서 보니까 이런 식이었다.

"얘야, 변화가 있지. 여든둘인데 그럴 수도 있단다. 너도 늘 그렇게 말했잖니."

나는 슈니첼 샌드위치를 한 입 먹었다.

"음, 맛있구나."

론 아저씨는 자기가 주문한 음식을 덥석 베어 물고 꿀꺽 삼켰다.

"엄마, 전 엄마를 사랑해요."

그리고 자신 같아도 못 믿을 소리라는 듯 절레절레 고개를 저었다.

"난 그 소리가 왜 좋게만 들리지 않을까?"

론 아저씨는 커피를 홀짝이며 대답을 머뭇거리다가, 고개를 들었다.

"제가 엄마가 이제 혼자 살 수 있다고 생각하지 않으니까요."

"네가 나를 사랑하지 않았다면?"

"어떻게 지내시든 상관하지 않았겠죠."

나는 한숨을 쉬었다. 이 온갖 군데가 쑤시는 몸에 갇혀 있는 건 최악이다. 이 몸으로 시설에 간다면 난 자살로 탈출하고 말 거다. 엘리가 이번에는 어떤 광란의 롤러코스터에 태우는지 볼 때까지 버틸 수 없을 것이다.

"제 얘길 들어 보세요. 엄마가 심장마비로 쓰러지신 뒤로, 저하고 셰릴은 전화벨만 울리면 마주 보며 얼어붙어요."

나는 얼굴을 찌푸리며 속으로는 수전 할머니에게 이 심장마비 사건에 대해 자세하게 물어봐야겠다고 생각했다.

"그래서 너하고 셰릴이 마주 보며 얼어붙는 것이 나한테 어떻게 도움이 되겠니?"

론 아저씨는 손으로 이마를 감싸 쥐었다.

"지난번에 약속에 늦으셨을 때도 저희는 어머니가 어디서 쓰러지셨나 걱정했어요. 무슨 일이 있을까 봐 걱정돼서 크리스마스 휴가도 안 가요. 셰릴은 집에만 있는 것에 지쳤고요."

"만약 나한테 무슨 일이 생길 거라면 너희들이 휴가를 가거나 말거나 생길 거다. 서로를 마주 보며 얼어붙는 건 다른 나라에서도 할 수 있어. 난 신경 안 쓴다."

론 아저씨가 쏘아붙였다.

"엄마, 지금 너무 이기적이세요. 엄마가 서니사이드에 계셔 주시면 저희도 걱정을 덜할 거예요."

"날 잊고 지내려무나."

"알았어요…. 아니요. 아니, 어쩌면 조금은 그럴 수 있겠죠."

"그렇다면 이제부턴 내가 요양원에 있다고 생각하고 잊고 지내렴. 그래야 나도 내 인생을 살 수 있을 테니까."

"셰릴은 그렇게 못 해요."

론 아저씨가 한숨을 쉬었다.

"어차피 저도 일이 너무 바빠서 휴가 갈 짬을 못 내고요."

론 아저씨는 내 손을 쓰다듬었다.

"약 드셔야죠."

"고맙다. 잊어버릴 뻔했어."

나는 약을 꺼내 커피와 함께 삼켰다. 이렇게 많은 종류를 하루에 두 번씩이나 먹어야 한다니.

"그리고 사지 모터스 말인데."

"또 그 얘기세요?"

"아주 중요한 얘기야. 심각하게 생각하고 운전을 아주 조심해야 해."

"저야 항상 조심하죠. 비상 상황에서 어떻게 하는지도 잘 알고요."

"그거 참 잘났구나! 지금 이기적으로 구는 게 어느 쪽이니?"

나는 론 아저씨의 눈을 똑바로 쳐다보았다. 아저씨는 고개를 돌릴 수밖에 없었다.

"만약 차량 액셀 페달에 문제가 있다는 사람이 더 나서면 어쩔 테냐?"

"결함이 생겼던 운전자들을 찾아다니시려는 거죠?"

나는 고개를 끄덕였다.

"사람들은 엄마 말에 별 관심 없을 거예요. 그렇지만…."

"그렇지만?"

"그렇지만 누군가 큰 사고를 당했고 그게 액셀 때문이란 게 증명된다면 달라지겠죠."

견인 트럭에 끌려 왔던 그 허리케인이 있다. 엘리가 강아지로 변신해서 우리에게 보여 주었다. 나는 El-Q의 사진 앨범을 열었다. 사진을 론 아저씨 코앞에 들이댔다.

"차 운전자는 정비사 말로는 병원에 있다고 하더라. 중태인 것 같았어."

"사고가 액셀 때문인 건 확실해요?"

흠. 엘리가 왜 도로 한가운데서 우리에게 발견되고 또 트럭으로 뛰어들어 우리를 길 건너 카센터로 유인했을까? 우리가 파손된 허리케인을 봤으면 했던 것이다.

"그래, 확실해."

"증거 보여 주실래요? 그 운전자가 엄마한테 그렇게 말했어요?"

내 증거는 차이니즈 크레스티드의 모습을 한 신이다. 이 증거를 왜 법정에 세울 수 없는지는 말할 필요도 없다.

"아니. 그렇지만 만났다면 그렇게 말했을 거다, 분명히."

물론 내가 그 운전자를 찾아내는 데 성공하고, 그 운전자가 살아 있을 때의 이야기다.

22

수신

El-Q의 이 요상한 벨 소리는 내 젊은 시절의 까만 전화기를 연상시킨다. 당시 전화기에는 길고 구불구불 말린 선이 달려 있었다. 지금 나는 뭘 어떻게 해야 할지 모르겠다. 어떻게 해야 이 소리를 달랠 수 있을까?

하디프가 내 옆구리를 쿡 찔렀다.

"네 전화야. 안 받아?"

"아, 아, 그렇지! 여보세요?"

나는 El-Q를 어린 시절에 쓰던 수화기처럼 귀에 가져다 댔다.

하디프가 웃음을 터뜨렸다.

"너 진짜 재밌다. 수화기 아이콘 클릭해야지."

아이콘이라, 흠. 화면을 보니 작은 초록색 전화기 그림이 덜덜 떨고 있었다. 이게 분명 그 아이콘이다. 나는 그림을 콕 찍었다. 할리의 파란 머리 친구가 화면에 나타났다. 파란 머리 애비는 반짝이는 교정기가 다 드러날 만큼 활짝 웃으며 손을 흔들고 있었다. 그리고 목소리를 높였다.

"어이, 친구! 짝사랑남이랑 키스한 소감이 어때?"

나는 El-Q의 화면을 돌려 애비에게 하디프를 보여 주었다. 하디프는 컴퓨터 화면에 정신이 팔린 척하고 있었다.

"나중에. 지금은 하디프하고 뭘 찾아보는 중이야."

"어, 어, 어, 어어어!"

시간이 좀 걸렸지만 애비는 곧 평정심을 되찾고 물었다.

"같이 숙제하는 거야?"

"아니, 수전 할머니 도와드리고 있어. 할머니 차에 결함이 있다는 걸 밝히려고 해."

"수전 할머니? 널 차로 친 그 할머니? 네가 왜?"

"액셀 페달이 걸린다는 걸 입증 못 하면 운전면허를 취소당한대."

"좋은 일 같은데. 어차피 백 살 할머니가 운전할 필요가 있어?"

"마법사의 지팡이를 타고 날아다니는 법은 모르시니까. 너도 모르듯."

나 원 참, 백 살이라고? 여담이지만 나의 원래 몸은 골골대는 칠십 대보다 훨씬 보기 좋다.

애비가 대꾸했다.

"버스를 타잖아, 우리는. 다른 할머니 할아버지들도 많이 타고. 나이 많은 할머니가 운전하는 건 위험하잖아?"

"운전을 잘하는 사람이면 안 위험해. 어떤 연구에서 그러는데 나이 든 사람이 반응 속도는 느리지만 그만큼 더 조심스럽기 때문에 사고가 방지된다더라."

나는 설교를 늘어놓고 있었고 이건 전혀 할리답지 못했지만, 아랑곳하지 않았다. 모두가 내 독립생활의 마지막 조각까지 빼앗으려 드는 것이 지긋지긋했다.

애비는 재빨리 화제를 돌렸다.

"알겠어. 그건 그렇고…, 나 찰리 데리고 반려견 공원에 갈 거야. 너도 같이 갈 건지 해서."

화면의 각도가 갑자기 바뀌더니 킁킁거리는 골든 리트리버가 화면을 꽉 채웠다.

"찰리, 하이파이브 해!"

화면 밖에서 애비의 목소리가 들리고, 이어서 화면에 커다란 발이 나타났다.

지켜보던 하디프가 미소를 지었다.

"우리도 가자. 애플걸한테 메일을 보내고 나면 할 수 있는 일이 별로 없어. 그냥 기다리는 수밖에."

"그래, 맞아."

나는 화면 속의 찰리와 하이파이브 했다.

찰리는 대답하듯 컹컹 짖었다.

노트북 화면의 각도가 원래대로 돌아가고 애비가 활짝 웃었다.

"좋아. 찰리 데리고 5분 내로 갈게."

애비의 영상은 순식간에 사라졌다. 나는 화면 속에 할리의 이미지로 남겨졌다.

"너도 끊어."

나는 다시 한번 전화기 아이콘을 콕 눌렀다. 신기술을 하나씩 정복해 가고 있다. 그런 다음 나는 애플걸 블로그의 쪽지 보내기를 클릭했다. 하디프가 지켜보는 가운데 화면의 하얀 공란에 글을 입력하기 시작했다.

친애하는 애플걸 님께,

저는 할리라고 합니다. 제 할머니가 허리케인을 운전하세요. 어제 저를 태우고 QEW 도로에서 운전하시던 중에 허리케인의 액셀 페달이 걸렸어요. 저희는 가까스로 갓길로 피했지만, 할머니는 속도위반으로 딱지를 끊으셨어요. 저희는 사지 모터스 게시판에 애플걸이라는 아이디로 글을 남긴 운전자를 찾고 있어요. 그분 차도 액셀 페달이 걸렸었다고 해서요. 혹시 그 애플걸 님이신가요?

진심을 담아, 할리 드림

"'친애하는 애플걸 님께?' '진심을 담아?' 무슨 옛날 편지 같은데."

"난 옛날 편지가 좋아. 복고풍이잖아."

하디프 앞에서는 컴퓨터 문화에 관해 실수를 해도 왠지 허세로 넘어갈 수 있었다. 나는 보내기 버튼을 눌렀다.

"네가 하는 거면 뭐든 좋아."

하디프가 가까이 다가왔다.

그리고 조금 더 가까이 왔다. 하디프의 따뜻한 숨결이 느껴지자 내 청춘의 심장이 두 배쯤 빨리 뛰었다. 나는 내 입술에 하디프의 입술이 닿을 때 느껴지는 짜릿함을 만끽했다. 부드럽고, 달콤하다. 그때 현관에서 초인종이 울렸다. 나는 펄쩍 놀라 물러섰다. 차라리 잘 됐다. 어차피 우리는 사랑에 빠질 수 없다. 바라건대 할리는 어느 때고 자신의 몸으로 돌아올 것이고, 케일을 향한 짝사랑을 이어 갈 것이다. 하디프와 나는 동시에 벌떡 일어나서 어색한 분위기에서 계단을 올라갔다.

다시 1층이다. 다시 처음부터다. 나는 찰리를 데리고 온 애비에게 문을 열어 준 다음, 하디프와 함께 외투를 챙겼다.

찰리는 쉬지 않고 꼬리를 흔들었다. 두툼한 황금색 꼬리가 내 종아리를 때렸다. 하디프가 나를 위해 외투를 들어 주었다. 론 시니어는 한 번도 해 주지 않았던 일이다. 우리는 집을 나섰다.

하디프가 내 쪽으로 자신의 손을 뻗었지만 나는 팔을 흔들어 피했다. 이런 애정 행각은 애비에게 보이고 싶지 않았다. 입이 그렇게 무겁지는 않은 아이 같았다. 다행히, 길을 활보하는 찰리 덕에 세 사람이 나란히 걸을 공간이 없어서 나는 애비를 앞장세웠다. 물론 반려견 공원이 어디인지 모르기 때문이기도 하다. 한 블록쯤 걸었을 때 하디프가 마음을 바꾸었다.

"난 저녁 먹으러 집에 가 봐야 할 것 같아. 할리, 나중에 애플걸이 답장했는지 알려 줘."

만약 우리 둘만 있다면 분명히 키스할 타이밍이었다. 하디프는 키스 대신 나와 눈을 맞추고, 내 어깨를 툭 치고 떠났다.

나는 달려가 애비 옆에 섰다. 찰리가 우리의 목적지가 어디인지 분명히 아는 듯, 목줄을 팽팽하게 당기며 앞장서 걸었다. 캣워크 도로를 빠르게 지났다. 캣워크라니, 반려견 공원으로 가는 길치고 아이러니한 이름이다.

반려견 공원은 주택가 사이에 자리 잡은 길게 탁 트인 잔디밭이었다. 한쪽에는 견주들이 가로등 아래의 간이탁자에 앉아 해 질 녘 어둠을 배경으로 따뜻한 커피를 마시고 있었다. 어떤 여성이 신문을 뒤적이는 모습에, 신문을 낚아채고 싶은 충동을 느꼈다. 아침마다 신문을 읽던 일상이 몹시 그리웠다. 그 대신에 주차된 차 중에서 허리케인이 있는지 둘러봤다. 스포츠카가 세 대 있었지만 모두 사지 모터스가 아니었다.

애비가 목줄을 풀자 찰리는 신이 나서 뛰어올랐다. 보더콜리 네 마리가 원반을 쫓아 찰리를 향해 달려오고 있었다. 원반을 던진 남자는 분명히 도그워커였다. 이렇게 운이 좋을 수 있을까? 이런 일이 있을 확률이 얼마나 될까? 그렇지만 우릴 속이길 좋아하는 엘리를 생각하며 나는 다가가서 조심스레 운부터 떼었다.

"안녕하세요. 혹시 차 가지고 오셨어요?"

남자는 흑백의 보더콜리에게서 침으로 범벅이 된 노란 테니스공을 받아서 파란 플라스틱 막대에 얹으며 물었다.

"무슨 일이죠? 제가 헤드라이트를 켜 두고 왔나요?"

"아니요. 전 도그워커를 찾고 있거든요."

남자가 막대기를 크게 휘둘러 공을 날리자 개들이 다시 쫓기 시작했다. 찰리도 신이 나서 함께 뛰었다.

"아, 네. 여기요. 제 명함이에요."

남자는 나에게 네모난 명함을 내밀었다. 명함에는 '강아지 산책 나라'라는 상호와 함께 이메일 주소와 전화번호가 쓰여 있었다.

"아니요, 아니요. 전 개를 키우지 않아요. 사지 모터스 차량의 차주와 이야기를 나누고 싶은데, 그분의 게시판 아이디가 도그워커거든요."

"글쎄요, 우리 직업군의 사람들은 아이디로 도그워커를 많이 쓰죠. 그 차도 많이들 타는 것 같고요."

이런. '도그워커' 찾기가 이렇게 호락호락하지 않을 줄은 알고 있었다.

애비는 간이탁자에서 까만색 스탠더드푸들의 젊고 잘생긴 견주와 이야기 중이었다. 내 시선은 맞은편 신문 읽는 여성에게 향했다. 여성이 신문을 내려놓기가 무섭게 재빨리 낚아챘다.

"제가 봐도 될까요?"

"얼마든지요."

나는 먼저 부고란을 펼쳐 세상을 떠난 친구가 있는지 확인했다. 이렇게 오래 살다 보니 장례식에 자주 가게 되고, 몇 안 되는 남은 사람들과 새롭게 친해진다. 그때 부고 중 하나가 눈에 들어왔다.

> 12월 19일, 19세의 새러 앤 데이비슨이 갑작스럽게 세상을 떠났습니다. 유족으로 어머니 재닛 그랜트와 아버지 휴 도널드 데이비슨, 남동생 케일럽과 여동생 키이라가 있습니다. 새러가 몸담았던 '데이비슨 사과농원'의 전 직원은 새러를 애도할 것입니다. 장례식은….

싸늘한 냉기가 등골을 타고 흘렀다. 보통 부고 기사는 '표현'으로 독자들에게 고인의 사망원인을 짐작하게 해 준다. '평화롭게'는 병원이나 호스피스에서 자연사한 경우다. '오랜 투병 끝에'나 '굴하지 않았으나'는 의미하는 바가 명확하다. 유족이 기부금을 남기는 재단을 보면 사랑하는 가족이 어떤 병으로 떠났는지 알 수 있다. 그리고 '갑작스럽게'는 불의의 사고다. 특히 젊은 나이에 사망한 경우에 그렇다. 새러는 교통사고로 사망한 걸까? 사망한 날짜인 12월 19일은 며칠 전이다. 트럭에 견인되어 온 파손된 허리케인을 본 것은 그 후다. 그렇지만 카센터의 정비사가 운전자가 사망한 것을 모르고 있었을 수도 있었다. 더구나 새러는 데이비슨 '사과' 농원의 직원이었다고 한다.

엘리는 나를 '도그워커'에게로 이끌지 않았다. 아마도 '애플걸'에게 이끈 것이리라. 그렇다면 나는 쪽지의 답장을 좀처럼 받지 못할 것이다.

23

할리

함께 저녁을 먹고 나자, 대장 행세를 좋아하는 새로 얻은 내 아들은 함께 장을 보자고 나섰다. 그리고 우유, 빵, 달걀, 치즈와 시금치가 들어갔다는 특제 소시지를 카트에 담았다.

"유제품, 채소, 단백질 같은 걸 드셔야 해요."

와우, 이 아저씨는 정말 자기 엄마를 아이 취급한다.

"이런 걸 드셔야 건강하죠. 그래야 더 오래 사시고요."

정작 할머니 본인은 더 오래 살기를 바라기나 할까? 나는 계산대에 도착하기 직전에 냉동 피자, 시리얼, 쿠키를 담았다. 론 아저씨의 눈썹이 꿈틀꿈틀 난리가 났다.

"네가 뭐라고 해도, 난 먹을 거다. 살아 있는 동안 날 행복하게 해 줄 테니."

어쩌면 굳이 설명할 필요가 없는 일이었는지도 모른다. 어차피 내가, 아니 적어도 수전 할머니 카드가 계산했으니까.

론 아저씨는 산 것들을 집까지 들어다 준 다음, 현관을 나서기 전에 한

번 더 확인했다.

"그러니까, 전 엄마가 교통사고를 당했다는 그 사람을 찾아서 증거를 받아 오셔야 판사한테 갈 거예요. 증명할 길도 없는 증거로 운전면허 내놓으라고 싸우진 않겠어요."

"넌 이게 다 내가 면허증을 지키자고 하는 일이라고 생각하는구나. 사지 모터스가 차량 결함을 수리하도록 압박당해야 맞는 것 아니냐?"

"진짜 증거를 가지고 오시면 그걸로 같이 싸우자는 말이에요."

"알았다, 가져오마."

"그리고 서니사이드요. 생각해 보실 거예요?"

"생각해 보마…."

안 가는 쪽으로. 나는 문장을 머릿속에서 끝맺었다.

론 아저씨가 한숨을 쉬었다.

"엄마 안전을 생각해서 이러는 거예요. 전 엄마를 염려하는 거라고요."

우리 엄마하고 아빠가 나한테 혼자서는 심야 콘서트나 파티에 못 보낸다고 할 때 비슷한 말을 한다. ("다른 애들이 어쩌는지 그건 모르겠다. 우리가 걱정하는 건 너니까.") 그렇지만 수전 할머니는 어른이다. 이런 게 왜 필요할까? 수전 할머니 편에서 생각하면 씁쓸하지 않을 수 없다.

"넌 내가 안전하게 있기를 바라지. 어느 시설에 틀어박혀서 무거운 자동차 같은 건 멀리하고 말이다."

"엄마한테는 그렇게 보여요?"

론 아저씨는 내 눈을 바라보다가 결국 눈길을 피하며 어깨를 으쓱했다.

"서니사이드에 계시는 편이 안전할 거예요."

"그렇겠지, 그런데 행복할까?"

론 아저씨는 얼굴을 찌푸렸다.

"엄마가 제게 그러셨죠. 어디로 가든, 무엇을 하든, 거기서 자신의 행복을 추구하라고."

정말? 수전 할머니가 그렇게 말했다고?

"그래, 서니사이드는 내 지론에 크나큰 도전이 될 것 같구나."

그 말에 론 아저씨가 빙그레 웃었다.

"잘 가거라."

"안녕히 주무세요."

론 아저씨가 내 입술에 키스했다. 무미건조한 엄마와 아들의 가벼운 입맞춤이다. 그래도, 으윽!

만약 내가 원래의 몸으로 돌아가 인생을 살 기회를 얻지 못한다면 이 입술이 아빠를 제외하고 나에게 키스한 유일한 남성의 입술이 될 것이다. 나는 론 아저씨를 할머니들처럼 따뜻하게 안아 주었다. 어디가 눌려서 아프지 않도록, 너무 세게 안지 않게 주의하면서.

"잘 가렴, 내 아들."

나는 문을 닫고, 집 안을 둘러본 다음 크게 한숨을 쉬었다.

집을 좀 치워야겠다. 계속 이렇게 게으르게 지내다가는 이 집이 나나 수전 할머니 중 한 사람이 서니사이드로 보내지는 이유가 되고 말겠다. 먼저, 사 온 식품들을 냉장고와 찬장에 정리했다. 그런 다음 식탁에 있는 일회용 컵들을 정리해 쓰레기통에 버렸다. 다음은 침대 차례였다. 어차피 금방 잘 시간이지만 그래도 시트를 빳빳하게 당겨 네 귀퉁이에 고정하고, 이불을 잘 털어 펼쳤다. 마지막으로 아침에 꽃무늬가 없는 옷을 찾느라 사방에 팽개쳤던 옷들을 모아 옷장에 다시 걸었다.

이 정도 움직임에도 숨이 가쁘고 땀이 흘렀다. 때마침 El-Q가 울렸다. 나는 소파에 몸을 맡기고 수전 할머니의 문자를 읽었다.

'애플걸이 그때 트럭에 견인된 허리케인 운전자인 것 같아.'

나는 답문을 입력했다.

'정말요? 어떻게 아셨어요?'

'오늘자 신문 부고를 보니까 급작스럽게 세상을 떠난 사람이 있었어. 이름은 새러 데이비슨.'

'그 새러가 교통사고로 사망했는지 어떻게 알아요?'

'확실한 건 아니야. 날짜는 맞아. 새러는 젊고, 부고에 다른 사인이 나와 있지 않아. 보통 암이나 심장마비 같은 병명이 실리는데.'

불현듯 모든 것이 진실로 다가왔다. 맙소사! 누군가가 액셀 페달 결함 때문에 죽었다! 그러니까, 나 말고도 누군가가. 내 경우는 엄밀히 말해 액셀 때문에 죽은 것은 아니다. 적어도 아직까지는 그렇다. 그렇지만 엘리가 무슨 생각을 하고 있을지 그 누가 알까?

나는 답문을 보냈다.

'그런데 새러가 왜 애플걸이에요?'

'부고에 새러가 데이비슨 사과농원에서 일했다고 나와 있었어.'

'애플걸이 정말 새러인지 밝혀야 해요. 증거가 필요해요.'

'장례식에 가 보자. 내일 오전 10시, 브랜트가의 스미스 장례식장이야.'

'으으.'

나는 잠시 생각하고 문자를 보냈다.

'먼저 인터넷에서 그 사고에 대해서 찾아볼게요.'

'그래, 연락 다오.'

즉시 검색창에 '교통사고'와 날짜를 입력했다. 기사들이 우르르 떴다.

페어뷰 교차로에서 차량 충돌 사고 일어나

지난 토요일의 페어뷰-켈프 교차로 충돌 사고를 조사하는 경찰이 사고를 증언해 줄 추가 목격자를 찾고 있다.
19세의 운전자 새러 데이비슨은 자신의 허리케인으로 빨간불 신호에서 교차로로 진입했고, 그 뒤 트랙터 트럭과 충돌해 크게 다쳤다. 트럭의 운전자는 경미한 부상만 입고 빠져나올 수 있었다. 현재 목격자에 따르면 허리케인 차량은 과속으로 교차로에 진입했으며 브레이크는 밟지 않은 것으로 보인다.
음주운전의 징후는 보이지 않는다. '데이비슨 사과농원'에서 마케팅 담당자로 일하며 주변인들에게 평판이 좋았던 새러 데이비슨은 사고 당일에도 크리스마스 시즌 자선 마라톤인 '산타런' 행사에 선물 전달을 마치고 지인들의 크리스마스 선물을 사러 시내 쇼핑몰로 향하던 길이었다.

이런 게 론 아저씨가 말하던 증거일 것이다! 나는 론 아저씨에게 기사 링크를 보냈다.

얼마 지나지 않아 아저씨에게서 답장이 도착했다.

'열아홉 살짜리가 빨간불에도 과속으로 달리다 사망했다, 그게 어떻게 액셀에 문제가 있다는 증거죠?'

나는 잠시 생각해 보았다. 론 아저씨는 나이를 문제 삼고 있다. 수전 할머니는 너무 늙고 새러는 너무 어려서, 그래서 믿을 만한 운전자가 아니라는 것이다. 나는 문자를 입력했다.

'이 새러가 사지 게시판에 액셀에 관해 불평했던 사람이야.'

'그 없어졌다던 불만 글 말씀이세요?'

'그래.'

아, 캡처해 두었어야 했는데! 모든 상황이 계속 나빠지고만 있었다. 잘 생각해야 했다. 이 새러라는 사람의 장례식에는 가고 싶지 않지만, 정보는 어떻게든 얻어야만 했다. 결국 론 아저씨에게 이렇게 보냈다.

'필요한 증거를 가져가마.'

그리고 수전 할머니에게도 문자를 보냈다.

'그래요, 할머니가 맞았어요. 장례식에 같이 가요. 내일 9시 30분에 집 앞으로 갈게요.'

24

수전

다음 날 아침, 나는 장례식에 입고 갈 만한 옷을 찾아 할리의 옷장을 뒤졌다. 가망이 없어 보였다. 한 사람이 가질 수 있는 청바지는 최대 몇 벌까지일까? 그리고 레깅스도. 사방이 까만색 레깅스였다. 나는 옷장 뒤편에서 가까스로 꽃무늬 까만 원피스를 찾았다. 아직 상표도 그대로 붙어 있었다. 여름옷 느낌이기는 하지만 위에 스웨터를 입고 아래 레깅스를 입으면 어떻게든 될 것 같았다. 신발도 찾아봤지만, 방바닥에 널려 있는 운동화 한 켤레와 플립플롭 다섯 짝이 전부였다.

나는 스타킹만 신은 발이 미끄러워서 난간을 붙들고 계단을 내려가 주방으로 향했다. 프린스 여사가 식탁에 앉아 있었다. 벌써 커피 잔이 거의 비었다. 나는 내가 마실 커피를 따른 다음, 비어 있는 여사의 잔도 채워 주었다. 여사는 말 그대로 펄 듯이 놀랐다.

"아, 엄마, 죄송해요. 놀라셨어요?"

프린스 여사는 높은 톤의 목소리로 말했다.

"놀랐냐고? 아, 아니야. 그런데 오늘 할머니가 선물하신 원피스 입었구나? 사진 한 장 찍자. 할머니한테 보내 드리게."

프린스 여사는 부리나케 사라졌다가 다시 돌아와서는, 스마트폰을 들고 외쳤다.

"스마일!"

찰칵!

"한 장 더!"

또 한 번 찰칵. 여사는 자그마한 화면을 보고 활짝 웃으며 다시 커피 앞에 앉았다.

나는 조금 더 할리처럼 보이도록 찬장에서 시리얼을 꺼내 그릇에 부었다. 상상만큼 최악의 맛은 아니었다. 차가운 우유와 함께 먹으니 바삭바삭 달고 맛있다. 나는 프린스 여사를 쳐다보며 물었다.

"엄마, 구두 빌려 주실 수 있어요? 이 원피스에 어울리는 걸로요."

"흠, 글쎄. 전에 사 준 방한 부츠 신지? 아직 눈이 녹지 않았고, 부츠가 까만색이잖아. 그 원피스에 어울릴 거야."

나는 한숨을 쉬었다. 다른 사람 행세하기는 이른 아침에 특히 힘들다.

"네. 그런데 부츠를 어디에다 뒀는지 모르겠어요."

"복도 벽장에 있어. 달리 갈 데가 있니? 아직 한 번도 안 신었잖아."

힌트다! 부츠는 까만색이고, 새것이다. 아마도 찾아낼 수 있을 것이다. 나는 커피를 한 모금 마셨다. 하아. 역시 아침엔 따뜻한 걸 마셔 줘야지.

프린스 여사가 물었다.

"그런데 어쩐 일이야? 오늘 어디 특별한 데 가니?"

"그냥 프로젝트 때문에 어디 좀 가요. 장례식에요."

프린스 여사는 화들짝 놀랐다.

"뭐? 정말이니? 괜찮겠어?"

"뭐가 말이에요?"

엄마를 가져 본 지가 하도 오래라, 엄마들이 얼마나 걱정이 많을 수 있는지 잊어버렸다.

"너 아직 한 번도 장례식에 안 가 봤잖아."

나는 어깨를 으쓱했다. 보통 청소년들은 이렇게 하는 것 같다.

"아는 사람도 아닌데요, 뭐."

그렇지만 나도 속으로는 할리가 걱정되기 시작했다. 진짜의 나는 장례식을 수차례 경험했고, 부모님과 언니의 장례식은 정말 힘들었다. 그렇지만 몇몇 특정한 사람을 떠나보낼 때를 제외하면 장례식은 꽤 따뜻한 행사일 수 있었다. 한동안 보지 못한 오랜 지인과 친척들이 참석하고, 사진을 찍고 영상을 촬영하며 추억을 소환한다. 근사한 식사나, 최소한 커피와 쿠키를 먹으며 이야기 나누는 시간이 이어진다. 그렇다 해도 할리는 장례식이 처음이라고 하고 또 어리기도 하다.

프린스 여사가 물었다.

"그런데 누구 장례식이야?"

"새러 데이비슨이요. 사과농원에서 일했…."

"세상에!"

프린스 여사가 한 손으로 입을 가렸다. 두 눈이 휘둥그레지더니 금세 눈물로 반짝였다.

"지난가을에 네 동생네 학교 사과 따기 체험 담당자였어. 굉장히 젊은 사람이었는데."

"교통사고였대요. 수전 할머니는 그게 차량 액셀 페달의 결함 때문이라고 생각하세요. 할머니 차도 가끔 말썽을 부린대요."

"수전 할머니? 네 프로젝트 할머니?"

나는 고개를 끄덕였다.

"그럼 경찰에 말씀하셔야지. 그건 중요한 정보인데."

"그러시든 마시든이죠."

이것으로 또 한 번 내 청소년 감성을 보여 주었다. 그런데 제대로 하고는 있는 걸까?

나는 프린스 여사의 강한 믿음과 확고한 태도에 경탄하지만, 이런 문제에 관해서는 과연 경찰들이 그게 무엇이든 노인이나 청소년이 하는 말을 믿어 줄 것인지 의심스럽다.

프린스 여사는 자리에서 일어서며 접시를 식기 세척기에 넣었다.

El-Q가 경쾌하게 트림했다. 하디프의 문자였다. 내가 뭘 하고 있는지 궁금하다고 했다. 문자가 오고 가고, 엄지가 날아다닌 뒤, 하디프도 장례식에 가기로 했다. 이 아이는 할리와 있을 수 있다면 무슨 일이든 할 것이다. 자기는 준비하는 데 20분이면 된다고 했다.

내가 이를 닦고 벽장에서 부츠를 찾아 채 신기도 전에 현관 앞에 머리를 곱게 빗어 넘긴 하디프가 나타났다. 남색 피코트 아래에 셔츠를 받쳐 입고 타이를 맨 다음 정장 바지까지 입은 모습이 눈에 띄게 훤칠하다. 젊은 세대들 표현으로는 "힙하다"라고 할 것 같다.

하디프가 물었다.

"너 오늘 되게 예쁘다고 말해도 돼?"

나는 어깨를 으쓱했다.

"왜 안 되겠어?"

하디프와 나는 현관문 앞에서 함께 허리케인을 기다렸다. 나는 하디프에게 가까이 다가가 박하 향 숨결을 마셨다. 그때 허리케인이 요란한 경적으로 우리를 갈라놓으며 정원 앞에 섰다.

"엄마, 다녀올게요!"

나는 부리나케 따라 나온 프린스 여사의 뺨에, 사실은 타인이나 마찬가지인 이 여성의 뺨에 어색하게 키스했다. 그리고 하디프를 데리고 도망치듯 허리케인으로 달려갔다. 반드시 막아야 할 일은 프린스 여사가 여든둘의 몸을 한 딸을 만나는 것이다. 제아무리 늙은 몸에 갇혔다 해도 엄마가 딸을 알아볼 가능성은 농후했다.

나는 할리와 린다, 마르그레테에게 인사하며 뒷좌석으로 들어갔다.

"안녕하세요."

할리가 나를 돌아보며 물었다.

"원피스 입었네?"

조수석의 마르그레테가 퉁명스럽게 대꾸했다.

"당연하지, 장례식인데 갖춰 입어야지."

할리는 나를 향해 눈을 가늘게 떴다.

"게다가 하디프를 데려왔고?"

"같이 가서 저한테 힘이 되어 주고 싶다고 해서요."

하디프가 말했다.

"제가 가도 괜찮으셨으면 좋겠어요."

할리는 하디프의 동행이 세상에서 가장 기이한 일이라는 듯 대답했다.

"안 될 거야 없지만."

반면에 나로서는 나의 두 친구가 따라나선 것이 조금도 놀랍지 않았다.

마르그레테는 얼마 전에 남편이 죽은 뒤로 장례식 참석에서 큰 위안을 받고 있었다. 슬픔을 마음껏 드러낼 구실이 필요한 것 같았다. 다른 사람을 위해 눈물을 흘리는 것처럼 보이지만 사실은 자신의 남편을 잃은 것을 비통해할 수 있도록. 그리고 린다는 나나 마르그레테가 가는 곳이면 어디든 따라나선다.

"장례 미사는 세인트 가브리엘 성당에서 드린다고 하네."

할리가 말했다. 그렇지만 바로 시동을 걸지는 않았다. 그 대신 자신의 집을 오래도록 쳐다보았다. 가족들을 그리워하고 있는 걸까?

나는 할리에게 물었다.

"괜찮으시겠어요?"

"괜찮겠지."

나는 할리에게 마음의 준비를 시킬 생각으로 말했다.

"가톨릭 식으로 진행되는 장례식이네요. 영성체 순서도 있겠어요. 아주 오래 걸릴 거고요."

린다가 고개를 끄덕였다.

"그렇지만 가브리엘 성당 여신자 모임은 달걀 샐러드 샌드위치를 끝내주게 만들지."

마르그레테가 퉁명스레 말했다.

"서두르는 게 좋겠어. 주차가 까다로울 거야."

할리는 결국 출발했다.

다행히 길은 막히지 않았다. 눈을 한쪽으로 치워 둔 덕에 도로는 물기 없이 깨끗했다. 그렇지만 성당 주차장은 꽉 차 보였다. 길가 주차구역에도 자리가 없었다. 까만색 긴 운구 차량이 입구에서 대기 중이었다. 우리는 골목에 차를 대고 한 블록을 걸어서 성당 입구에 도착했다.

할리는 뭐가 뭔지 몰라 정신이 하나도 없어 보였다. 나는 할리의 팔짱을 끼고 좌석 맨 뒷줄로 데려갔다. 마르그레테와 린다, 하디프도 우리 뒤를 따라왔다. 나는 최대한 할리 옆에 있으려고 했지만, 마르그레테와 린다가 주위에서 맴도는 바람에 노인들끼리 모여 앉게 되었다. 결국 나와 할리 사이에 하디프가 꼈다.

우리 일행이 아직 자리를 정하는 와중에 성가 번호와 '두려워하지 마라'라는 제목이 안내되면서 오르간 연주가 시작되었다. 마르그레테는 재빨리 성가집을 펴고 따라 부르기 시작했다. 마르그레테의 목소리에는 힘이 있고 선율이 살아 있었다. 희망적인 가사로, 만약 우리가 사막에 놓인다 해도 절대 목마름으로 죽지 않을 것이라는 내용이었다. 그렇지만 사람들이 너무 천천히 부르고 있어서 분위기는 여전히 슬펐다.

하얀 예복을 입은 젊은 남성이 황금색 십자가를 높이 들고 행렬을 이끌며 통로로 들어왔다. 역시 하얀 예복의 중년 남성이, 이 사람이 아마도 사제일 것이다, 그 뒤로 천천히 걸어왔다. 만찬의 식탁처럼 하얀 천으로 덮인 관이 뒤따르고 있었다. 분명히 바퀴가 달린 관이었지만 여덟 명이서 함께 관의 각 면에 달린 손잡이를 잡아 끌어 가고 있었다.

관의 뒤쪽에서 미는 건 까만 머리의 여자아이였다. 두 뺨에 눈물이 흐르고 있었다. 새러의 여동생일까? 부고에선 본 이름은 키이라였다.

앞쪽은 키가 큰 앳된 청년이 허망한 눈으로 입을 꾹 다문 채 끌고 있었다. 여자아이와 굉장히 닮았다. 아마도 새러의 남동생인 케일럽일 것이다. 중년의 남녀가 그 뒤를 따르고 있었다. 서로의 손을 꽉 쥐고 흐느끼고 있었다. 그들의 비애가 너무 가깝게 다가왔다.

사제의 낭독이 신자들의 기도로 이어졌다.

할리가 마르그레테를 힐끗 보았다. 마르그레테는 가톨릭 신자가 아닌데도 무릎을 꿇고 성호를 긋고 있었다. 우리 셋 중에 무릎이 제일 멀쩡해서 가능한 일이었기 때문에, 나는 따라서 무릎을 꿇으려는 할리를 말렸다. 내 힘이 전달되기를 바라며 하디프 앞으로 손을 뻗어 할리의 손을 꽉 쥐었다.

장례 미사는 엄숙한 분위기에서 천천히 이어졌다. 낭독과 기도, 성가 합창에 이어 영성체 시간이 되었다. 애도하는 신자들이 줄지어 제단으로 나아가 두 손을 동냥을 구하듯 포개어 들었다. 얇은 밀떡을 받아서 고개를 숙이고 빠르게 삼켰다.

마지막으로 사제는 새러가 성당 공동체에 공헌한 일들을 되새겼다. 아이들에게 크리스마스 선물을 배달한 것도 그중 하나였다. 그것이 새러의 마지막 운전이었다. 지금 우리에게 무척 중요한 그 운전이었다.

사제는 신도석의 아이에게 언니를 위한 낭독을 부탁했다. 아이가 입을 떼었다.

"새러 언니는 여자아이라면 누구나 바라는 언니였어요. 이야기 상대가 필요할 때, 옷을 골라 줄 사람이 필요할 때, 필요할 때마다 늘 곁에 있어 주었어요. 지난 9월에 새 차를 산 뒤로는 저와 제 친구들을 어디든 태워다 주었는데…."

목소리가 흔들리더니 흐느낌으로 이어졌다.

아마도 그 차로 인한 사고가 언니를 죽였다는 게 떠올라 마음이 무너졌을 것이다. 앳된 청년이 달려와 우는 아이를 곁에서 껴안았다. 둘은 슬픔에 잠겨 더는 말을 잇지 못했다.

중년의 여성이 아이가 들고 있던 종이를 받아 들고 눈물을 흘리며 동생이 언니를 위해 쓴 시를 대독했다. 집에 남겨진 빈방과 그들에게 남겨진 가슴속 텅 빈 공간을 이야기했다. 이루 말할 수 없는 슬픔에 마르그레테와 린다 모두 눈물을 보였다. 할리는 걷잡을 수 없이 눈물을 쏟고 있었다. 나는 할리를 안아 줄 수 없었지만 하디프가 해 주었다. 망설임 없이 여든두 살 노인의 어깨를 감싸 안았다. 할리는 하디프의 어깨에 기대어 흐느꼈다.

이제 할리는 하디프가 얼마나 괜찮은 남자인지 알게 되었을까?

사제는 미사의 마지막 순서를 집전했다. 관 위로 황금색 등불같이 생긴 것을 흔들었다. 이곳에, 저곳에. 아래에서, 위로. 다만 등불에는 불이 없었다. 매캐한 향을 뿜을 뿐이었다. 모든 순서가 끝나고 관을 운반할 사람들이 다가오자 중년의 남성이 무너져 내렸다. 관에 얼굴과 손을 대고 떠나지 못하게 막았다.

중년의 여성이 흐느끼며 남성을 가만히 일으켰다. 두 사람은 떠나는 관을 뒤따라 걸었다. 사람들도 줄을 지어 나갔다. 새러가 새 차를 운전했다는 것을 안 것 외에, 이 장례식으로 우리가 사지 모터스와 법정에서 싸울 때 필요한 정보를 얻은 것은 없었다. 다만 상실감과 비애만이 나에게 그 자동차 회사에 비명을 지르고 싶게 했다. 이 일은 반드시 마무리 지어야 한다. 나는 사람들을 따라 지하의 식사 공간으로 향했다.

25

할리

관이 성당을 떠나자 사람들은 대부분 곧장 지하로 내려갔다. 그런데 나는 갈 수 없었다. 오래 앉은 끝에 뻣뻣해진 노쇠한 다리로 힘겹게 밖으로 나와 공기를 마셨다.

나를 흔든 건 새러의 여동생이었다. 만약 내가 그 롤러코스터에 탔다면 아리아도 그렇게 슬퍼했을 것이다. 나는 경직된 가슴이 풀리도록 심호흡을 계속 했다.

그때 길가에 누가 서 있는 것이 보였다. 길고 까만, 윤기 나는 머릿결이 눈에 띄었다. 나에게 손을 흔드는 모습에서 손목의 글자가 보일 것만 같았다. 알고 있다. '카르페 디엠'

웨이트리스의 모습을 한 엘리다.

나는 엘리를 향해 달려갔다.

"진짜 너무해요! 젊은 사람을 그렇게 죽게 할 수 있어요? 다시 데려와 주세요. 원래대로 살게 해 주세요. 이 가족한테 무슨 일을 한 건지 보시라고요!"

엘리는 눈썹을 치켜세우더니 고개를 저었다.

“내가? 빨간불에 지나간 건 내가 아니에요. 나는 되도록 버스를 타는 사람이죠. 사람들을 만날 수 있거든요. 탄소 발자국도 덜 남기고.”

“제 말 무슨 말인지 알잖아요. 이것도 다 그냥 장난인가요?”

엘리는 콧잔등을 톡톡 쳤다.

“자유 의지. 어떤 사람은 그걸 잘 활용 못 하네요. 자, 이제 어떻게 할 건가요?”

“전 그냥 어린애예요. 아니, 현재로선 노년의 여성이죠. 어느 쪽이든 사람들이 귀 기울이지 않는 부류예요. 제가 뭘 해야 해요?”

“내가 하나하나 다 가르쳐 주지는 않아요.”

나는 화가 치민 나머지 씩씩거렸다.

“아, 그래요? 그럴 거면 쭉 강아지로 있는 게 좋을 뻔했네요.”

엘리는 고개를 갸우뚱하며 가만히 나를 바라보았다.

“강아지를 안 좋아하나요? 고양이로 할 수도 있었는데.”

나는 눈알을 굴렸다.

엘리는 미소를 지으며 내 어깨를 다독였다.

“자자. 계속 여러 가지로 시도해 보면 돼요. 그게 전부예요. 변화가 언제 올지는 아무도 모르는 거예요.”

“그냥 어떻게 하라고 말해 주면 안 돼요? 제 자유 의지로 지금 이렇게 묻는 거예요.”

“내면의 소리에 귀 기울여 봐요.”

엘리는 찡긋 윙크하더니 콧잔등을 다시 톡톡 치고는 돌아섰다.

나는 멀어지는 엘리의 뒷덜미를 잡고 뭐든 털어놓을 때까지 흔들고 싶었지만, 그냥 보냈다. 어차피 마음만 먹으면 내 머리에 번개를 떨어뜨릴 수도 있는 존재였다. 엘리는 얄미울 정도로 느긋했다. 나는 답답한 마음 그대로 성당으로 향했다.

용기가 사라지기 전에 달려 내려가서 이것저것 묻고 싶었지만, 조심스럽게 한 걸음을 내디딜 때조차 무릎과 발목이 욱신거렸다. 나는 난간을 짚고 내려가면서 처음부터 이 성당에 오게 된 이유를 곱씹었다. 새러가 지난가을에 허리케인을 산 것은 확실하다. 만약 새러가 애플걸이라면, 우리는 증거를 찾아야 한다. 사실 탓해야 하는 대상이 엘리가 아닌 것은 사실이었다. 이 모든 비극이 정말로 차량 결함 때문이고, 사지 모터스가 그걸 부인하고 있다면, 이렇게 결함 있는 페달로 사람을 계속 죽이도록 놔둘 수는 없었다.

나는 가까스로 지하로 내려왔다.

이제 어쩌지? 나는 주위를 둘러보았다. 마르그레테 할머니와 린다 할머니는 다른 할머니들과 식사하며 이야기를 나누고 있었다. 수전 할머니와 하디프는 새러의 남동생과 이야기 중이었다. 청소년들은 원래 자기들끼리 모인다. 수전 할머니의 영혼은 내 입술과 내 입으로도 '할머니스러움'을 흘리고 있을까? 그건 모른다. 나와 별로 다르지 않을지도 모른다. 아니, 그래야 한다.

엘리는 노력이 중요하다고 했고, 수전 할머니는 노력 중이었다.

새러의 남동생은 잘생겼다. 내가 원래의 몸에서 말을 걸 수 있으면 좋겠다. 그 대신 나는 새러의 부모님에게 다가갔다. 부모님 앞에도 사람들이 늘어서 있었다. 한 사람씩 악수하고 포옹을 나누고 있었다.

"상심이 크시겠어요."

"좋은 곳에 갔을 겁니다."

"비극적인 일이에요. 부모가 자식을 먼저 보낼 수는 없는 법인데."

"하느님이 천사가 필요하셨나 봐요."

이런 말들이 오가고 있었다.

엘리한테 정말 천사의 모습을 한 새러가 지금 꼭 필요했을까. 드디어 내 차례였다. 나는 새러의 어머니 앞에 섰다. 심호흡을 깊게 했다.

"따님 덕에 동생이 사과 따기 체험을 잘 마쳤어요. 2학년 체험이었죠."

데이비슨 부인은 눈을 가늘게 뜨며 눈썹을 찌푸렸다. 나는 즉시 실수를 깨달았다. 이런 할머니에게 초등학교 2학년 동생은 있을 수 없다.

나는 재빨리 실수를 고쳤다.

"제가 방금 동생이라고 했나요? 내 정신 좀 봐. 제 손녀라는 말이었어요. 성품이 무척 훌륭한 따님이었죠."

내가 방금 말한 따님'이었다'는 표현에 데이비슨 부인의 눈에 다시 눈물이 고였다.

나는 또 한 번 실수를 바로잡아야 했다. 수전 할머니와 내가 만났던 그 놀이공원 어딘가에 있을 새러의 모습을 떠올려 보았다.

"지금도 마찬가지죠. 다만 우리 곁에 있는 것이 아닐 뿐이에요."

데이비슨 부인은 내 어깨로 무너져 내리며 흐느꼈다. 어떻게 해야 할지 몰라 그냥 등을 다독여 주었다.

데이비슨 부인이 고개를 들며 물었다.

"정말 사후 세계가 있다고 생각하세요…?"

"그럼요. 그런 세계가 있다는 걸 안답니다."

이 경우에는 노인의 모습이라서 다행이었다. 지혜로워 보일 수 있었다.

데이비슨 부인은 애써 웃음을 지으며 콧물을 훔쳤다.

이토록 힘든 부인에게 세상을 떠난 딸의 사고에 관해 물을 수는 없다. 나는 부인의 친구들이 부인을 위로할 수 있도록 물러섰다.

근처에 있던 수전 할머니는 새러의 남동생과 대화가 통하는 것 같았다. 나는 그 옆에 가서 섰다.

"케일럽, 여긴 내 양할머니셔. 할머니 차도 허리케인이야. 너희 누나도 그…."

수전 할머니는 말끝을 흐렸지만, 나는 케일럽도 나와 같은 생각을 하고 있음을 알 수 있었다.

"할머니, 케일럽 말로는 그 차에도 문제가 있었대요. 사지 모터스 게시판에서 할머니하고 대화한 애플걸이 아무래도 케일럽의 누나 같아요."

나는 케일럽에게 물었다.

"경찰에 알렸니?"

"아니요. 경찰하고는 얘기해 본 적 없어요. 알려야 할까요?"

대화는 잠시 끊겼고, 그 바람에 다음으로 말을 꺼낸 하디프의 목소리가 북소리처럼 또렷하고 너무 크게 울려 퍼졌다.

"너희 누나는 왜 빨간불에 달렸을까?"

하디프는 따져 물을 생각이 전혀 아니었다. 그런데 상대적으로 커진 목소리 때문에 따지는 것처럼 들리고 말았다. 적어도 새러의 아버지에게는 그렇게 들렸다.

데이비슨 씨가 나타나 하디프의 멱살을 잡았다.

"내 딸은 운전을 아주 잘했어. 누가 뭐라고 떠들든 그건 사실이야."

26

수전

나는 비탄에 잠긴 아버지의 팔을 점잖게 붙잡았다.

"진정하세요, 아저씨."

설득도 하고 위로도 해 주고 싶었지만, 나의 앳된 목소리는 통하지 않았다. 데이비슨 씨는 하디프를 높이 들어 올렸다.

내 뒤에 있던 할리가 나섰다.

"하디프는 데이비슨 씨가 생각하시는 뜻으로 말한 게 아니에요."

여든둘의 입에서 나온 말은 차분하고 현명하게 들렸다. 나라도 귀를 기울일 것 같았다.

데이비슨 씨의 손아귀에서 힘이 풀렸다. 나는 그 틈을 놓치지 않고 재빨리 두 사람 사이로 들어가 데이비슨 씨를 막아섰다. 그러는 동안 데이비슨 씨도 거친 숨을 몰아쉬며 마음을 가라앉혔다. 딸보다 어린 모습의 내 멱살을 잡지는 않을 터였다. 그는 곧 어린 딸을 묻어야 한다.

데이비슨 씨가 한 걸음 물러섰다.

할리가 조심스럽게 설명했다.

“하디프는, 아니 우리 모두는 자동차 제조사에 화를 내는 거예요. 우리는 잘못이 사지 모터스에 있다고 확신하고 있어요.”

“어떻게 그럴 수가 있습니까?”

데이비슨 씨의 목소리에 고통이 묻어났다. 데이비슨 씨는 머리를 감싸쥐며 완전히 주저앉았다. 사람들이 주위로 모여들어 부드럽게 달래고 다독였다. 데이비슨 부인이 에워싼 사람들을 헤치고 들어와 남편을 끌어안았고, 두 사람은 함께 흐느꼈다.

두 사람의 고통을 상상하는 것만으로도 내 눈에 눈물이 그렁해졌다. 목이 메었다. 지금은 물러나야 한다. 나는 언니를 잃는 크나큰 슬픔을 겪었지만, 엘리에게 감사하게도 아이들은, 가끔은 멀게 느껴지기는 해도 아이들은 여전히 살아 있다. 나는 고개를 저으며 할리와 하디프에게 속삭였다.

“때가 좋지 않은 것 같아요. 우리가 두 분을 더 힘들게 하고 있어요. 가는 게 좋겠어요.”

할리는 다른 생각이 있는 것 같았지만 고맙게도 계단으로 향하는 나를 따라나섰다. 나는 마르그레테와 린다를 불렀다. 두 사람이야말로 갈 생각이 없어 보였지만, 타고 갈 차가 없어서인지 별수 없이 느릿느릿 의자를 정리했다. 그리고 더욱 느릿느릿 따라나섰다.

허리케인을 향해 가면서 할리가 말했다.

“애플걸의 사고를 이대로 포기할 수는 없어. 결정적인 사건인데.”

린다가 뒤에서 할리에게 물었다.

“자긴 이 사고가 액셀 때문이라고 생각하는 거야? 그럼 사지 모터스에 알려야지!”

"순진하기는."

마르그레테는 린다에게 퉁명스럽게 말하고 할리의 어깨를 잡았다.

"우리가 아는 걸 가지고 경찰서로 가면 돼. 지금 바로 가자고."

마르그레테가 나하고 생각이 같아서 다행이었다. 마르그레테는 평소에도 두뇌 회전이 빠른 편이다. 내가 말했다.

"그 말씀이 맞아요. 경찰도 지금 조사 중이라고 하니까요. 우리 얘기에서 실마리를 찾을 거예요."

우리는 더디기는 했지만 차에 도착해 각자 자리에 앉았다. 할리가 El-Q를 꺼내자 마르그레테가 퉁명스레 말했다.

"그런 건 필요 없어. 내가 옆에서 알려 줄게."

할리는 전화기를 도로 핸드백에 넣었다.

마르그레테 말이 맞았다. 막히는 시간을 지난 시내 도로는 무난히 달릴 수 있었다. 나는 할리가 액셀이나 브레이크를 밟을 때 갑작스럽게 출발하거나 서지 않는지 눈여겨봤지만, 허리케인은 무난히 달리고 있었다.

그때 갑자기 할리가 브레이크를 밟고 경적을 세게 울렸다.

무슨 일인가 주위를 살펴보니 길에 케일과 켄드라가 보였다. 둘 다 경적에 깜짝 놀란 얼굴을 하고 있었다.

할리한테 딱 걸렸다는 걸 케일이 알았으면 해서 나는 미친 듯이 손을 흔들었다.

그런데 진짜 못 본 것일까, 보고도 시치미를 떼는 것일까?

이제 할리는 자신이 짝사랑한 상대가 '선수'라는 사실을 알아야 한다. 잘해야 선수고, 아니라면 대놓고 바람을 피우는 것이다. 풀장에서의 키스가 케일에게 의미가 있긴 했을까? 뒷자리의 나는 할리의 뒷모습을 살폈다. 할리는 별 반응을 보이지 않고 있었다. 물론 어떤 면에서는 할리도 바람을 피웠다. 적어도 할리의 신체는 그랬다. 나는 케일과 키스한 뒤에 하디프와 손을 잡고 키스를 했다. 그렇지만 그건 할리는 모르는 일이었다.

허리케인이 다시 움직이기 시작했다.

하디프가 무슨 마음인지 안다는 듯 나를 향해 옅게 웃어 보이고는 내 손을 가져가서 꽉 잡았다. 같은 나이였다면 나는 이 아이와 사랑에 빠질 수 있을 것이다. 이 아이를 사랑하지 않기란 쉽지 않다. 그렇지만 할리도 그럴 수 있을까?

우리는 한 블록을 더 달려 경찰서에 도착했다. 순찰차로 반쯤 찬 경찰서 주차장은 흑백의 펭귄이 눈밭에 나란히 누워 있는 광경처럼 보였다. 우리는 방문객 전용 구역에 차를 세웠다.

나는 마르그레테와 린다가 창문을 조금 열어 놓든지 해서 차에서 기다려 준다면 좋을 것 같았다. 그렇지만 지금은 겨울이다. 더구나 마르그레테는 모든 일에 나서야 직성이 풀리는 성격이다. 그리고 린다는 모험을 좋아한다.

결국 우리 일행은 모두 함께 베이지색 콘크리트 건물로 향했다. 입구의 출입문이 자동으로 열렸다가 우리 뒤에서 소리 없이 닫혔다. 까만색 타일 바닥과 겨울 하늘 색의 벽으로 이루어진 널찍한 로비로 들어섰다. 까만색 의자가 줄지어 놓인 쪽에 창구가 두 개 보였다. 긴 나무 받침대의 창구 위에 '증명서 발급'이라고 쓰여 있었다. 창구 너머의 경찰들은 모두 컴퓨터 앞에서 일하고 있었다. 기술의 발전이란! 모두들 화면에 시선을 빼앗기고 있어서 누굴 도울 겨를은 없어 보였다.

다른 쪽의 네모반듯한 창구는 단출하게 경찰관 한 사람이 지키고 있었다. 창구 위로 '사고 등 기타 신고'라고 쓰여 있었다. 우리는 창구로 다가가서 경찰관이 서류 작업에서 고개를 들어 우리를 보기를 기다렸다.

마르그레테가 헛기침을 했다.

그제야 경찰관이 펜을 내려놓았다.

"무엇을 도와드릴까요?"

마르그레테가 목소리를 높였다.

"교통사고에 관련해서 중요한 정보가 있어요. 며칠 전 겔프에서 사고가 있었잖아요."

마르그레테가 나서 주는 편이 차라리 잘 되었다. 할리는 몸만 병약한 늙은이일 뿐 속은 이런 일에 미숙한 십 대다. 나는 영혼은 조금 성숙할지 몰라도 겉은 언제 어디로 튈지 모르는 십 대고.

경찰관은 마르그레테에게 클립보드와 볼펜을 내밀었다.

"저쪽에 가셔서 이 양식을 작성해 주세요. 담당자가 바로 갈 겁니다."

마르그레테가 클립보드를 할리에게 넘기자 1분이면 끝날 일이 15분짜리로 바뀌었다. 할리는 내 인적사항을 적는 데에 오래 걸리기는 했지만, 메릴 윌슨 경관이 문밖으로 나온 시간에 맞춰 제출할 수 있었다.

"하느님 맙소사!"

아니, 이렇게 말해야 했나? '오, 엘리 맙소사!'

나는 가슴이 철렁 내려앉았다. 그 윌슨 경관이다. 할리에게 과속 딱지를 끊고 면허마저 취소하라고 권고한 장본인.

윌슨 경관은 창구로 가서 접수를 맡은 경관에게 뭔가 이야기했다. 그리고 우리 쪽으로 다가왔다.

윌슨 경관은 친절한 미소를 지었다. 큼지막한 손으로 악수를 청하면서 그때에 이어 한 번 더 자신을 소개했다.

할리만 악수를 했다.

"경찰에서 조사 중인 교통사고에 대해 제보할 게 있으시다고요."

"맞아요."

"사무실로 들어오시죠."

우리가 들어가자 책상을 가운데에 두고 의자 두 개뿐인 작은 사무실이 꽉 찼다. 할리가 재빠르게 의자 하나를 차지했다. 말썽인 무릎 때문에 할리에게는 의자가 필요하다. 다른 의자는 나머지 일행이 할리 주위를 서성이는 사이에 윌슨 경관이 차지했다. 사무실은 개인 사진이나 흔한 기념품 하나도 없어서, 사무실이라기보다는 취조실 같았다. 세제의 솔향이 옅게 풍겼다.

윌슨 경관이 노트북 화면을 세우며 물었다.

"자, 이 건에 대해 어떤 정보를 가지고 계시죠?"

"새러 데이비슨은 사지 모터스의 게시판에 자기 차의 액셀 페달에 불만이 있다는 글을 올렸어요."

"아, 어디서 뵈었던 분이라 했어요. 얼마 전에 QEW에서 과속한 분이시군요."

"맞아요. 그리고 액셀 페달이 걸려서 그런 거라고도 설명했죠. 사지 대리점에서 차도 수리했고요."

"수리는 잘되었고요?"

"지금까지는 액셀에 별문제는 없는 것 같아요, 그런데…."

윌슨 경관은 타자 치던 손을 들어 책상 위에서 맞잡았다.

"그 게시판을 보면 다른 사람들도 사지 모터스에서 수리를 받아도 소용 없다고 불평했어요. 여전히 갑자기 속도가 올라간다고요."
윌슨 경관이 물었다.
"글 올린 사람들의 연락처를 가지고 계신가요?"
"연락처랄 건 없어요. 내가 말한 사람은 애플걸이라는 아이디를 썼다는 것밖에는요."
하디프가 나섰다.
"저희가 보기에는 애플걸이 새러 데이비슨의 아이디 같습니다."
나는 경관이 나만큼 이런 일을 잘 모를 경우를 대비해 덧붙였다.
"게시판에서 쓰는 별명 말이에요."
윌슨 경관은 더 말할 것 없냐는 듯 할리를 가만히 쳐다보았다. 그런 다음 고개를 끄덕였다.
"좋습니다. 경찰 IT 부서에 사이트를 살펴보라고 하죠. 그쪽에서 더 확실하게 신원을 확인할 겁니다."
"그런데…."
할리가 말을 꺼냈다.
"게시판 글들이 다 사라졌어요."
할리 대신 하디프가 문장을 마무리 지었다.
윌슨 경관이 얼굴을 찌푸렸다.
이번에는 내가 경관에게 설명했다.
"저희가 보기에는 사지 모터스에서 글을 내린 것 같아요."
윌슨 경관은 고개를 저었다.
"그렇다면 증거는 전혀 없네요."
하디프는 물러서지 않았다.

“저희 모두 사이트를 봤어요. 증인으로 나설 수 있고요.”
윌슨 경관이 말했다.
“아무것도 없는 건 아니군요. 그렇지만 충분하지 않을 겁니다. 우리가 사지 모터스에 사이트 정보를 요청하려면 소환장을 받아야 해요. 판사는 그 정도로는 충분하지 않다고 생각할 거고요.”
할리가 물었다.
“또 뭐가 필요하죠? 새러의 동생은 누나 차에 액셀 문제가 있었다는 걸 알고 있어요. 새러는 빨간불에 그냥 달렸고요.”
“둘 다 사고 당시에 액셀 페달에 문제가 있었다는 사실을 증명하진 않습니다. 우리에게 필요한 건 직접 본 목격자예요. 사고 순간에 차에서 봤다면 가장 좋고요.”
“아, 진짜, 큰 사고로 운전자가 죽었어요. 누가 같이 타고 있었음 그 사람도 죽었겠죠.”
할리의 말투가 갑자기 노인이 아닌 십 대의 말투로 변해 버렸다.
내가 나섰다.
“우리 할머니 말씀이 맞아요. 사지 모터스는 이 문제를 그냥 덮으려는 것 같아요. 그리고 앞으로도 그 회사 차 때문에 사람들이 죽어 가겠죠.”

27

할리

“할머니, 아들한테 전화해서 해 줄 수 있는 일이 있냐고 물어보세요.”

함께 경찰서를 나오면서 수전 할머니가 나에게 말했다. 그러고는 하디프를 보며 말했다.

“할머니 아들은 변호사야.”

“응, 알고 있어. 그래서 일이 훨씬 쉬울 것 같아.”

수전 할머니가 대꾸했다.

“꼭 그렇지도 않아. 변호사들 설득하기가 얼마나 어려… 어렵다고 하더라.”

“론은 꽉 막혔어.”

나도 장단을 맞춰 주었다. 사실은 아무것도 모른다. 나는 차를 향해 걸으며 어깨를 으쓱했다.

“문자를 보내 보마. 법원에 있거나 하면 방해하고 싶지 않으니까.”

이것은 내 기본 방패막이다. 진동 모드의 스마트폰은 어차피 방해되지 않는다. 단지 나는 수전 할머니를 잘 아는 사람들과 직접 대화하는 일을 피하고 싶을 뿐이다. 그러잖아도 론 아저씨는 수전 할머니가 요양원에 갈 상태라고 생각하는데, 내가 이상한 소리를 할 때마다 그 심증을 굳혀 가고 있는 중이었다.

즉시 내 El-Q가 울렸다. 통화를 피하기에는 너무 큰일이었다.

"엄마, 모르는 사람 장례식에 가셨어요?"

역시, 내가 무슨 일을 할 때마다 수전 할머니는 아들에게 노망든 것으로 비친다.

"우리 아들이구나. 그래, 안녕은 하시고?"

나는 비꼬아 대답했다. 내가 용돈을 달라고 조르거나, 아니면 차에 올라타서도 먼저 말 거는 법이 없을 때 우리 엄마가 쓰는 방법이다.

론 아저씨가 멋쩍은 듯 대답했다.

"네, 엄마도 괜찮으시죠?"

"그래, 물어봐 줘서 고맙구나."

나는 하디프하고 수전 할머니 보라고 두 눈을 굴렸다. 두 사람은 문을 열어 차례로 차에 탔다. 나는 운전석으로 들어가 예열이 되도록 시동을 걸었다.

론 아저씨가 다시 말을 꺼냈다.

"그 장례식 말인데요."

나는 말을 잘랐다.

"그 데이비슨 농장이 이 지역 학교에 사과 따기 체험을 하게 해 주지 뭐냐. 지역에서 명망이 있지. 린다하고 마르그레테도 참석하고 싶어 했고. 그 둘은 알지도 못하는 사람들 장례식을 얼마나 많이들 가는지."

마지막 문장은 내가 지어낸 말이다. 그렇지만 아까 두 할머니가 즐겁게 음식을 먹고 대화를 나누던 광경을 생각하면, 진짜로 그럴 것 같다.

"그럼 자식을 잃고 비통해하는 분들한테 그 차에 액셀 페달이 걸렸었냐고 물어보신 거예요?"

"난 안 그랬다. 내 수양 손녀인 할리가 그랬지."

"그 어린 친구를 거기 데려가셨다고요?"

목소리 톤에서 이것 역시 이상한 행동이라고 생각하는 것이 느껴졌다. 치매일 확률이 높은 노인네가 할 일이라고 생각하는 것이다.

"할리는 나한테 신문물을 가르쳐 주는 친구야. 말했다시피 이게 다 봉사활동 시간으로 인정받을 수 있고. 론, 내 어린 친구들 둘 다 사지 모터스 사이트의 글을 봤어. 액셀 문제에 관해 증언해 줄 수 있어."

론 아저씨는 전화기에 대고 크게 한숨을 쉬었다.

수전 할머니가 뒷자리에서 나를 쿡 찌르더니 속삭였다.

"론한테 집단 소송으로 가면 어떨지 물어봐라."

"론, 네가 사지 모터스를 집단 소송으로 고소하면 어떻게 되니?"

"글쎄요, 제가 다루는 법은 다른 쪽이라서요."

'이런!'

론 아저씨는 다시 말을 이었다.

"그리고 이렇게 대기업을 상대로 혐의를 제기하는 건 쉽지 않은 일이에요. 실질적인 증거가 필요해요. 그런 증거도 없이 이런 건에 나설 변호사는 없을 거예요."

"어떤 실질적인 증거 말이냐? 애플걸이 죽었어."

"유사한 사고가 또 일어난다거나 하는 거요. 집단 소송으로 가려면 피해자가 몇 명은 있어야 해요. 두 사람 이상은 되어야 할 거예요. 만약 사고 당시에 차량 페달의 이상을 직접 확인한 목격자가 있다면 그것도 도움이 될 거고요."

"그건 너무 큰 사고였어. 죽은 사람이 살아 돌아오지 않는 한 증인은 없을 거야."

생각해 보면 나와 수전 할머니가 그런 경우다. 물론 내가 수전 할머니와 함께 사후 세계의 놀이공원에서 돌아온 거라고 말하면 론 아저씨는 당장 구급차를 불러 나를 서니사이드로 보내겠지만.

론 아저씨는 꺼내기 쉽지 않은 말을 하려는지 머뭇거렸다.

"엄마, 그런데요… 잠깐 다른 얘기 좀 하실래요?"

"론, 말 돌리지 마라. 이건 중요한 문제야."

"알겠어요, 알겠어요. 같이 일하는 변호사한테 물어볼게요. 그쪽 담당한테요. 그렇지만 제가 의논하려는 문제도 중요해요."

나는 론 아저씨가 의논하려는 문제가 무엇인지 알 것 같았고, 그래서 속이 메스꺼웠다. 여기에서 수전 할머니를 구할 방법은 내게 없다. 사실 내가 무슨 말을 하거나 무슨 행동을 할 때마다 론 아저씨는 새롭게 결심을 굳히고 있었다.

"저하고 다른 요양시설을 둘러보실래요? 탠슬리우즈에서 가까워요. '엘름우드 빌리지'라는 곳인데, 친구분들하고 아쿠아로빅도 계속 다닐 수 있고, 도서관에도 가실 수 있어요. 아예 차에 탈 일 자체가 없을 거예요."

나는 룸미러에 비치는 내 눈동자를 보며 입을 꾹 다물었다. 지금 그 눈동자는 수전 할머니의 눈동자다. 밝고, 행복하며, 희망에 차 보인다. 나는 한풀 꺾여 대답했다.

"알았다."

론 아저씨가 받아들일 다른 대답이 있다면 얼마나 좋을까.

론 아저씨의 말이 빨라졌다.

"네, 잘 생각하셨어요. 세릴이 아주 좋아하겠어요. 이번에는 마음에 드실 거예요. 정말이에요. 빛도 아주 잘 들고, 개인 주방도 작게 있어요. 식사를 직접 만들어 드실 수도 있고 아니면 식사권을 사서…."

내가 너무 쉽게 대답한 것 같았다. 나는 슬그머니 덧붙였다.

"네가 이 사지 모터스 소송을 좀 열린 마음으로 받아들이겠다는 걸 약속해 준다면 둘러본다는 뜻이었다. 그리고… 내 친구 할리도 같이 가도 된다고 하면."

"할리는 학생이에요! 린다 여사님하고 마르그레테 여사님하고 함께 오시지 그러세요? 세 분 다 명단에 올릴 수 있어요. 친구분들하고 다 같이 살면 재미있지 않겠어요?"

"할리가 갈 거야. 걔가 어떻게 생각하는지 알고 싶어."

당연히, 내가 알고 싶은 건 그 요양원에 대한 수전 할머니의 생각이다. 내 바람이지만 우리의 영혼이 제자리를 찾게 되면 그곳에서 여생을 보낼 사람은 수전 할머니이니까.

"좋아요. 아파트 앞에서 5시 괜찮으세요?"

"할리한테 물어보고 다시 연락하마. 사랑한다."

나는 론 아저씨가 뭐라고 덧붙이기 전에 서둘러 전화를 끊었다.

내가 El-Q를 핸드백에 넣는 걸 보며 마르그레테 할머니가 물었다.

"아들이 요양원 가 보자고 해?"

"응."

린다 할머니가 말했다.

"자기가 이사하면 다 같이 낱말 퍼즐도 못 하겠네."

마르그레테 할머니가 거들었다.

"수영장에 데려다줄 사람도 없고."

수전 할머니가 언짢은 듯 두 할머니를 향해 말했다.

"어차피 수전 할머니는 운전면허 갱신이 안 될 거예요. 액셀에 문제가 있다는 걸 판사한테 납득시키지 못하면요."

나도 두 할머니한테 말했다.

"론 말로는 자기들 둘도 들어가고 싶을 거라던데."

린다 할머니의 눈이 휘둥그레지며 입이 떡 벌어졌다.

마르그레테 할머니가 잘라 말했다.

"난 아직 너무 어리잖아."

린다 할머니도 애써 거부했다.

"그리고, 그리고, 아, 거긴 쇼핑몰에서 너무 멀어."

"요양원에 셔틀버스가 있대."

두 할머니 모두 달갑지 않은 눈치였다.

'너무해. 수전 할머니만 거기 가게 될 거야. 그런데 혹시…'

"자기들 있잖아, 그 요양원은 둘러보기만 해도 무료로 고급 식사를 제공한대."

마르그레테 할머니가 나섰다.

"일정 좀 확인해 볼게."

린다 할머니가 말했다.

"난 오늘 시간 괜찮아."

하디프까지 나섰다.

"저도 할리가 가자면 같이 갈게요."

단지 나와 함께, 아니 수전 할머니지만 적어도 내 모습과 함께 있겠다는 이유만으로 노인 요양원에 따라나선다는 것이다. 감동이었다. 수전 할머니는 우리 엄마한테 가는 곳을 알리고 저녁은 밖에서 먹는다고 문자를 보냈다. 그리고 엄마의 답문을 큰 소리로 읽어 주었다.

'10시까진 들어와. 사랑해.'

그 짧은 한마디에 나는 가족들이 너무 그리워서 울컥했다. 눈을 세게 깜빡였다. 그때 수전 할머니가 나한테 친절하게 일러 주었다.

"아들한테 전화해서 우리가 다 갈 거라고 얘기해 주세요."

이제 우리는 총 다섯 명이다. 이 숫자에 론 아저씨가 행복하지 않을 것 같아서, 역시 전화 대신 문자를 택했다.

'할리가 같이 가서 본다는구나. 그리고 할리 친구 하디프, 내 친구 마르그레테하고 린다도 같이 갈 거다. 다 공짜 저녁을 먹을 거라고 기대 중이야. 예약해 다오. 사랑하는 엄마가, 키스와 포옹을 보내며.'

나는 허리케인에 시동을 걸고 론 아저씨가 오고 있을 집으로 향했다.

28 수진

할리는 그 어느 때보다 조심스럽게 어퍼미들 도로를 달렸다. 신호등이 보이면 일찌감치 천천히 속도를 줄이고 또 천천히 속도를 올렸다. 나는 무심코 큰 소리로 말했다.

"액셀 문제를 직접 본 목격자를 대체 어디서 찾지?"

하디프가 아이디어를 냈다.

"우리한테 필요한 건 영상이야. 블랙박스라면 운전자가 액셀 페달을 제어하지 못하는 장면을 찍을 수 있어."

할리가 주름진 손가락으로 룸미러의 하디프를 꼭 집어 가리켰다.

"그거 정말 좋은 생각인걸! 만약 이 차에 또 문제가 생기면 그때 El-Q로 찍으면 돼."

내가 말했다.

"기다릴 것이 아니라 결론을 낼까요? 주위에 아무도 없을 때 급출발하고 급정거를 반복해 보는 거예요."

마르그레테가 퉁명스레 대꾸했다.

"굉장히 위험한 소리를 하는구나. 나 그 전화기 좀 보여 줘."

마르그레테는 조수석의 내 핸드백에서 스마트폰을 꺼냈다.

"어떻게 쓰는 거라고?"

하디프가 전화기를 받아 앱을 열어 주었다.

"거기 빨간색 동그라미를 누르시면 영상이 찍혀요."

마르그레테는 스마트폰을 좌석 아래로 뻗었다. 액셀 페달을 찍으려는 것이다.

"페달을 밟고 있는지 아닌지 잘 안 보이는걸."

할리가 말했다.

"영상에는 운전자의 설명만 들어가야 할 거야. 쇼핑몰 주차장에 차가 없어. 지금 들어가서 브레이크를 세게 밟아 볼까 봐."

마르그레테가 고개를 저었다.

"농담이겠지."

우리가 주차장으로 진입하자 린다가 박수를 치며 좋아했다.

"이거 신나는데! 미스터리를 추적하는 거 같아."

내가 물었다.

"이러다 늦으면 할머니 아들이 싫어하지 않겠어요?"

론은 늘 지각이 자신의 얼마 없는 시간을 낭비하게 하는 행위라고 생각한다.

"한 번만 해 보고 가자. 마르그레테, 준비됐어? 촬영 시작해."

마르그레테가 El-Q의 카메라를 할리 방향으로 돌렸다. 운전석의 할리가 익명의 시청자들에게 설명을 시작했다.

"안녕하세요. 나는 수전 맥밀런이라고 해요. 오늘은 내 차의 액셀 페달을 테스트해 보려고 합니다. 엑셀은 사지 모터스 카센터에서 두 번이나 수리했어요. 처음에는 프로그램 진단 결과 차에 아무 이상이 없다더군요. 두 번째에는 스로틀 플레이트를 청소하고 지지대도 보강했어요. 사지 모터스의 게시판에는 수리를 받아도 문제가 해결되지 않았다는 불만이 올라와 있었고요.

이제 먼저 브레이크를 세게 밟고, 곧바로 발을 액셀로 옮겼다가 다시 브레이크를 세게 밟아 보겠습니다. 어떤 분이 이렇게 할 때 페달이 걸리는 문제가 발생한다고 하더군요."

허리케인은 사전 경고도 없이 급정지했다. 하디프와 나의 머리가 동시에 앞으로 튀어 나갔다. 차는 우리 머리가 제자리에 돌아오기도 전에 다시 급하게 출발했다.

마르그레테가 겁먹은 목소리로 물었다.

"페달 걸린 거 아냐? 속도 줄일 수 있어?"

마르그레테는 머리를 감싼 상태에서도 El-Q는 놓지 않고 외쳤다.

"이러다가 쇼핑몰로 돌진하겠어!"

할리는 실망스러운 기색이 역력한 채 설명을 이어 갔다.

"지금 액셀에서 다시 브레이크로 발을 옮겼습니다. 문제는 없네요. 허리케인의 속도가 줄어들고 있습니다."

나는 이제까지 해 오던 말을 또 했다. 아무도 듣지 않는 것 같은 말이지만.

"페달이 매번 걸렸다면 결함을 증명하기가 쉬웠겠죠."

린다가 거들었다.

"신고하기도 좋았을 거야."

마르그레테는 El-Q를 끄고 조수석에 놓인 핸드백에 도로 넣었다.

"계속 들고 있을 수는 없으니까."

하디프가 또 한 번 아이디어를 냈다.

"차량용 거치대를 사면 돼요."

나는 할리에게 경고했다.

"그러다가 약속에 늦을 거예요. 그러면 론 아저씨는 분명 할머니를 요양원에 넣을 거고요."

하디프가 제안했다.

"제가 뛰어갔다 오면요? 가서 아저씨 만나셔서 이쪽으로 함께 오세요. 10분이면 될 것 같은데요."

내가 나섰다.

"나도 같이 가."

할리가 룸미러를 통해 나에게 은근한 눈길을 보냈다. 오래된 청록색의 축축한 눈은 모든 것을 보고 또 알고 있었다. 할리는 똑똑한 아이다. 내가 자신의 남자친구로 케일이 아니라 하디프를 추천한다는 걸 분명히 눈치채고 있다. 그리고 만약 내가 자신의 몸에 있게 된다면 남자친구는 케일이 아니라 하디프가 되리라는 것 또한 알고 있었다. 하지만 지금은 그런 것이 문제가 아니다. 어떤 로맨스든 기다리고 있다면, 원래의 몸으로 돌아갈 방법을 찾는 것이 먼저다.

할리가 내 핸드백에서 신용카드를 꺼냈다.

"그러자. 계산은 이걸로 해라. 이따 이 입구에서 다시 만나자."

나는 카드를 받아들고 차에서 뛰어내렸다. 무릎과 발목에 느껴지는 에너지와 탄력을 만끽했다. 겨울바람은 코털이 바짝 설 만큼 얼얼했다. 하디프와 나는 손을 잡고 눈밭을 달리고 보행로를 거쳐 쇼핑몰로 들어갔다. 먼저 히터의 열기가 우리를 덮쳤고, 다음으로 뭔가 오묘한 냄새가 풍겨왔다. 전선이 타는 냄새 같은. 신기술의 각축장에서 돈이 타고 있는 냄새일지도 모른다. IQ 매장의 냄새다.

함께 매장으로 들어가자 그때 그 사각턱 직원이 우리를 맞았다. 맨디. 어떻게 그 이름을 잊을까? 그렇다면 맨디도 나를 기억하고 있을까? 기억한다면 내 주위를 맴돌려나? 슬쩍하는 현장을 잡으려고?

"도와드릴까요?"

하디프가 말했다.

"차량용 El-Q 거치대를 찾는데요."

맨디는 매장 안쪽을 가리켰다.

"매트라는 직원에게 문의하세요. 주변 기기 코너에 있어요."

하디프가 앞장섰다. 매트는 거기에 있었다. 지난번에 날 체포한 것이나 마찬가지였던 그 매트다.

내가 말했다.

"이쪽에 El-Q 차량용 거치대가 있다고 하던데요."

매트는 두꺼운 까만 안경테 뒤의 큰 회색 눈동자로 나를 빤히 쳐다보았다. 보안직원들이 데려가려 했던 그 아이임을 알아본 것이 틀림없는 것 같았다. 그렇지만 별말 없이 벽면의 선반에서 제품을 꺼내 카운터에 내려놓았다.

나는 신용카드로 결제했다.

매트가 눈썹을 치켜세웠다. 열다섯 살짜리가 비자카드를 내미는 일이 흔한 일은 아닐 테니까. 그렇지만 매트는 잠자코 이렇게 말했다.

"담아 드릴까요?"

"아니요, 괜찮아요."

나는 하디프와 매장을 부리나케 빠져나왔다. 쇼핑몰 출구의 문 앞까지 달려왔는데도 숨이 차기는커녕 가쁘지도 않다.

하디프가 문을 밀어 열었다. 아직 허리케인이 도착하지 않아서 다행이었다. 우리는 차가 오기를 기다리며 딱 붙어 서서 온기를 나누었다. 하디프의 숨결에서 박하 향이 느껴졌다.

몇 분 뒤, 나는 발이 얼지 않도록 동동거리며 말했다.

"왜 안 오는 거야?"

하디프는 미소를 지었다. 하디프의 눈이 나의 눈과 마주쳤다.

또 우리만의 시간이 주어진 셈이었다. 나는 웃음이 나왔다. 이렇게 잘생긴 젊은 아이와 단 둘이라니, 거부해야 마땅할 것이다.

그렇지만 하디프는 다가와 내 어깨에 팔을 둘렀다. 뿌리칠 사이도 없이 얼굴이 다가오고 있었다.

힐끗 허리케인이 다가오는 것을 보았지만 나는 아랑곳하지 않았다. 고개를 들어 하디프의 입술에 내 입술을 포갰다.

내 입술이 살짝 벌어지고, 하디프의 입술에도 힘이 풀렸다. 하디프의 달콤함이 느껴졌다. 이 순간을 영원히 잡아 둘 수는 없을까?

그때 경적이 크게 울렸다. 운전석에 앉은 건 당연히 론이다. 론은 누구도, 무엇도, 꾸물거리는 것은 견디지 못한다.

우리는 서로에게서 떨어졌지만, 나는 그 감촉을 조금이라도 오래 간직하려고 손을 들어 입술을 가렸다.

하디프는 차 앞쪽을 돌아서 할리가 앉아 있는 조수석으로 갔다. 그리고 레버를 조율해 새로 산 거치대를 대시보드에 고정했다.

할리는 거치대가 잘 고정되었는지 확인한 다음, El-Q를 끼워 운전석 쪽으로 돌렸다.

"엄마, 벌써 늦었어요. 전 유튜브에 올릴 노래 영상 같은 건 안 찍어요."

"액셀에 문제가 생길 때를 대비해서 설치하는 거다. 사건 기록용이야. 사람들이 너라면 믿을 거다. 중년의 남성에다 변호사이기도 하니까."

론은 고개를 절레절레 저으며 출발했다. 론은 과격하게 달렸다. 일단 멈춤 표지판도 무시하고, 노란불에도 그냥 달렸다. 빨간불은 한 번도 걸리지 않았다. 엘름우드는 얼마 멀지 않은 곳인데도, 고속도로로 진입했다. 속도 계기판의 바늘은 과속으로 걸리지 않을 정도인 110을 가리키고 있었다.

"액셀은 아무 문제 없는 거 같은데요."

론이 한마디 하며 첫 번째 보이는 고속도로 출구 쪽으로 차를 몰았다. 우리가 엘름우드 빌리지 주차장에 도착한 것은 5시 30분이었다.

론은 스마트폰을 확인하고 빙그레 웃었다.

"휴, 그렇게 늦진 않았어요."

그리고 할리를 보며 말했다.

"엄마, 여기 정말 좋은 곳이에요. 분명히 마음에 드실 거예요. 열린 마음으로 보신다고만 약속해 주세요."

29

확신

다른 사람에게 생각을 강요받는 상황에서 열린 마음을 유지하기란 어렵다. 오히려 반대 방향으로 도망치고 싶게 된다. 그렇지만 론 아저씨의 기세는 누그러지지 않았다. 론 아저씨는 입구로 들어서서 팔을 쫙 펼쳐 보이며 말했다.

"이 창들 좀 보세요. 낮에는 방들이 얼마나 밝겠어요?"

수전 할머니는 주위를 둘러보며 고개를 끄덕였다. 설마 론 아저씨 말에 넘어가고 있는 건 아니겠지?

그래도 어쨌든 건물은 새 건물 같고 중간 톤의 베이지색 벽과 짙은 원목 인테리어 덕에 입구는 차분한 분위기를 풍겼다. 분홍, 파랑, 라일락 일색의 서니사이드와는 전혀 달랐다.

까만색 긴 머리를 하나로 묶은, 건강하게 그을린 피부에 키가 큰 여성이 사무실에서 나와 우리 일행을 맞았다. 론 아저씨가 우리를 소개했다.

"엄마, 이쪽은 브리아나 아밀 씨예요. 브리아나 씨, 이쪽은 저희 어머니 수전 맥밀런 여사고요."

브리아나 씨는 밝게 웃으며 손을 내밀었다. 악수를 해 보니, 손을 잡는 느낌도 좋다. 마디가 부딪히지 않으면서도 너무 헐렁하거나 빠질 것 같은 느낌도 없다.

마르그레테 할머니, 린다 할머니, 하디프, 그리고 진짜 수전 할머니도 차례로 브리아나 씨와 악수를 하며 자신들을 소개했다.

브리아나 씨는 우리를 엘름우드 빌리지의 중심 상가로 안내했다. 널찍한 공간에 다양한 가게와 서비스 매장이 늘어서 있었다.

린다 할머니는 도서관의 자연석 초대형 벽난로를 보며 감탄을 금치 못했다.

론 아저씨가 이곳 도서관에 책을 기부할 수 있다며, 그렇게 되면 새로 사귈 친구들과 취향을 공유할 수 있다고 설명했다.

'새로 사귈 친구들'이라는 말에 린다 할머니가 움찔했다.

수전 할머니는 얼굴을 찌푸린 채 말이 없었다.

마르그레테 할머니가 미용실에서 멈춰 서서 안을 들여다보았다.

"파마는 얼마죠?"

미용실 직원이 할머니한테 가격 안내서를 건넸다.

마르그레테 할머니는 쓱 훑어보고 콧방귀를 뀌었다.

"나는 젊은 사람이 집까지 와서 해 주는데 그게 더 저렴한걸."

그러면서 팸플릿을 접어서 가방에 넣었다.

다음으로 브리아나 씨는 우리를 대형 스크린 라운지로 안내했다.

"오늘 밤에는 〈베스트 엑조틱 메리골드 호텔 2〉가 방영될 예정이에요. 입주민들에게 인기가 많은 영화죠."

브리아나 씨는 어깨를 으쓱해 보이며 덧붙였다.

“뭐, 리처드 기어가 나오니까요.”

수전 할머니가 물었다.

“영화는 아무나 보러 올 수 있나요? 방문객들, 그러니까 가족이나 친구들도?”

‘설마.’

노인들만 가득한 요양원에 영화 보러 올 사람이 있을까.

그때 린다 할머니가 말했다.

“나도 리처드 기어 보고 싶네요.”

브리아나 씨가 대답했다.

“죄송하지만 오늘은 예약이 꽉 차서요. 영화 상영은 인기가 굉장히 많거든요. 입주민이 아니셔도 오실 수 있고요. 입주민이 초대하시면 돼요.”

다음은 요리 공방이다. 취미활동 프로그램으로 쿠키를 구울 수 있는데, 초보자도 할 수 있다고 했다.

“아파트형을 선택하시면 집에 개인 냉장고와 스토브를 설치하실 수도 있고요.”

마르그레테 할머니가 흥미를 보이며 물었다.

“아파트형이라고요?”

“네. ‘엘름우드 빌리지’는 다양한 종류의 관리 시스템을 운영하고 있어요. 독립적인 생활을 하면서 청소나 세탁 같은 가사 서비스만 이용하실 수도 있죠.”

마르그레테 할머니가 맞장구를 쳤다.

“세탁은 정말 질색이야!”

“도움을 더 받고 싶다면 식사 패키지를 추가하실 수 있죠. 이를테면 요리를 싫어하는 경우라든가."

브리아나 씨는 우리를 엘리베이터로 안내하며 설명을 이어 나갔다.

"입주민 중 한 할아버지께서 집을 보여 주시기로 하셨어요."

브리아나 씨가 버튼을 누르자 엘리베이터 문이 열렸다. 모두 안으로 들어서자 브리아나 씨는 나에게 3층을 눌러 달라고 부탁했다. 엘리베이터는 소음 없이 부드럽게 올라갔다.

"안녕하세요."

3층에서 내리면서 브리아나 씨는 엘리베이터로 들어가는 한 커플에게 인사했다.

서로 팔짱을 꼭 낀 다정한 커플이었다. 둘 다 은테 안경에, 비슷한 스타일의 하늘색, 그리고 노란색 점퍼 차림이었다. 살아가면서 서로의 취향이 섞여 하나가 된 것 같았다.

일행을 복도로 안내하며 브리아나 씨가 말했다.

"플래벨 부부는 바로 이곳 엘름우드 교회에서 작년에 결혼하셨어요."

마르그레테 할머니가 놀라 물었다.

"어머, 정말요?"

린다 할머니가 한마디 거들었다.

"평생 해로한 부부처럼 보이는데."

수전 할머니는 퉁명스레 중얼거렸다.

"나는 커플룩 같은 건 질색이야."

키가 크고 마른, 그리고 코에 호스를 끼고 있는 젊은 남자가 보였다.

"에이든 씨, 오늘은 어떠세요?"

남자는 엘리베이터로 향하며 미소를 지었다.

"괜찮아요. 고마워요."

남자가 멀어지자 마르그레테 할머니가 놀란 기색으로 물었다.

"젊은 사람도 있네요?"

"생활에 보조가 필요한 사람이라면 누구든 머물 수 있죠. 저희는 '장기 거주'라는 용어를 쓰고요. 또 사랑하는 가족을 돌보고 있는 가정이 휴식할 수 있는 서비스도 제공하고 있어요."

브리아나 씨는 307호 문을 노크했다.

"고든 씨, 안에 계세요?"

'고든?'

설마 그 고든 할아버지?

그 고든 할아버지다! 시금치 샐러드 장인이 문을 열고 들어오라며 손짓하고 있었다.

"안녕하시오, 어서들 오세요."

고든 할아버지는 뭔가 달라 보였다. 뭔가 정중한 느낌이었다. 재킷을 입고 나비넥타이까지 맸다. 할아버지치고는 꽤 멋지다. 방문객을 맞기 위해 특별히 차려입은 걸까?

"아니, 수전! 마르그레테, 린다까지. 이거 깜짝 놀랐네! 내 집을 보러 온다는 사람들이 이 아가씨들인 줄은 미처 몰랐어요."

할머니들한테 아가씨라니. 하긴 할아버지가 아는 유일한 아가씨들일 터였다. 나는 사양한다. 최소한 내 영혼만큼은 진짜 아가씨라 불릴 만한 나이니까.

우리 일행이 집 안을 둘러보는 동안 린다 할머니가 고든 할아버지에게 말했다.

“우린 고든이 여기 사는 줄 몰랐어요.”

수전 할머니에게 미소가 돌아왔다. 고든 할아버지가 여기 산다는 건 엄청난 플러스 요인 같다.

나도 한눈에 이 집이 서니사이드의 그 방보다 마음에 들었다. 우선, 훨씬 넓다.

고든 할아버지가 한쪽 문을 열었다.

“이쪽은 화장실이고.”

브리아나 씨가 설명에 나섰다.

“안전 손잡이가 있어서 욕조에 들어가거나 샤워를 하기 쉬워요. 연세 있는 분들을 배려해서 설계되었죠.”

서니사이드에서는 샤워를 일주일에 딱 두 번 할 수 있다. 내가 물었다.

“목욕하고 샤워는 아무 때나 할 수 있나요?”

“그럼요. 독립적인 생활이란 게 본래 그런 건데요.”

고든 할아버지가 빙그레 웃었다.

“아쿠아로빅 하러 갈 때나 도서관에 갈 때 걸어갈 수 있어요. 내키면 사람들하고 카드 게임도 하고, 단지 내 행사도 있고.”

할아버지는 나비넥타이의 양쪽을 잡아당기며 눈썹을 움찔움찔했다.

“나는 오늘 밤에 딸이 와서 같이 저녁 먹고 영화 볼 겁니다.”

“어휴, 아주 좋은데요!”

나는 감탄하는 수전 할머니를 쿡 찔렀다. 그런 말은 어린 내 입에서 나오기에는 수상쩍을 만큼 구식이다.

브리아나 씨가 설명을 이어 갔다.

“보행이 불편한 분들을 위해서는 은퇴자 단지가 있어요. 은퇴자 가구에는 세 끼 식사와 함께 옷 입기, 씻기, 약 먹기 등 일상생활 전반을 보조하는 서비스가 제공되죠."

약 복용! 우앗, 그러고 보니 오늘 약 먹는 걸 잊어버렸다.

"장기 병상 관리 서비스가 포함된 단지도 따로 운영 중이에요. 기억력에 변화가 생긴 분들을 위한 거고요."

나는 열다섯 살인데 벌써 중요한 할 일을 잊어 먹었다. 뭐, 오늘 못 먹은 약들은 이따 자기 전에 한꺼번에 먹으면 되겠지.

"운영 중인 모든 가구에는 비상 호출 시스템이 제공됩니다."

마르그레테 할머니가 또 콧방귀를 뀌었다.

"남편이 세상을 떠난 다음에 내 아들도 우리 집에 시니어 알람 시스템이라는 걸 설치해 줬지."

론 아저씨가 끼어들었다.

"저도 어머니께 그런 걸 해 드리고 싶어요. 요양원에 들어가실 마음이 생길 때까지요."

마르그레테 할머니가 말했다.

"글쎄다, 그 시스템은 한밤중에 아무 이유도 없이 울렸어. 그러면서 무슨 목소리가 구급차를 불렀다며 안내를 했고. 나는 필요 없다고 취소했지. 그리고 다시 잤는데, 좀 있다가 다른 목소리가 말을 걸더라고. 구급차가 올 때까지 곁을 지켜 줄 사람을 보낸다고."

브리아나 씨가 쿡쿡 웃는다.

"그거 너무한데요! 저희 시스템은 그렇지 않아요. 상주 직원이 즉시 출동해요. 인터폰 안내가 아니고요."

론 아저씨가 말했다.

"혼자 사시는 분들은요? 엄마가 집에 계실 때 한밤중에 심장마비라도 오면요?"

마르그레테 할머니가 나섰다.

"우리가 있잖아. 우리가 꼭두새벽마다 수전의 상태를 확인한다고."

내가 론 아저씨한테 설명했다.

"이 친구들이 아침마다 날 들여다본단다. 아주, 아주 이른 아침에."

전화벨 소리가 울리고 고든 할아버지가 전화를 받았다.

"그래, 딸, 다 와 가니?"

할아버지의 미소가 가라앉았다.

"그럼. 이해하지. 브렌든이 아프다면야… 너도 어쩔 수 없는 일이지. 그래, 나도 사랑한다!"

할아버지는 전화를 끊었다.

잠시 아무도 말이 없었다. 딸에게 바람맞은 것이다.

수전 할머니가 갑자기 밝은 목소리로 물었다.

"할아버지, 저희랑 같이 식사하실래요?"

마르그레테 할머니와 린다 할머니가 동시에 수전 할머니를 돌아보았다. 열다섯 살짜리가 할아버지뻘 되는 사람을 식사에 초대하는 건 뭔가 희한한 일이다. 특히 그 할아버지를 저런 눈빛으로 보면서라면.

"괜찮다. 너는 일행이 있는데. 굳이 안 끼워 줘도 된다."

수전 할머니는 나의 어린 손으로 할아버지의 재킷 소매를 쓰다듬었다.

"그렇지만 이렇게 멋지게 입으신걸요."

이제 그만! 저건 정말 기괴하다. 나는 상황을 바로잡기 위해 내가 해야 할 일을 알고 있었다. 나는 되도록 할머니 말투로 말했다.

"그래요, 고든, 같이 식사하러 가요. 어떤 메뉴가 맛있는지 알려 줘요. 여기서 사는 게 어떤지도 솔직하게 말해 주고요."

할아버지의 미소가 다시 떠올랐다.

"그렇다면야! 물론이죠. 아주 좋아요."

우리는 소박한 거실과 침실을 구경하고, 주차장도 내려다보았다. 간편한 형태의 주방도 빼놓지 않았다. 모든 게 가지런하고 깨끗하게 정리되어 있었다. 왜 아닐까? 할아버지는 청소 서비스를 받고 있는데. 그렇다 해도 그때의 맛있는 시금치 샐러드는 할아버지가 직접 만든 것이었다.

브리아나 씨가 물었다.

"궁금하신 건 없으세요?"

나는 고개를 저었다.

마르그레테 할머니가 물었다.

"여기 비용은 얼만가요? 이런 데 사는 건 크루즈 배에 사는 것만큼 비싸다던데."

고든 할아버지가 대답했다.

"아, 아니에요. 잘못 들으신 걸 거예요. 크루즈 배에 사는 것만큼 재미있다고 한 말을 그렇게 들은 게죠."

브리아나 씨가 빙그레 웃었다.

"가격은 집의 평수와 선택하는 서비스에 따라 달라요. 입주를 고민해 보고 싶으시다면 따로 안내서를 드릴게요."

마르그레테 할머니가 고개를 끄덕였다.

"여기는 마무리가 된 것 같네요. 식사하러 가시겠어요? 준비가 되어 있을 거예요."

우리는 고든 할아버지를 따라 복도로 나와서 엘리베이터를 탔다. 10층에 '브렌다스'라는 이름의 레스토랑이 있었다.

딩동 소리와 함께 엘리베이터 문이 열렸다. 왼편으로 조금 걸어가니 문이 하나 나왔다. 거기서 레스토랑 매니저가 우리를 맞았다.

안으로 들어가며 론 아저씨가 감탄했다.

"햐, 이 경관 좀 보게!"

아저씨 말에 동조해 주고 싶지는 않았지만, 경관은 정말로 끝내줬다. 마치 세상의 정상에 서 있는 느낌이었다. 대형 창문으로 눈 덮인 지붕들과 색색의 크리스마스 조명이 내려다보였다. 레스토랑 한가운데에서 타오르는 전기 벽난로 덕에 실내가 따뜻했다.

매니저는 곧바로 우리를 예약된 커다란 식탁으로 안내했다. 마실 것을 먼저 주문하겠느냐는 직원의 질문에 브리아나 씨가 와인을 주문했다.

린다 할머니가 차도 한잔 마실 수 있느냐고 물었다.

직원이 즉시 우리가 마실 물과 함께 사기 찻주전자를 들고 돌아왔다. 마르그레테 할머니는 크게 감동했다.

"다른 데서는 철제 포트에 뜨거운 물을 줘. 티백을 주고 말이야."

직원은 다시 와인을 들고 돌아와 어른들에게 따라 주었다.

마르그레테 할머니가 와인을 한 모금 마셨다.

"음. 켄이 떠난 뒤로 와인은 처음이야."

그리고 미소를 지었다.

그 미소에 나는 마음이 저릿했다. 처음으로 이 심술쟁이 마르그레테 할머니가 아주 조금 안타까웠다.

직원이 돌아와서 오늘의 특선 메뉴를 안내하고, 메뉴판을 나누어 주었다. 메뉴들이 며칠 전 수전 할머니한테 데려가라고 조른 고급 레스토랑 '퍼스펙티브스'와 막상막하다.

마르그레테 할머니가 놀란 기색으로 말했다.

"안내 투어에 식사도 포함인 거 아니었어? 식전 메뉴 가격 좀 봐!"

론 아저씨가 말했다.

"걱정하지 마세요. 제가 사 드리는 겁니다."

나는 론 아저씨에게 복수한 것 같아 고소하기 짝이 없었다.

그때 브리아나 씨가 끼어들었다.

"입주하시면 푸드 포인트를 드려요. 입주민들은 아침은 만들어 드시고 점심은 친구들과 외식하시는 걸 선호하시죠. 그래서 보통 식사 결제는 포인트로 해결하실 수 있어요."

나는 하디프와 수전 할머니처럼 피시앤칩스를 주문하고 싶었지만, 이제는 나도 내 소화기관이 늙었다는 사실을 잘 알고 있었다. 그래서 린다 할머니를 따라서 광어를 주문했다. 론 아저씨는 미트로프, 마르그레테 할머니는 랍스터 베네딕트다.

음식이 나오자 브리아나 씨가 와인 잔을 들고 모두가 잔을 들기를 기다려 건배했다.

"새로운 시작을 위하여."

각자 따라 외쳤다.

"새로운 시작을 위하여."

내가 정말로 알고 싶은 것은 수전 할머니와 나의 새로운 끝이다. 엘리는 언제쯤에나 그것을 허락할까. 나는 와인을 한 모금 마셨다.

웩! 썩은 포도 주스 맛이다. 이런 걸 린다 할머니와 마르그레테 할머니는 저렇게 마셔 댄다고? 마르그레테 할머니가 이렇게 행복해 보이기는 처음이다.

고든 할아버지가 나를 향해 미소 지었다. 할아버지는 다정하지만 거침없다. 연이어 와인을 한 모금 더 마시자 나는 이 분위기가 어디로 가고 있는지 알 것 같았다.

"수전, 오늘 저녁에 같이 영화 보지 않을래요?"

30

수진

고든이 데이트 신청을 했다! 여든두 살의 내 모습에게.

고든이 끌린 건 할리의 열다섯 살 영혼일까? 어느 쪽이든 대답을 해야 하는 사람은 할리다. 이렇게 되고 처음으로 나의 삐걱거리는 낡은 껍데기로 돌아가고 싶었다. 내 나이 또래의 사람과 친구가 되고, 데이트를 하고 싶었다!

할리는 뭐라고 대답할까? 나는 할리를 지켜보았다.

할리는 와인을 한 모금 더 마셨다.

"정말 그러고 싶은데요. 진심으로요."

할리의 창백한 피부색이 뭔가 다른 색으로 보였다. 잿빛이라고 해야 하나? 영화를 보러 가자는 것이 할리에게 이렇게까지 충격적인 일인 걸까?

"그런데 오늘은 몸이 좋지 않네요."

할리는 론에게 고개를 돌렸다.

"론, 네가 날 좀 데려다줘야겠다."

'뭐라고?'

할리는 고든의 관심을 받아 줘야 한다. 재미있고, 춤에 일가견이 있으며, 샐러드까지 잘 만드는 남자를 언제 다시 만날 수 있을까? 종국에 누구의 모습으로 남게 되든, 우리에게는 친구가 필요하다.

"네, 계산만 마치면 바로 모셔다 드릴게요."

론의 말투에는 짜증스러운 기운이 역력했다. 론도 할리의 말을 믿지 않는다. 요양원 입소에 관해 의논하는 상황을 벗어나려는 수작으로 생각하고 있을 것이다.

고든이 물었다.

"수전, 괜찮아요?"

할리는 냅킨으로 얼굴을 꾹꾹 누르고, 숨을 헐떡이며 대답했다.

"괜찮아요. 그냥 조금 피곤해서 그래요."

나는 할리가 연극을 하고 있다고 생각하지 않는다. 내 늙은 몸이 왜 저렇게 땀을 흘리는 걸까?

브리아나 씨가 손을 들어 직원을 불렀고, 론이 신용카드를 내밀었다. 우리는 각자 외투를 입고 밖으로 나섰다. 디저트도 없고, 커피도 없었다.

함께 엘리베이터로 가는 길에 고든이 할리에게 물었다.

"전화번호 주겠소? 나중에라도 괜찮아졌는지 확인하고 싶은데."

할리는 대답조차 하지 않았다. 아니, 하지 못하는 것 같았다. 아까부터 과호흡 상태다. 할리는 들고 있던 안내서로 얼굴을 부채질했다. 숨을 힘겹게 몰아쉬고는 겨우 대답했다.

"찬 공기를 좀 마셔야겠어요."

마르그레테가 고든을 안심시켰다.

"걱정하지 말아요. 혼자 있게 하지 않을 테니까. 오늘 밤에는 내가 곁에서 수전이 잠드는 것까지 보고 갈 거예요."

할리는 여전히 아무 말이 없었다.

론도 이제 찌푸린 얼굴로 할리를 보고 있었다. 걱정하는 눈치다. 론은 주머니에서 명함을 꺼내 고든에게 건넸다.

"제 명함입니다. 나중에 이쪽으로 전화 주십시오. 염려 감사합니다."

고든은 1층에서 우리와 함께 내렸다.

하디프가 자신은 혼자 갈 수 있다며 인사했다.

"금방 괜찮아지셨으면 좋겠네요."

하디프는 내 뺨에 가볍게 키스한 다음 집으로 향했다.

고든은 주차장까지 따라와 덜덜 떨면서 우리가 차에 타는 것을 지켜보았다. 집에서 바로 나오는 바람에 외투도 없는 재킷 차림이다. 누구라도 고든에게 먼저 들어가라고 강권해야 할 것 같다. 저러다 추위에 잘못되겠다. 그렇지만 고든은 그대로 서서 할리의 잿빛 얼굴을 지켜보다가 허리케인이 출발하자 쓸쓸히 손을 흔들었다.

론은 워커스라인을 따라 QEW를 향해 달렸다. 속도가 빠르다. 나는 론의 어깨너머로 속도계를 확인했다. 아직 고속도로에 들어가지 않았는데 속도를 내고 있다.

린다가 고속도로 진입 차선 너머의 들판을 가리켰다.

"어, 저 강아지! 어제 우리가 보호소에 데려가려던 강아지 아니야?"

멀리서 까만색 털 뭉치 부위 외에는 온몸이 분홍색인 강아지가 보였다. 린다 말대로다.

'대체 왜?'

엘리는 왜 우리 앞에 나타난 것일까? 이유가 있어서다. 반드시 있다. 싸늘한 손길이 내 등골을 훑고 지나는 것 같았다.

“El-Q를 켜야 할 것 같아요.”

할리는 힘겹게 핸드백에서 스마트폰을 꺼냈다. 그러고는 잠시 등받이에 기대어 거친 숨을 몰아쉬었다. 가까스로 손을 뻗어 스마트폰을 거치대에 끼운 다음, 전원을 켜자마자 다시 무너지듯 앉으며 웅크렸다.

론이 곁눈으로 할리를 살폈다.

“엄마, 안색이 안 좋아요. 니트로글리세린을 좀 드셔야 할 것 같아요.”

할리는 숨을 몰아쉬었다.

“괜찮아.”

할리는 지금 심장마비의 징조가 어떤 느낌이란 걸 모르는 것이다. 남들이 어떻게 생각하건 나는 안전띠를 풀고 조수석 좌석으로 손을 뻗어 핸드백을 집었다. 그리고 니트로글리세린 병을 꺼내 할리에게 말했다.

“입을 벌리고 혀를 위로 드세요.”

할리는 내 말대로 했다.

나는 니트로글리세린을 꺼내 할리의 입안에 넣었다.

알약은 입밖으로 굴러 나왔다. 할리에게는 지금 알약을 물고 있을 힘도 없는 것이다.

론이 떨어진 알약으로 손을 뻗자 허리케인이 휘청 출렁였다. 내가 차 이편에서 저편으로 흔들리는 사이에, 론은 알약을 놓쳤다. 할리의 고개가 푹 꺾였다.

“엄마, 병원으로 갈게요!”

허리케인이 속도를 높였다.

나는 뒤로 넘어갔다가 그대로 앞으로 휘청 꺾였다.

그때였다. 분홍색과 회색이 섞인 작은 생명체가 고속도로로 뛰어들며 허리케인을 정면으로 가로막았다.

엘리.

엘리의 까만색 눈동자가 우리 차를 정면으로 마주 보고 있었다. 정수리의 까만 털들이 하늘로 꼿꼿이 솟았다.

나는 론의 어깨를 잡았다.

"브레이크 밟지 마!"

엘리가 바라는 대로 다 할 이유는 없다. 론은 어차피 동물을 좋아하지도 않는다. 론에게는 쉬운 일일 것이다.

그렇지만 론은 듣지 않았다.

듣지 않고, 브레이크를 세게 밟으며 차를 왼쪽으로 크게 꺾었다.

거기엔 아무도 없었다. 우리 모두 무사하다.

론이 다시 액셀을 밟자 허리케인이 출렁이며 앞으로 발진했다.

몇 미터 앞에 탱크로리가 보였다. 1차선을 타기에는 너무 느린 속도다. 허리케인이 속도를 유지하기는 틀렸다.

"젠장!"

론이 등받이로 거칠게 물러나 앉으며 오른발로 브레이크를 밟았다.

오른편 차선에는 18륜 트럭이 달리고 있었다. 우리의 앞과 옆이 완전히 막혔다.

"비켜요!"

론은 고함을 지르며 경적을 울렸다. 음을 이탈한 튜바 연주처럼 경적이 터져 나갔다. 트럭도 자리를 내주지 않았다.

"젠장, 속도가 안 줄어요! 액셀 페달이 걸렸다고요!"

우리와 탱크로리의 간격이 빠르게 줄어들고 있었다.

나는 지난 경험을 통해 갓길에 서면 된다는 걸 알고 있었다. 그런데 갓길로 갈 방법이 없었다. 멍청한 트럭이 비켜 주지 않을 거였다.

왼편은 콘크리트 중앙분리대였다.

우리는 탱크로리를 들이받게 될 것이다.

마지막 순간에 론은 핸들을 콘크리트 중앙분리대로 꺾었다. 허리케인은 중앙분리대를 정통으로 들이받았다.

충돌과 함께 총소리 같은 것이 연달아 터졌다.

허리케인 앞쪽에서 하얀 연기가 두 줄 피어올랐고, 풍선껌에서 바람이 새는 것처럼 타이어에서 바람이 빠졌다. 에어백이 연달아 터졌다. 차 안에는 연기가 차올랐다. 안전띠를 풀고 있던 나는 튕겨 나가 창문에 부딪혔다가 다시 의자로 튕기고 다시 창문에 부딪혔다.

중앙분리대를 들이받은 허리케인은 옆으로 전복된 채 네 개의 차선을 가로질러 미끄러졌다. 기적적으로 어느 차량에도 받히지 않은 채 갓길에 섰다.

어둠이 옅어지며 얼굴로 따스한 햇살이, 등 아래로 서늘한 풀잎과 딱딱한 바닥이 느껴졌다. 여기가 어딜까? 나는 천천히 다리에 힘을 주고, 손으로 무릎을 짚어 몸을 일으켰다. 내 손에 쭈글쭈글한 주름과 검버섯이 보였다. 안 돼! 다시 노쇠한 껍데기로 돌아왔다. 어디선가 경쾌하고 행복한 오르간 연주가 들려오고 있었다. 앞에 롤러코스터가 괴수처럼 서 있었다.

햇볕에 탄 놀이공원 직원 모습의 엘리가 보였다. 엘리는 롤러코스터 입구에 서서 손을 내밀고 있었다.

엘리 앞에 할리가 서 있다. 어린 자신의 몸으로 돌아간 할리가 엘리에게 표를 내밀고 있었다.

"주지 마!"

나는 고함을 치고 둘에게 돌진했다. 할리는 저 롤러코스터에 타선 안 된다! 나는 입장권 쪼가리가 할리의 손에서 떠나기 전에 낚아챘다.

"이건 새로운 끝이 아니야. 내가 보고 있는 한 넌 교통사고로 안 죽어!"

엘리는 묵묵히 나를 쳐다보며 물었다.

"이제 표가 할머니한테로 갔네요? 오명을 벗게 되었으니 이제 끝내실 건가요?"

나는 망설였다. 세상에는 경험해야 할 새로운 것들이 너무 많다. 이제 나는 내 스마트폰으로 손녀와 이야기할 수 있다. 고든과 영화를 보러 갈 수 있다.

곁에 있던 할리가 끼어들었다.

"할머니가 안 가면 나도 안 갈래요."

나는 한숨을 쉬었다. 론이 그리울 것이다. 셰릴마저 그리울 것이다. 그렇지만 분명히 나는 갈 때가 되었다.

"할리, 나는 여든둘이다. 표가 한 장이니 내가 쓰는 게 맞아."

"심장약 먹는 걸 잊어버린 건 저예요."

"나는 우리가 처음 만난 날 심장마비로 죽을 운명이었어. 기억하지?"

"같이 사지 모터스하고 싸워야 한다는 건 알아요."

할리가 눈물이 그렁해진 눈가를 훔쳤다.

나는 할리의 어깨를 꽉 쥐었다.

"나 때문에 울 생각 마라. 알아듣지? 덕분에 아름다운 청춘의 몸으로 사흘이나 더 살았어. 두 청년이 나한테 키스했고. 둘씩이나!"

엘리가 불평했다.

"또 남자 이야기네요. 그건 목표일 수 없었다는 거 기억하시죠?"

할리는 우는 와중에도 콧방귀를 뀌었다.

나마저 울 수는 없어서 눈을 깜박여 참았다. 안팎으로 속속들이 알게 된 이 수양 손녀가 나는 무척 보고 싶을 것이다.

"사지 모터스하고는 나 없이도 싸울 수 있어. El-Q에 다 기록이 되어 있을 거다. 내 아들 론이 그냥 넘어가게 두지 않을 거고."

문득 무서운 생각이 스쳤다. 나는 주위를 둘러보았다.

"제발 론은 무사하다고 말해요."

롤러코스터 주변 어디에도 론은 없다.

"다른 사람들은?"

엘리는 어깨를 으쓱했다.

"이건 그들의 여정이 아니에요."

모호한 대답이었다. 론은 롤러코스터를 좋아하지 않는다. 어릴 때부터 그랬다. 나는 음식 가판대를 돌아보았다. 론이라면 솜사탕일 것이다. 솜사탕 가판대 앞에 긴 줄이 있다. 낯익은 얼굴도, 아닌 얼굴도 보인다. 오래 살다 보니 벌써 많은 친구와 가족을 떠나보냈다. 그들 사이에 론은 없었다. 안도감이 밀려왔다. 회전목마를 확인했다. 예전의 친구들이 타고 있지만 마르그레테와 린다는 없다. 두 사람은 회전목마 취향이다.

"할리하고 나만 죽은 건가요? 할리가 여기 온 건 내가 안전띠를 풀었기 때문이에요."

엘리가 두 손을 들었다.

"사소한 일, 사소한 일! 자, 이제는 입장할 시간입니다. 두 사람 모두 타세요! 롤러코스터가 곧 출발합니다!"

나는 표를 바닥에 버렸다.

"안 타겠어요. 오늘은 우리 둘 다 안 타요."

엘리가 당장이라도 쪼아 댈 수탉처럼 고개를 젖혔다.

"뭐예요? 죽고 싶다고 했잖아요. 이렇게 오래 살 거라곤 생각하지 않았잖아요. 기억 안 나세요? 주름진 살갗도 싫다, 기억력이 흐려지는 것도 싫다, 기력이 쇠해 가는 것도 싫다, 이것도 싫다, 저것도 싫다… 불평, 불만."

"불평은 누구나 다 하지 않나요?"

"그렇죠. '이 뚱뚱한 허벅지 좀 봐.' '내 머리는 왜 이렇게 붕붕 뜨지?' '이마에 여드름이 났잖아.' 아후 지겨워."

나는 엘리에게 말했다.

"지금 누가 불평불만을 한다고요?"

엘리가 두 눈을 굴렸다.

할리가 말했다.

"앞으로는 몸에 대해 불평하지 않을게요. 제 몸은 완벽해요."

나는 팔짱을 꼈다.

"나는 아무 약속도 안 해요."

할리가 외쳤다.

"할머니!"

"그러니까, 엘리, 나는 감사해요. 사람들은 어린 나이에 암으로 죽기도 해요. 그런데 나는 아이들을 다 키워 냈어요. 이제는 가도….”

나는 잠시 망설이다가 말했다.

“만약 한 사람은 반드시 가야 한다면, 그건 나여야 해요.”

엘리가 물었다.

“지상에 있으려면 합당한 이유가 있어야 하죠. 두 사람 다 세상을 위해 뭘 할 수 있죠?”

내가 대답했다.

“나는 법정에서 사지 모터스 반대편 증인이 되고 싶어요. 애플걸은 그렇게 죽으면 안 됐어요.”

할리가 말했다.

“저도요.”

엘리가 말했다.

“론이 이 사건을 맡겠죠. 그렇다면 증인으로 두 사람이나 필요하진 않아요.”

나는 순순히 인정했다.

“아이들과 손자, 손녀들 곁에서 조금만 더 있고 싶어요.”

할리가 말했다.

“저는 나이 많은 사람들을 도울 수 있어요. 마르그레테 할머니하고 수전 할머니뿐만 아니라 할머니 할아버지들에게 아이패드나 이북 리더기 쓰는 법을 가르쳐 드릴게요. 그럼 가족들이 전 세계 어디에 있든 이야기할 수 있어요.”

엘리는 고개를 갸우뚱하며 눈썹을 치켰다.

“신기술은 저도 참 좋아하죠.”

할리가 말을 이어 나갔다.

"그것만이 아니에요. 변호사가 되고 싶어졌어요. 안전이나 환경을 생각하지 않는 기업들하고 싸우겠어요. 사지 일은 시작에 불과하다고요."

엘리가 할리 쪽으로 돌아섰다.

"평소에 남자아이들한테 집착하던 것보다 훨씬 좋네요."

할리가 빈정거렸다.

"아예 케일을 좋아했다고 고소를 하시든지요. 어쩌면 처음부터 중요한 건 케일이든 누구든 그런 게 아니었을지도 모르겠어요…."

할리는 손사래를 치며 덧붙였다.

"중요한 건 간질간질하게 가슴 뛰는 느낌이었어요."

내가 대신 콕 집어 주었다.

"사랑에 빠지는 거 말이지."

"맞아요. 엄마하고 아빠가 주는 사랑 말고요. 그런 거 말고, 아주 짧은 동안이라도 누군가 다른 사람이 그 누구도 아닌 나를 선택해 주는 사랑 말이에요. 재킷을 벗어 주고, 손을 잡고 그런 거요."

내가 말했다.

"나는 가족들의 사랑으로 충분해요. 그렇지만 젊은 애들이 나에게 열중하는 걸 만끽했다고는 해야겠죠. 그 둘의 키스도 물론이고요. 할리에게도 언제가 그런 걸 경험할 기회가 있어야 해요."

엘리는 생각에 잠긴 표정으로 할리를 보다가, 고개를 끄덕이며 다시 나를 보았다.

"무슨 말인지 알아요. 그런데, 만약 요양원에 가야 한다면요?"

"그건 말할 필요도 없어요. 은퇴자들을 위한 단지로 이사할 거예요. 심장마비가 왔을 때 혼자 있고 싶지는 않아요. 곁에 도와줄 사람이 있어야 해요."

"만약 지금과 상황이 다르다면요? 훨씬 안 좋은 쪽으로?"

그 질문에 나는 말문이 막혀 잠시 생각을 해야 했다. 고개를 들어 구름 한 점 없는 파란 하늘을 올려다보았다. 회전목마, 티컵 라이드에 탄 사람들이 보였다.

'모두 세상을 떠난 사람들일까?'

궁금했다. 이들은 차례로 누구도 알 수 없는 곳으로 가게 될까?

"내 상태가 더 안 좋아진다면, 그렇다면 당연히 장기 요양을 하는 거죠. 식사를 차려 줄 사람이 있을 거예요."

엘리가 말했다.

"휠체어가 필요할 수도 있어요."

첩첩산중이다. 나는 눈을 질끈 감았다. 어쩌면 이쯤에서 포기해야 할지 모른다.

"할머니, 저랑 같이 가요, 제발요!"

눈꺼풀을 들자 할리가 기도하듯 두 손을 맞잡고 있었다. 이 아이는 아직 너무 어리다. 정말로 인정이 많은 아이이다. 나는 한숨을 쉬었다. 이 손녀 녀석 때문에라도 조금만 더 살고 싶다. 이 녀석이 당장 나의 죽음을 겪지 않아도 되도록.

"전동스쿠터 휠체어도 되나요? 빨간 깃발을 꽂고 도로 가운데로만 다닐게요."

엘리가 미소를 지었다.

"한번 보죠."

31

할리

"할리! 할리!"

마르그레테 할머니의 목소리다. 어디서 부르는 걸까? 정말 나를 부르는 걸까? 내가 내 몸으로 돌아왔나? 뭔가 딱딱한 것이 등을 찌르고 있고, 손으로 더듬어 보니 문손잡이다. 눈을 뜨니 진짜 내 살갗이 보였다. 휴우. 안도의 한숨을 길게 내쉬었다. 그대로 몸을 일으키려다가 누군가의 다리에 부딪혔다. 린다 할머니다. 할머니가 정신을 잃은 채 내 머리 위에 매달려 있었다. 가운데 자리의 안전띠가 할머니를 붙들고 있었다.

나는 눈을 깜박였다. 눈 앞에 펼쳐진 상황을 제대로 보아야 했다. 고개를 돌려 보았다. 세상이 뒤집혀 보였다. 머릿속으로 어떻게 된 일인지 더듬어 보았다. 마침내, 눈앞의 형체와 세세한 모습들이 또렷해졌다.

우리가 탄 허리케인은 조수석 쪽으로 뒤집혔다. 무중력 상태의 우주선 마냥, 마르그레테 할머니가 내 머리 위 공중에서 안전띠를 푸느라 애쓰고 있었다.

"차에 불이 붙을지도 몰라. 빨리 나가야 해. 빨리!"

"어떻게요?"

앞좌석의 론 아저씨와 수전 할머니는 둘 다 정신을 잃은 채였다. 어쩌면 더 나쁜 상태일지도 몰랐다. 나하고 노쇠한 할머니 단둘이서 모두를 밖으로 끌어내야 한다. 나는 몸을 일으켜 서서 까치발을 하고 문을 향해 손을 뻗었다. 마르그레테 할머니가 있는, 내 위쪽의 문이다. 손가락이 닿을락 말락 했다.

"여기서는 못 열겠어요."

"내가 해 보마."

마르그레테 할머니는 열림 버튼을 누르고 문을 힘껏 밀어 열었다. 그쪽 차체는 우그러진 데가 없는 것 같았다.

나는 디디고 올라설 것이 있나 둘러보았다.

"이제 어떻게 거기까지 가죠?"

할머니가 말했다.

"좀 비켜 봐라."

내가 조수석 의자로 바짝 붙자 마르그레테 할머니는 안전띠의 버클을 풀었다. 그리고 나를 반쯤 덮치며 착지했다.

"어이쿠!"

천천히 몸을 일으킨 할머니는 두 손을 맞잡아 받침을 만들었다.

"자, 네가 여기에 올라서면 내가 밀어 올리마."

나는 숨을 깊이 들이마시고 할머니가 앙상한 손가락으로 맞잡아 만든 손 받침 위에 섰다.

"네, 되네요."

"그럼 이제 밖으로 기어 나가."

"네? 어떻게 하시려고요? 린다 할머니를 저한테 올리시려고요?"

"그러지는 않아도 될 거다. 론부터 하자. 한번 깨워 봐라."

나는 할머니의 손 받침에 지지해 밖으로 빠져나간 다음, 운전석으로 기어가서 문손잡이를 잡았다. 힘껏 열었지만 중력 때문에 문은 다시 닫히려고 했다. 나는 내 몸을 쐐기 삼아 끼워 넣었다. 내려오던 문이 내 등을 찍었다. 아야! 나는 몸을 기울여서 론 아저씨 귀에 대고 부드럽게 불렀다.

"아저씨, 정신 차리세요. 아저씨가 도와주셔야 해요."

론 아저씨가 혼자 움직이지 못한다면 마르그레테 할머니와 나는 아저씨를 끌어낼 수 없을 것이다.

론 아저씨는 끄응 신음하더니 눈을 떴다. 나는 아저씨에게 말했다.

"제가 지금 아저씨 안전띠를 풀게요. 제 어깨를 단단히 잡고 밖으로 나오세요."

대답이 없었다.

내가 다시 물었다.

"하실 수 있겠어요?"

론 아저씨는 한참을 멍해 있더니 왼팔을 늘어뜨리며 신음했다.

"손목이 잘못된 것 같아."

론 아저씨가 오른손으로 내 어깨를 잡자 나는 아저씨를 안아서 끌어올렸다. 아저씨가 자신의 손가락이 내 어깨를 파고들 만큼 단단히 잡았지만 너무 무거웠다. 내 힘으로는 끌어낼 수 없다.

"아저씨가 다리로 밀면 안 될까요?"

"어흐흑."

론 아저씨가 다시 신음했다.

"다리가 안 움직여!"

그 대신 아저씨는 팔꿈치를 문에 단단히 건 다음 내가 물러서 있는 동안 조금씩 몸을 끌어냈다. 조금씩, 조금씩, 아저씨는 밖으로 나왔다.

마침내 우리 둘 다 차의 옆면으로 나왔다. 나는 먼저 아래로 뛰어내려 아저씨에게 손을 뻗었지만, 아저씨는 그대로 아래로 떨어졌다. 내가 할 수 있는 것은 이게 전부다. 아저씨의 다리는 몸을 지탱하지 못할 것이다.

"차에서 최대한 멀리 떨어져야 해요. 혼자 굴러가실 수 있겠어요?"

론 아저씨는 대답하지 않았다. 아니, 대답하지 못하는 거였다. 아저씨는 정신을 잃었다. 나는 아저씨의 팔뚝 아래로 손을 넣어 잡아당겼다. 몸은 꿈쩍도 하지 않았다.

"다음은 린다야!"

마르그레테 할머니 목소리에 아저씨를 그냥 두고 갈 수밖에 없었다.

나는 타이어에 올라서서 차 밑 파이프에 매달려 몸을 끌어올렸다. 차체가 흔들렸다. 혹시 내 위로 엎어지는 거 아닐까? 잠시 기다렸다.

아니지?

다행이다.

다시 차 위로 올라갔을 때, 어느새 정신을 차린 린다 할머니를 마르그레테 할머니가 밀어 올리려고 애쓰고 있었다. 마르그레테 할머니가 이렇게 강인할 거라고 누가 생각이나 했을까. 나는 론 아저씨한테 했던 대로 린다 할머니의 손을 잡았다. 할머니는 가볍고 부상도 덜해서 일이 훨씬 쉬웠다. 조심, 조심, 나는 할머니를 도와 가파른 차에서 끌어 올렸다. 그리고 먼저 바닥으로 뛰어내린 다음, 내 위로 내려오는 할머니를 받아 냈다. 그리고 비틀거리는 할머니를 부축해서 론 아저씨 옆에 앉혔다.

이제는 마르그레테 할머니하고 수전 할머니만 남았다. 엔진에서 검은 연기가 피어올랐다. 나는 더 서둘러서 허리케인 위로 기어올랐다.

이번에는 정말 조마조마했다.

'진정하자.'

나는 마르그레테 할머니에게 외쳤다.

"준비됐어요! 수전 할머니를 위로 좀 보내 주세요."

마르그레테 할머니가 대답했다.

"계속 불러 보는 중인데, 깨어나질 않아."

마르그레테 할머니는 무릎을 꿇고 수전 할머니를 내려다보면서 자신의 손가락 두 개를 수전 할머니 목에 대었다. 잠시 뒤, 마르그레테 할머니가 고개를 저었다. 감히 물어볼 수 없는 질문에 대한 대답이었다.

아니야!

마르그레테 할머니가 물러나 앉으며 얼굴을 감싸고 울음을 터뜨렸다.

"안 죽었어요!"

나는 차 안으로 뛰어내렸다. 마르그레테 할머니와 충돌하며 착지했다.

"수전 할머니는 절대 안 죽어요! 먼저 가세요, 제가 올려 드릴게요."

마르그레테 할머니는 더욱 서럽게 흐느꼈다. 나는 아랑곳하지 않고 양손을 맞잡아 받침을 만들고 무릎을 구부렸다.

"지금 나가셔야 해요! 빨리요!"

이 나이의 할머니가 혼자 힘으로 기어 올라가서 뛰어내릴 수 있을까? 할머니의 주름진 얼굴을 보자 미간이 절로 찌푸려졌다. 하지만 꾸물거릴 시간이 없다.

"빨리요!"

마르그레테 할머니는 먼저 내 손을 밟고 일어선 다음, 내 어깨에 올라섰다. 나는 조금씩, 조금씩 무릎을 폈다. 마르그레테 할머니는 해낼 수 있을 것이다. 할머니가 땅바닥으로 착지하면서 차가 덜덜 떨렸다.

그렇지만 떨림을 걱정할 때가 아니었다. 나는 조수석으로 가서 수전 할머니의 상태를 확인했다. 몸 어디를 만져도 박동이 느껴지지 않았다. 얼굴을 할머니 입 쪽으로 가져가 보았다. 숨결이 느껴지지 않았다.

문득 바닥에 널브러져 있는 El-Q가 눈에 띄었다. 나는 조수석과 운전석 사이로 기어가 El-Q를 집었다. 지니를 소환한 다음 외쳤다.

"심폐소생술 하는 법 찾아 줘!"

나는 조심스럽게 조수석 문 쪽에 선 다음 좌석 레버를 당겨 등받이를 평평하게 만들었다.

인공지능 목소리는 즉각 반응했다.

"심폐소생술에 관한 웹 페이지를 찾았어요."

나는 화면을 확인한 다음 동영상을 재생했다. 그리고 음량을 키웠다.

동영상이 재생되면서 순서가 흘러나왔다. 나는 수전 할머니의 외투 단추를 풀었다.

"가슴 중앙의 흉골을 찾으세요."

나는 지시에 따라 깍지 낀 두 손을 할머니의 가슴 가운데에 올려놓았다. 그리고 펌프질하듯 압박하기 시작했다. 이만큼 세게 누르면 될까? 내가 지금 가슴뼈를 부러뜨린 걸까? 이 정도면 5센티미터를 누른 걸까? 이건 수전 할머니의 마지막 기회다. 나는 다시 눌렀다. 계속 눌렀다.

30번을 눌렀다. 나는 계속 누르며 소리를 질렀다. 엘리가 누구든, 엘리는 내 목소리를 들어야 했다.

"할머니는 안 죽어요! 이런 건 계약에 없었잖아요!"
차체가 출렁하더니 창문에 마르그레테 할머니의 얼굴이 나타났다.
"할리, 이젠 나와야 한다. 엔진에 불이 붙었어."
멀리서 모깃소리만 하게 사이렌 소리가 들렸다.
나는 고개를 저었다.
"할머니를 두고 갈 수는 없어요."
갑자기 서늘하게 떠오르는 생각이 있었다. 나는 El-Q의 화면을 빤히 쳐다보았다. 우리가 처음 만났을 때 엘리가 말했었다. 내 스마트폰이 나를 죽일 거라고. 지니가 심폐소생술 영상을 나에게 찾아 주었고, 그 영상들 때문에 지금 나는 수전 할머니를 살리겠다고 이 안에 남아 있다.
나는 손으로 압박을 계속하며 엘리를 향해 외쳤다.
"이게 우리한테 주고 싶은 새로운 끝이에요? 마음대로 한번 해 보세요!"
모깃소리만 한 소리들이 점점 커지다가 하나로 합쳐졌다. 갑자기 사방에서 사이렌이 울었다.
그리고 나타날 때와 똑같이 일시에 사라졌다. 허리케인이 요란하게 흔들리면서 머리 위의 창문에 얼굴이 나타났다. 위에서 손이 내려왔다. 외침이 들렸다.
"나갑시다!"
수전 할머니의 심장 위로 귀를 대 보았지만, 느껴지는 것이 심장 박동인지 사이렌이 만드는 떨림인지 분간이 가지 않았다. 나는 고개를 저었다.
"이제 우리가 맡을 겁니다."
나는 손을 뻗어 내려온 손을 잡았다. 몸을 올려 옆으로 기어 나왔다.
머릿속에 새하얀 고통의 비명과 섬광이 번득였다. 바닥으로 뛰어내린 뒤에도 나는 그 모든 소리와 섬광 속에서 오직 숨을 쉬는 데에만 집중해야 했다.

"이 사람 대피시켜요! 어서!"

누군가 내 팔을 어깨 위로 부축한 다음 거칠게 끌고 갔다.

'아야, 아야, 아야!'

한 걸음 뗄 때마다 온몸의 뼈와 머리가 울렸다. 드디어 우락부락한 어깨에서 벗어나 바닥으로 무너졌다.

땅이 흔들렸다. 뜨거운 열기가 느껴지고 괴성이 들렸다.

주위가 어두워졌다.

32

힐리

여기는 꽤 괜찮다. 천창으로 쏟아지는 햇살에 얼굴이 따뜻하고 아늑한 기운이 느껴진다. 1월이 약속하는 봄의 기운이다. 곳곳에 창문이 있어 실내가 환하다. 어디선가 시나몬 향이 은은하게 풍겨 왔다. 누가 빵을 굽는 것이 분명했다. 아마 요리 공방일 것이다.

엘리베이터의 도착을 알리는 딩동 소리가 희미하게 들렸다. 나는 앉아 있는 입구 쪽 자리에서 고개를 돌려 엘리베이터 문이 열리는 것을 지켜보았다. 휠체어가 내리는 것으로 보아 도착한 것 같았다.

수전 할머니가 빙그레 웃으며 손을 흔들었다. 우리에게 오는 할머니는 론 아저씨가 앉은 휠체어를 밀고 있었다.

나도 손을 흔들었다.

론 아저씨의 오른손도 팔걸이에서 조금 들렸다. 손가락이 움찔하는 수준이다. 오늘은 손목에 깁스가 없다. 론 아저씨의 손목은 에어백이 터질 때 창문에 끼어 산산조각이 났다. 양쪽 다리는 여전히 깁스 상태였다. 허리케인이 중앙분리대와 충돌할 때, 운전자석이 가장 세게 부딪혔다.

론 아저씨와 비교하면 수전 할머니는 훨씬 좋아 보였다. 큰 부상이 없었다. 원래 좋지 않았던 심장만 여전히 조금 쇠약할 뿐이다. 최근에 El-Q로 화상통화를 할 때, 몇 살만 어렸더라면 장기 기증 서약을 했을 거라고 했다.

내 옆자리에 앉아 있던 하디프가 눈썹을 치켜세웠다. 하디프는 오늘 연두색 실에 철제 뜨개바늘을 두 개 꽂아서 가지고 왔다. 새로 생긴 조카에게 목도리를 만들어 주겠다고 한다.

하디프 옆에서는 애비가 자기 머리카락 색과 어울리는 짙은 청색의 실뭉치를 붙들고 있었다. 목표는 직접 베레모 뜨기다.

두 사람 다 꿈이 크기도 하다. 내가 가져온 건 엄마가 뜨개질 수업에서 남겨 온 실이다. 강렬한 빨간색과 자홍색 실로, 내 목표는 아무튼 사각형이다. 나중에 주전자 받침으로 쓸 수도 있지만, 아마도 그냥 기념으로 가질 것 같다. 첫 시도를 기억한다고나 할까.

론 아저씨 무릎 위의 꽃무늬 뜨개질 가방이 눈에 띄었다. 뜨개질은 손운동에 아주 좋다. 적어도 수전 할머니 주장으로는 그렇다. 할머니는 레아한테 약속한 장갑을 뜨려고 실을 샀고, 론 아저씨가 도와주리라 기대하고 있었다.

론 아저씨는 완쾌할 것이라고 했다. 다만 인내심 결핍인 아저씨한테 그 속도가 너무 느린 것뿐이다. 수전 할머니는 그 정도면 장갑 한쪽은 넉넉히 뜨겠다고 기대하는 중이었다. 한편, 론 아저씨는 셰릴 아줌마가 곁에서 돌봐 주기를 바라지 않았다. 사실 수전 할머니는 그 반대라고 생각하고 있지만. 아저씨가 사고 전부터 부부 사이에 문제가 있었다고 말했다고 한다.

그렇게 론 아저씨는 수전 할머니의 입주 명분이 되었다. 할머니가 아저씨의 곁을 지켜야 한다면서 엘름우드 빌리지로 이사한 것이다. 그렇다고 아저씨가 계속 이곳에 있는 것은 아니다. 일상생활을 스스로 할 수 있을 때까지만이다.

나는 수전 할머니와 론 아저씨에게 인사했다.

"안녕하세요! 오늘은 좀 어떠세요?"

두 사람이 미처 대답하기도 전에 고든 할아버지가 시나몬 번을 담은 쟁반을 들고 나타났다. 빵을 굽던 사람이 할아버지였다! 할아버지가 빙그레 웃었다.

"일할 때는 간식이 필요하지!"

뜨개질이 일이던가? 고든 할아버지한테는 그런가 보다. 할아버지가 번을 구운 것은 분명 수전 할머니와 같이 있기 위해서다.

수전 할머니가 미소 지었다.

"이번 달 들어서 4킬로가 넘게 쪘어요. 그만 해요!"

그러면서도 할머니는 번을 하나 집어서 향을 음미한 다음 한 입 베어 물었다.

"으으음!"

고든 할아버지의 전략이 먹히는 것 같았다. 할아버지는 분명히 수전 할머니의 마음을 얻고 있었고, 그건 할머니가 이곳으로 이사하는 걸 덜 싫어할 이유가 되었다.

나도 시나몬 번을 하나 집었다. 아직도 따뜻하고, 조금 끈적거린다. 겉에 발린 하얀 크림이 손에 묻었다. 이러면 뜨개질이 분명 늦어질 것이다. 모두 손을 씻어야 할 테니까. 게다가 번은 칼로리도 엄청날 것이다. 그렇지만 아무려면 어떨까. 나는 한 입 베어 물었다.

"으으음."

기나긴 한 달이었다. 나는 크리스마스를 놓쳤다. 적어도 당일은 놓쳤다. 우리 가족은 선물을 풀지 않고, 내가 퇴원하는 일주일 뒤까지 기다려 주었다. 그리고 크리스마스와 새해 첫날을 하나로 묶어서 보냈다. 우리는 중국 음식을 먹었다. 모든 것이 최고였지만, 머리가 울리며 지끈거리기는 했다. 뇌진탕의 증상이다. 머리가 차창에 부딪혀서일 것이다.

크리스마스 장식들은 그 어느 때보다 반짝였다. 색색이 다채로운 트리와 리본과 선물들이 나를 향해 반짝이고 있었고, 모든 것이 화려했다. 엄마와 아빠는 내가 예전부터 사 달라고 졸랐던 운동화를 사 주고 용돈도 주었다. 용돈은 저금해 두었다가 나중에 운전면허 학원에 다닐 생각이다. 그다음 일은 모르겠다. 선물은 상관없었다. 그냥 가족들과 함께 있는 것이 행복했다. 다 함께 둘러앉아 〈사운드 오브 뮤직〉을 보면서 '에델바이스'를 불렀다. 나는 눈물이 났다.

이제 나는 나에게 일어났던 일들을 떠올리며 미소 짓고 있었다.

하디프가 번을 베어 물었다.

"진짜 맛있어요."

신기하게 하디프는 뺨에 하얀 크림을 묻히지 않았다. 하디프가 아이처럼 빙그레 웃자 나도 저절로 웃음이 나왔다. 그 얼굴을 만지지 않을 수 없었다. 나는 내가 묻힌 크림을 냅킨으로 부드럽게 닦아 주었다. 하디프라면 내가 무엇을 하든 곁에서 도와줄 것이다. 사지 모터스를 조사하든, 할머니 할아버지들과 뜨개질을 할 때든, 슛 연습을 하든. 게다가 하디프가 유니언잭 모자 아래에 숨기고 있는 윤기 나는 까만 머리는 너무나 근사하다.

고든 할아버지가 말했다.

"고맙군. 다들 좋아해 주니 나도 좋고."

우리는 방금 구운 빵이 얼마나 맛있는지 끊임없이 찬사를 보냈다.

론 아저씨가 휠체어에서 자세를 고쳐 앉았다.

"참, 좋은 소식이 있어요."

순간 나는 아저씨가 자리에서 일어나 걷지 않을까 기대했다. 그것이 가장 좋은 소식일 테니까. 나는 시나몬 번을 내려놓았다.

"사지 모터스에서 우리한테 합의를 제안해 왔어요."

"예이!"

나는 환호하며 박수를 보냈다. 모두 환호했다.

하디프가 물었다.

"그럼 이제 집단 소송에 필요한 이름들을 수집할 필요가 없는 거예요? 사지 모터스의 견인 트럭 기사분이 막 나섰거든요. 우리한테 도움이 될 사람들을 많이 알고 계세요."

"그건 아니야. 사이트의 게시판은 계속 지켜봐야 해. 사지 모터스는 우리한테 10만 달러를 지급할 테니 이 건에서 손을 떼래."

수전 할머니가 물었다.

"액수가 크구나. 정말로 거절할 거니?"

"푼돈이죠! 액수가 더 커야 사람들의 시선이 집중될 거예요. 앞으로는 이익을 위해 사람들의 안전을 담보 잡으려는 기업이 없게 해야죠."

론 아저씨가 시나몬 번을 베어 물자 수전 할머니가 냅킨으로 아저씨 입을 닦아 주었다.

“엄마, 제가 할 수 있다니까요.”

“물론 네가 할 수 있지, 우리 아들.”

나는 저절로 웃음이 나왔다. 엄마가 아들을 아이 취급하는 모습은 그 반대의 경우보다 보기 좋았다.

난데없이 마르그레테 할머니가 불쑥 나타났다.

“버스 노선이 아주 엉망이야. 대중교통으로 여기까지 오는 데 천년만년 걸린다고.”

수전 할머니가 대답했다.

“그럼 자기도 여기로 이사 오면 되겠네.”

“난 대기자 명단에 이름 올렸어!”

뒤따라온 린다 할머니가 외쳤다. 빨간 외투에 자홍색 팬츠가 근사했다. 밝고 화려한 할머니에게서 교통사고 후유증은 조금도 찾아볼 수 없었다.

마르그레테 할머니는 커다란 가방을 내려놓고 외투를 걸었다. 그리고 시나몬 번을 보고 한 개 집었다.

“다들 뜨개질 시작하기 전에 손부터 씻어야 한다!”

“걱정하지 마세요.”

내가 말했다. 그때 내 El-Q가 꾸륵 울렸다. 메건의 문자일까? 나는 스마트폰을 확인하려다가 그만두었다. 손가락이 너무 끈적였다. 그리고 엘리는 틀렸다. 나는 스마트폰 중독이 아니다. 이렇게 El-Q에 신경을 끈 모습을 엘리가 봤어야 했는데. 어차피 메건과는 이따 도서관의 ‘청소년과 어르신이 함께하는 신기술 강좌’에서 만날 계획이었다. 강좌 첫 시간은 예약이 꽉 찼다. 케일과 켄드라도 하겠다고 나섰다. 어차피 다들 봉사 시간을 채워야 했다.

강좌에 엘리가 오지 않는 것이 유감이다. 스마트폰이 사람 잡는 일은 없다는 걸 알아야 하는데 말이다. 스마트폰은 할머니와 할아버지들을 멀리 떨어져 있는 가족과 연결해 줄 수 있다. 교통 사건 현장을 촬영해 액셀 페달의 결함을 증명해 낼 수도 있다. 나는 손가락을 쪽쪽 빤 다음 스마트폰을 집었다. 어쨌든 문자는 확인하는 편이 좋겠다. 메건이 사정이 생겨서 약속을 취소할 수도 있으니까.

모르는 번호였다. 그렇지만 문자의 내용은 낯설지 않았다.

'스마트폰 내려놔라. 카르페 디엠. 엘리.'

체인지

초판 1쇄 펴냄 2022년 1월 10일
2쇄 펴냄 2023년 12월 11일

지은이 실비아 맥니콜
옮긴이 김선영

펴낸이 고영은 박미숙
펴낸곳 뜨인돌출판(주) | 출판등록 1994.10.11.(제406-251002011000185호)
주소 10881 경기도 파주시 회동길 337-9
홈페이지 www.ddstone.com | 블로그 blog.naver.com/ddstone1994
페이스북 www.facebook.com/ddstone1994 | 인스타그램 @ddstone_books
대표전화 02-337-5252 | 팩스 031-947-5868

ISBN 978-89-5807-882-1 03840